EL INTÉRPRETE
DEL DOLOR

Jhumpa Lahiri

EL INTÉRPRETE
DEL DOLOR

Traducción del inglés de
Gemma Rovira Ortega

salamandra

Título original: *Interpreter of Maladies*

Ilustración de la cubierta: © Felicia Simion / Trevillion Images

Copyright © Jhumpa Lahiri, 1999
Copyright de la edición en castellano © Ediciones Salamandra, 2016

Varios de estos relatos han aparecido en otras publicaciones, en algunos casos
con alguna diferencia: «Una anomalía temporal», en *The New Yorker*,
«Cuando el señor Pirzada venía a cenar», en *The Louisville Review*;
«El intérprete del dolor», en *The Agni Review*; «Un *durwan* de verdad»,
en *The Harvard Review*; «En casa de la señora Sen», en *Salamander*;
«Esta bendita casa», en *Epoch*, y «El tratamiento de Bibi Haldar», en *Story Quarterly*.

Publicaciones y Ediciones Salamandra, S.A.
Almogàvers, 56, 7º 2ª - 08018 Barcelona - Tel. 93 215 11 99
www.salamandra.info

ISBN: 978-84-9838-723-0
Depósito legal: B-14.855-2016

1ª edición, septiembre de 2016
Printed in Spain

Impresión: Liberdúplex, S.L. Sant Llorenç d'Hortons

A mis padres y a mi hermana

Con mi agradecimiento al
Fine Arts Work Center de Provincetown,
a Janet Silver y Cindy Klein Roche

Una anomalía temporal

El aviso los informaba de que sería una anomalía temporal: durante cinco días interrumpirían el suministro eléctrico entre las ocho y las nueve de la noche. La última tormenta de nieve había ocasionado desperfectos en el tendido eléctrico, y los operarios iban a repararlo aprovechando que las temperaturas nocturnas ya no eran tan bajas. Los trabajos sólo afectarían a las casas de la tranquila calle arbolada donde Shoba y Shukumar vivían desde hacía tres años, a escasa distancia de una serie de tiendas con fachada de ladrillo visto y una parada de tranvía.

—Al menos nos avisan —concedió Shoba tras leer la notificación en voz alta, pensando más en ella misma que en Shukumar.

Dejó que la correa de su cartera de piel, llena de carpetas, le resbalara por el hombro, la abandonó en el recibidor y entró en la cocina. Llevaba una gabardina de popelín azul marino, un pantalón de chándal gris y unas zapatillas de deporte blancas. A los treinta y tres años, su aspecto coincidía con el de aquellas mujeres a las que un tiempo atrás había dicho que nunca se parecería.

Venía del gimnasio. El pintalabios de color arándano ya sólo se apreciaba en el contorno de los labios, y el lápiz de ojos le había dejado manchas de color carbón bajo las pestañas inferiores. Igual que algunas mañanas, pensó Shukumar, después de una fiesta o de una noche de copas en un bar, cuando antes de ir a dormir le había dado demasiada pereza lavarse la cara o se había mostrado demasiado impaciente por echarse en sus brazos.

Shoba dejó un montoncito de cartas encima de la mesa sin mirarlas siquiera. Seguía con la vista fija en el aviso que tenía en la otra mano.

—Pero estas cosas deberían hacerlas durante el día...

—Claro, cuando soy yo quien está en casa —replicó Shukumar.

Puso la tapa de vidrio en la cazuela donde estaba cocinando el cordero y la ajustó de modo que sólo pudiera escapar un poco de vapor. Desde el mes de enero trabajaba en casa, tratando de terminar los últimos capítulos de su tesis doctoral sobre las revueltas campesinas en la India.

—¿Cuándo empiezan a reparar la línea?

—Aquí dice que el diecinueve de marzo. ¿Hoy es diecinueve?

Shoba fue hasta el tablón de corcho enmarcado que colgaba de la pared junto a la nevera, donde sólo había un calendario de estampados de papel pintado de William Morris. Lo miró como si lo viera por primera vez, examinando minuciosamente el estampado de la mitad superior antes de dejar que su mirada descendiera hasta la cuadrícula numerada de la parte inferior. Era un regalo que una amiga le había enviado por correo en Navidad, pese a que aquel año Shoba y Shukumar no la habían celebrado.

—Pues sí, es hoy —anunció—. Por cierto, el viernes que viene tienes hora en el dentista.

Shukumar se pasó la punta de la lengua por la cara externa de los dientes; aquella mañana no se había acordado de lavárselos. No era la primera vez. Aquel día no había salido de casa, igual que el anterior. Cuanto más tiempo pasaba fuera Shoba, cuantas más horas extra hacía ella en el trabajo y más proyectos aceptaba, menos le apetecía salir de casa, ni siquiera para recoger el correo o comprar fruta o vino en las tiendas que había junto a la parada del tranvía.

Seis meses atrás, en septiembre, Shukumar estaba en un congreso académico en Baltimore cuando Shoba se puso de parto tres semanas antes de salir de cuentas. Él habría preferido no ir a aquel congreso, pero Shoba había insistido; era importante que hiciera contactos, pues al año siguiente entraría en el mercado laboral. Le había dicho que tenía el número de teléfono del hotel y una copia de los horarios y los números de vuelo, y que ya había quedado con su amiga Gillian para que la llevara en coche al hospital si surgía una urgencia. Aquella mañana, Shukumar subió al taxi que lo llevaría al aeropuerto y Shoba se quedó allí de pie, en bata, diciéndole adiós con la mano mientras apoyaba un brazo en el montículo de su vientre, como si fuera una parte natural de su cuerpo.

Siempre que Shukumar pensaba en aquel momento —la última ocasión en que vio a Shoba embarazada—, lo que mejor recordaba era el taxi, una ranchera roja con letras azules. Por dentro era enorme comparado con su coche. Shukumar se sentía muy pequeño en el asiento trasero pese a medir más de metro ochenta y tener unas manos tan grandes que ni siquiera podía guardárselas cómodamente en los bolsillos de los vaqueros. Mientras el taxi aceleraba por la calle Beacon, pensó que algún día Shoba y él tal vez también necesitarían un coche familiar como aquél para llevar a sus hijos a las clases de música y al dentista. Se imaginó al volante mientras Shoba se volvía para dar a los niños unos zumos en cartones individuales. En otro tiempo, aquellas imágenes de la paternidad habrían atormentado a Shukumar, acentuando el desasosiego que ya le producía seguir estudiando a los treinta y cinco años. Sin embargo, aquella mañana de principios de otoño, con los árboles todavía cargados de hojas color bronce, disfrutó de la escena por primera vez.

Un miembro de la organización había conseguido dar con él en una de las salas del congreso, todas idénticas, y le había entregado una nota. En ella sólo había un número de teléfono, pero Shukumar supo que era el del hospital. Cuando regresó a Boston, todo había terminado. El bebé había nacido muerto. Shoba estaba acostada en una cama, dormida, en una habitación individual tan pequeña que casi no había espacio para permanecer de pie a su lado. Durante la visita organizada para los futuros padres no les habían enseñado aquella parte del hospital. Shoba había tenido un desprendimiento prematuro de placenta y le habían practicado una cesárea, pero no lo bastante rápida. El médico le explicó que aquellas cosas pasaban y le sonrió con toda la amabilidad con que se puede sonreír a alguien con quien sólo tienes una relación profesional. En pocas semanas, Shoba podría volver a hacer vida normal. Nada hacía pensar que no pudiera tener hijos en el futuro.

Últimamente, Shoba ya no estaba en casa cuando Shukumar se despertaba. Él abría los ojos, se quedaba contemplando los largos y negros cabellos que ella había dejado en la almohada y se la imaginaba vestida, tomándose la tercera taza de café del día, en su despacho del centro. Allí, buscaba y corregía errores tipográficos en libros de texto, y para ello utilizaba un complicado código de colores que en una ocasión había intentado explicarle. Shoba le había prometido que haría lo mismo con su tesis cuando la hubiera terminado. Shukumar la envidiaba por el carácter específico de su trabajo, tan diferente del suyo, de naturaleza mucho más intangible. Él era un estudiante mediocre con cierta facilidad para absorber detalles pero sin ninguna curiosidad. Hasta el mes de septiembre había sido diligente, aunque no concienzudo, y había resumido capítulos y esbozado argumentos en unos blocs de papel pautado amarillo. Pero ahora se quedaba en la cama hasta que se aburría, contemplando su lado del armario —que Shoba siempre dejaba entreabierto— y observando la hilera de chaquetas de *tweed* y pantalones de pana que aquel trimestre no tendría que utilizar para dar sus clases. Cuando el bebé murió ya era demasiado tarde para renunciar a las clases que se había comprometido a impartir, pero su director de tesis lo había arreglado para que tuviera libre el trimestre de primavera. Shukumar estaba en el sexto año del doctorado. «Eso y el verano te darán un buen empujón —le había dicho el director—. Para septiembre la tendrás acabada.»

Pero Shukumar no sentía empujón alguno, y en lo único que pensaba era en que Shoba y él se habían vuelto expertos en esquivarse el uno al otro en su casa de tres dormitorios, en pasar todo el tiempo que podían cada uno en una planta. Pensaba en que ya no soñaba con que llegara el fin de semana, cuando ella se pasaba horas y horas sentada en el sofá con sus lápices de colores y sus carpetas, tan concentrada que Shukumar temía molestarla si ponía un disco en su propia casa. Pensaba en que ella apenas lo miraba ya a los ojos o le sonreía, en que ya no susurraba su nombre en las raras ocasiones en que todavía buscaban el cuerpo del otro antes de dormir.

Al principio creía que todo aquello pasaría, que Shoba y él lo superarían de un modo u otro: ella sólo tenía treinta y tres años, era fuerte y se había recuperado. Pero eso no lo consolaba. Cuando Shukumar por fin se levantaba de la cama y bajaba a la cocina, muchas veces era casi la hora de comer. Cogía la cafetera y se servía el café que Shoba le había dejado, junto con una taza vacía, en la encimera.

Shukumar recogió unas pieles de cebolla con las manos y las tiró al cubo de la basura, encima de los trozos de grasa que le había quitado a la carne de cordero. Abrió el grifo, lavó el cuchillo y la tabla de cortar y se frotó las yemas de los dedos con medio limón para eliminar el olor a ajo, un truco que le había enseñado Shoba. Eran las siete y media de la tarde. Por la ventana veía un cielo negro que parecía de alquitrán blando. Los montículos de nieve irregulares bordeaban todavía las aceras, aunque la temperatura era ya lo bastante templada para que la gente caminara sin guantes ni gorros. La última tormenta había dejado casi un metro, de modo que, durante una semana, los transeúntes habían tenido que pasar en fila india por estrechas trincheras de nieve. Y, durante una semana, aquélla fue la excusa de Shukumar para no salir de casa. Pero las trincheras ya se estaban ensanchando y el agua fluía sin tregua hacia las alcantarillas.

—El cordero no estará listo antes de las ocho —anunció Shukumar—. Me temo que vamos a cenar a oscuras.

—Podemos encender velas —propuso Shoba.

Se soltó el pelo, que durante el día llevaba pulcramente recogido en la nuca, y se quitó las zapatillas de deporte sin desatar los cordones.

—Voy a ducharme antes de que corten la luz —añadió, y se encaminó hacia la escalera—. Bajo enseguida.

Shukumar recogió la cartera y las zapatillas de deporte de Shoba y las puso al lado de la nevera. Antes ella no era así. Colgaba su abrigo en una percha, guardaba las zapatillas en el armario y pagaba las facturas en cuanto llegaban. Pero últimamente se comportaba como si estuviera en un hotel. Ya no le importaba que el sillón de cretona amarilla desentonara con la alfombra turca azul y granate, y en el porche cerrado de la parte de atrás de la casa, encima de la tumbona de mimbre, aún había una gran bolsa blanca llena de la tela con la que tenía intención de confeccionar unas cortinas.

Mientras Shoba se duchaba, Shukumar se dirigió al cuarto de baño de abajo y cogió un cepillo de dientes por estrenar del armario del lavabo. Las cerdas, duras y de mala calidad, le lastimaron las encías y escupió un poco de sangre en el lavamanos. Había unos cuantos cepillos de dientes de repuesto guardados en un cubilete de metal. Shoba los había comprado un día que estaban de oferta, por si algún invitado decidía, en el último momento, quedarse a pasar la noche.

Era muy típico de ella. Era de esas personas que se preparan para las sorpresas, ya sean buenas o malas. Si encontraba una falda o un bolso que le gustaban, se compraba dos.

16

Ingresaba las pagas extra en una cuenta bancaria aparte, a su nombre. A él nunca le había importado que lo hiciera; su propia madre se había derrumbado al morir su padre, había dejado la casa donde él había crecido y se había mudado de nuevo a Calcuta, de modo que Shukumar había tenido que ocuparse de todo. Le gustaba que Shoba fuera diferente. Admiraba su capacidad de previsión. Antes, cuando ella hacía la compra, la despensa siempre estaba repleta de botellas de aceite de oliva y de maíz para que pudieran usar uno u otro según fueran a cocinar comida italiana o india. Tenían un montón de cajas de pasta de todas las formas y colores, bolsas de arroz basmati con cierre hermético, y costillares enteros de cordero y cabrito que compraba a los carniceros musulmanes de Haymarket, cortados y congelados en infinidad de bolsas de plástico... En sábados alternos recorrían el laberinto de puestos de aquel mercado callejero que Shukumar acabó aprendiéndose de memoria. Él la seguía cargando las bolsas de tela, incrédulo, mientras ella se abría paso entre el gentío para comprar más y más comida y regateaba bajo el sol matutino con niños demasiado jóvenes para afeitarse —pero a los que ya les faltaban algunos dientes— que retorcían bolsas de papel marrón llenas de alcachofas, ciruelas, raíz de jengibre y ñames antes de dejarlas caer en sus básculas y lanzárselas una a una a Shoba. A ella no le importaba que la empujaran, ni siquiera cuando estaba embarazada. Era alta y de hombros anchos, tenía unas caderas amplias que, según su obstetra, estaban hechas para parir. En el camino de regreso a casa, mientras el coche seguía el trazado del río Charles, siempre se sorprendían de la cantidad de comida que habían comprado.

Nunca se desperdiciaba nada. Cuando invitaban a sus amigos, Shoba les ofrecía auténticos banquetes, y todos estaban convencidos de que se había pasado el día preparándolos. Utilizaba ingredientes que previamente había congelado y envasado, no alimentos enlatados y baratos, sino pimientos que ella misma había marinado con romero, y *chutneys* que cocinaba los domingos removiendo sin cesar grandes ollas de tomates y ciruelas. Sus tarros de conservas, bien etiquetados, ocupaban los estantes de la cocina, donde formaban inacabables pirámides de frascos cerrados herméticamente; los dos estaban de acuerdo en que durarían tanto que sus nietos llegarían a probarlas. Pero ahora ya casi se lo habían comido todo. Shukumar llevaba tiempo utilizando aquellas provisiones con las que preparaba la comida de ambos; un día tras otro, medía tazas de arroz y descongelaba bolsas de carne. Todas las tardes hojeaba los libros de cocina y seguía las instrucciones que Shoba había anotado a lápiz para que añadiera dos cucharaditas de semillas de cilantro molidas en lugar de una, o lentejas rojas en lugar de amarillas. Todas las recetas llevaban una fecha que registraba la primera vez que habían comido juntos cada uno de aquellos platos. Coliflor con hinojo: 2 de abril. Pollo con almendras y pasas sultanas: 14 de enero. Shukumar no recordaba haber comido aquellos guisos y, sin embargo, allí estaban, registrados con su pulcra caligrafía de correctora de pruebas. Él disfrutaba cocinando. Ahora era lo único que lo hacía sentirse útil. Sabía que, si no fuera por lo que él guisaba, Shoba cenaría un cuenco de cereales.

Aquella noche, sin luz, tendrían que cenar juntos. Desde hacía unos meses, cada uno se servía de lo que había en los fogones y, mientras él se llevaba el plato a su estudio y dejaba que la comida se enfriara en la mesa antes de engullirla de manera compulsiva, Shoba se llevaba el plato al salón y veía concursos o corregía con el arsenal de lápices de colores que siempre tenía a mano.

En algún momento de la noche, Shoba le hacía una visita. Cuando él la oía acercarse, dejaba la novela y se ponía a teclear frases. Ella le apoyaba las manos en los hombros y miraba fijamente el resplandor azulado de la pantalla del ordenador, igual que él. «No trabajes demasiado», decía al cabo de un minuto o dos, y se iba a la cama. Era el único momento del día en que ella buscaba su compañía y, sin embargo, Shukumar había acabado temiéndolo. Sabía que era algo que ella se obligaba a hacer. Shoba recorría con la mirada las paredes de la habitación que, el verano anterior, habían decorado juntos con una cenefa por la que desfilaban patos y conejos tocando trompetas y tambores. A finales de agosto, había una cuna de cerezo bajo la ventana, un cambiador blanco con tiradores verde menta y una mecedora con cojines a cuadros. Shukumar había desmontado los muebles antes de ir a recoger a Shoba al hospital, y había arrancado los conejos y los patos con una espátula. A él, por alguna razón, aquella habitación no lo angustiaba como a Shoba. En enero, cuando dejó de trabajar en su cubículo de la biblioteca, puso su mesa allí a propósito, en parte porque aquella habitación lo relajaba, pero también porque era un sitio que Shoba solía evitar.

Shukumar volvió a la cocina y empezó a abrir cajones. Buscó una vela entre las tijeras, la batidora, las varillas y el mortero y su mano que Shoba había comprado en un bazar de Calcuta y que utilizaba para triturar dientes de ajo y vainas de cardamomo cuando todavía cocinaba. Encontró una linterna, pero sin pilas, y una caja empezada de velas de cumpleaños. El mes de mayo anterior, Shoba le había organizado una fiesta sorpresa. Ciento veinte personas se habían embutido en su casa: todos los amigos y los amigos de los amigos que ahora evitaban por sistema. Habían llenado la bañera de botellas de *vinho verde* sobre un lecho de cubitos de hielo. Shoba estaba en el quinto mes de embarazo y bebía ginger-ale en una copa de Martini. Había preparado un pastel de crema de vainilla y caramelo hilado. Durante toda la noche mantuvo los largos dedos de Shukumar entrelazados con los suyos mientras se paseaban entre los invitados.

Desde septiembre, sin embargo, la única invitada había sido la madre de Shoba. Llegó desde Arizona y se quedó con ellos dos meses cuando Shoba salió del hospital. Preparaba la cena todas las noches, iba sola en coche al supermercado, les lavaba la ropa y la guardaba. Era una mujer creyente y montó un pequeño altar en la mesilla de noche de la habitación de invitados: una imagen enmarcada de una diosa con la cara de color azul lavanda y un plato con pétalos de caléndula. Allí rezaba dos veces al día para tener nietos sanos en el futuro. Trataba a Shukumar con educación sin llegar a ser cariñosa. Le doblaba los jerséis con una habilidad adquirida gracias a su trabajo en unos grandes almacenes. También le cosió un botón que le faltaba en el abrigo y le tejió una bufanda beige y marrón que le dio sin la más mínima ceremonia, como si a él se le acabara de caer y no se hubiera dado cuenta. Nunca hablaba de Shoba con él. Un día, cuando Shukumar mencionó la muerte del bebé, ella, que estaba haciendo punto, levantó la cabeza y dijo: «Pero si tú ni siquiera estabas allí.»

Le pareció extraño que no hubiera velas en la casa. Que Shoba no se hubiera preparado para una emergencia tan corriente. Buscó dónde poner las velitas de cumpleaños y al final se decidió por la maceta de hiedra que había en el alféizar de la ventana, sobre el fregadero. Pese a que la planta estaba a sólo unos centímetros del grifo, la tierra estaba tan seca que tuvo que regarla un poco para que las velas se sostuvieran. Apartó las cosas que había encima de la mesa de la cocina: los montones de cartas, los libros de la biblioteca sin leer. Recordó las primeras comidas que compartieron allí, cuando todavía estaban tan emocionados por haberse casado, por estar viviendo juntos, al fin, en la misma casa, que se buscaban a cada momento sin motivo, más impacientes por hacer el amor que por comer. Puso dos manteles individuales bordados, el regalo de la lista de bodas escogido por su tío de Lucknow, y los platos y las copas de vino que solían reservar para cuando recibían invitados. Colocó el tiesto de hiedra en el centro, con las hojas de borde blanco y forma de estrella rodeadas por diez velitas. Encendió el radiodespertador digital y buscó una emisora de jazz.

—¿Qué es todo esto? —preguntó Shoba cuando bajó.

Llevaba el pelo envuelto en una gruesa toalla blanca. Se la quitó y la colgó en el respaldo de una silla para dejar que su pelo, mojado y oscuro, le cayera por la espalda. Mientras se acercaba a los fogones distraídamente, se deshizo un par de nudos con los dedos. Se había puesto un pantalón de chándal limpio, una camiseta y una vieja bata de franela. Volvía a tener el vientre plano y la cintura se le estrechaba antes de curvarse sobre las caderas; llevaba el cinturón de la bata atado con un nudo suelto.

Eran casi las ocho. Shukumar puso el arroz en la mesa y las lentejas de la noche anterior en el microondas; después, marcó unos números en el programador.

—Has hecho *rogan josh* —observó Shoba, mirando el guiso de cordero con páprika a través de la tapa de vidrio.

Shukumar sacó un trozo de carne cogiéndolo deprisa entre el índice y el pulgar para no quemarse. Hincó entonces la cuchara de servir y tanteó un trozo más grande para asegurarse de que la carne se desprendía con facilidad del hueso.

—Ya está listo —anunció.

El microondas acababa de pitar cuando se apagaron las luces y se interrumpió la música.

—Justo a tiempo —dijo Shoba.

—Sólo he encontrado estas velas de cumpleaños.

Encendió las que había puesto en la hiedra y dejó el resto de las velas y unas cerillas junto a su plato.

—No importa —dijo ella mientras deslizaba un dedo por el pie de su copa de vino—. Ha quedado muy bonito.

A pesar de la penumbra, Shukumar sabía cómo estaba sentada: un poco inclinada hacia delante, con los tobillos cruzados sobre el travesaño inferior de la silla y el codo izquierdo encima de la mesa. Mientras buscaba las velas, había encontrado una botella de vino en una caja que creía vacía. Se la puso entre las rodillas e introdujo el sacacorchos. Temía derramar el vino, así que cogió las copas y las sostuvo cerca de su regazo mientras las llenaba. Los dos se sirvieron el cordero removiendo el arroz con el tenedor y escudriñando la cazuela para extraer del guiso las hojas de laurel y los clavos de olor. Cada pocos minutos, Shukumar encendía unas cuantas velas de cumpleaños más y las clavaba en la tierra de la maceta.

—Parece que estemos en la India —comentó Shoba mientras él se ocupaba de su improvisado candelabro—. A veces cortan la luz durante horas seguidas. Una vez tuve que asistir a toda una ceremonia del primer arroz a oscuras. El bebé no paraba de llorar. Debía de hacer mucho calor.

Su bebé no llegó a llorar, pensó Shukumar. Su bebé nunca tendría una ceremonia del primer arroz a pesar de que Shoba ya había redactado la lista de invitados y decidido a cuál de sus tres hermanos iba a pedirle que, a los seis meses si era un niño, a los siete si era una niña, le ofreciera su primera cucharada de comida sólida.

—¿Tienes calor? —preguntó él.

Empujó el tiesto iluminado hasta el otro extremo de la mesa, más cerca de los montones de libros y cartas, y aquello hizo que aún les costara más verse el uno al otro. De pronto, a Shukumar le fastidió no poder subir a su estudio y sentarse delante del ordenador.

—No. Esto está delicioso —contestó ella, y dio unos golpecitos en el plato con el tenedor—. De verdad.

Shukumar volvió a llenarle la copa. Ella le dio las gracias.

Antes todo era distinto. Ahora Shukumar tenía que esforzarse para decir algo que le interesara a Shoba, algo que le hiciera levantar la vista del plato o de las carpetas de textos que debía corregir. Al final dejó de intentar divertirla. Aprendió a no dar importancia a los silencios.

—Me acuerdo de que en casa de mi abuela, cuando se iba la luz, todos teníamos que decir algo —continuó Shoba.

Él apenas podía verle el rostro, pero por su tono de voz adivinó que tenía los ojos entornados, como si tratara de enfocar un objeto lejano. Era un gesto muy habitual en ella.

—¿Como qué?

—No sé. Recitar un poema. Contar un chiste. Dar algún dato sobre el mundo. Mis parientes, no sé por qué, siempre me pedían que les dijera los nombres de mis amigos estadounidenses. No tengo ni idea de por qué podía interesarles tanto esa información. La última vez que vi a mi tía me preguntó por cuatro niñas con las que iba a primaria, en Tucson. Ya casi ni me acuerdo de ellas.

Shukumar no había pasado tanto tiempo como Shoba en la India. Sus padres, que se habían instalado en New Hampshire, no solían llevarlo cuando visitaban el país. La primera vez que fue con ellos, cuando era muy pequeño, había estado a punto de morir de disentería amebiana, y su padre, que era muy aprensivo, no quiso que los acompañara más por si le ocurría algo. Solían dejarlo en casa de sus tíos, en Concord. Ya de adolescente, Shukumar prefería pasar los veranos en los campamentos de vela o trabajar en la heladería antes que ir a Calcuta, y no fue hasta después de morir su padre, en su último año de universidad, cuando se interesó por el país y empezó a estudiar su historia con libros de texto, como si se tratara de una asignatura más. Ahora lamentaba no tener sus propios recuerdos de una infancia en la India.

—¿Por qué no lo hacemos? —dijo, de pronto, Shoba.

—¿Hacer qué?

—Contarnos algo el uno al otro, a oscuras.

—¿Como qué? No me sé ningún chiste.

—No, chistes no. —Se quedó pensando unos segundos—: ¿Por qué no nos contamos el uno al otro algo que nunca nos hayamos confesado?

—Yo jugaba a eso en el instituto —recordó Shukumar—. Cuando me emborrachaba.

—No, tú te refieres a jugar a verdad o atrevimiento. Esto es otra cosa. Vale, empiezo yo. —Tomó un sorbo de vino—. La primera vez que me quedé sola en tu piso miré en tu agenda de teléfonos para ver si me habías apuntado. Me parece que hacía dos semanas que nos conocíamos.

—¿Y yo dónde estaba?

—Habías ido a coger el teléfono a la otra habitación. Era tu madre, y supuse que la conversación sería larga. Quería averiguar si habías pasado mi número del trozo de periódico donde lo habías anotado a tu agenda.

—¿Y lo había hecho?

—No. Pero no me di por vencida. Ahora te toca a ti.

A él no se le ocurría nada, pero Shoba estaba allí, esperando a que hablara. Hacía meses que no se mostraba tan decidida. ¿Qué le quedaba por contarle? Se remontó a su primer encuentro, cuatro años atrás, en una sala de conferencias de Cambridge, donde un grupo de poetas bengalíes ofrecían un recital. Se sentaron juntos por casualidad en sendas sillas plegables de madera. Shukumar no tardó en aburrirse; le resultaba imposible descifrar las declamaciones literarias y era incapaz de unirse al resto del público cuando éste suspiraba y asentía con solemnidad después de ciertas frases. Con la vista fija en el periódico doblado que tenía en el regazo, estudiaba las temperaturas de diversas ciudades del mundo: 33 grados en Singapur el día anterior, 10 en Estocolmo. Cuando miró hacia la izquierda, vio que la mujer sentada a su lado hacía la lista de la compra en el dorso de una carpeta, y le sorprendió descubrir que era guapa.

—Vale —dijo, recordando una anécdota—. La primera vez que salimos a cenar, a aquel restaurante portugués, se me olvidó darle propina al camarero. A la mañana siguiente volví, pregunté cómo se llamaba y le dejé el dinero al dueño.

—¿Volviste hasta Somerville sólo para darle propina a un camarero?

—Fui en taxi.

—¿Y por qué se te olvidó darle la propina?

Las velas se habían consumido y estaban a oscuras, pero Shukumar se imaginaba claramente el rostro de su mujer: los ojos grandes y rasgados; los labios carnosos, color de uva roja; la cicatriz con forma de coma que tenía en la barbilla, recuerdo de una caída desde la trona a los dos años. Shukumar se dio cuenta de que su belleza, que en su día lo había abrumado, iba disipándose. Los cosméticos que antes le habían resultado superfluos le parecían ahora necesarios. Quizá no para acentuar su belleza, pero sí para redefinirla de algún modo.

—Hacia el final de la cena empecé a intuir que me casaría contigo —contestó, admitiéndolo por primera vez no sólo ante ella, sino también ante sí mismo—. Eso debió de distraerme.

Al día siguiente, Shoba llegó a casa antes de lo habitual. Había sobrado cordero de la noche anterior y él lo calentó para que pudieran cenar a las siete. Aquel día, Shukumar había salido de casa y, caminando entre la nieve derretida, había ido a la tienda de la esquina a comprar un paquete de velas y pilas para la linterna. Tenía las velas preparadas en la encimera, en unos pequeños candelabros de latón con forma de flor de loto, pero pudieron cenar bajo el resplandor de la lámpara de techo con pantalla de cobre que colgaba sobre la mesa.

Cuando terminaron de cenar se sorprendió al ver que Shoba ponía un plato sobre el otro y los llevaba al fregadero. Había dado por hecho que se retiraría al salón y se parapetaría detrás de su barricada de carpetas.

—No te preocupes por los platos —le dijo, y se los quitó de las manos.

—Más vale hacerlo ya —replicó ella, y puso una gota de lavavajillas en un estropajo—. Son casi las ocho.

A Shukumar se le aceleró el corazón. Llevaba todo el día esperando a que cortaran la luz. Pensó en lo que Shoba había dicho la noche anterior, en lo de que había mirado en su agenda. Le gustaba recordarla como era entonces: atrevida e inquieta al mismo tiempo, y siempre optimista. Estaban uno al lado del otro frente al fregadero y sus reflejos encajaban dentro del marco de la ventana. Se sentía un tanto cohibido, como la primera vez que se plantaron juntos ante un espejo.

No recordaba la última ocasión en que les habían tomado una fotografía. Habían dejado de asistir a fiestas, ya no iban juntos a ningún sitio. El carrete que había en su cámara aún contenía fotografías de Shoba, en el jardín, cuando estaba embarazada.

Después de lavar los platos, se apoyaron en la encimera y se secaron las manos con el mismo trapo, cada uno con un extremo. A las ocho en punto, la casa se quedó a oscuras. Shukumar encendió las mechas de las velas, y le impresionaron sus llamas firmes y alargadas.

—Vamos a sentarnos fuera —propuso Shoba—. Creo que aún no hace frío.

Cogieron una vela cada uno y se sentaron en los escalones de la entrada. Resultaba un poco extraño estar sentados fuera cuando en el suelo todavía había algo de nieve. Pero aquella noche muchos vecinos habían salido, pues la temperatura era lo bastante agradable para que se resistieran a quedarse encerrados. Las puertas mosquiteras se abrían y cerraban, y vieron pasar un pequeño desfile de vecinos provistos de linternas.

—Vamos a curiosear un rato a la librería —les dijo desde la acera un hombre de pelo cano.

Iba con su esposa, una mujer delgada enfundada en una cazadora que llevaba a su perro atado con una correa. Eran los Bradford, que en septiembre habían dejado una tarjeta de pésame en el buzón de Shoba y Shukumar.

—Dicen que allí tienen luz.

—Esperemos que sea así —replicó Shukumar—, porque si no tendrán que curiosear a oscuras.

La mujer rió y enlazó un brazo con el de su marido.

—¿Quieren venir?

—No, gracias —contestaron al unísono.

Shukumar se sorprendió de que sus palabras coincidiesen.

Se preguntaba qué le explicaría Shoba aquella noche. Por su mente ya habían pasado las peores posibilidades. Que había tenido una aventura; que no lo respetaba porque tenía treinta y cinco años y seguía estudiando; que no le había perdonado que hubiera estado en Baltimore aquel día, igual que su madre. Sin embargo, sabía que nada de todo aquello era cierto. Shoba le había sido fiel, igual que él a ella. Shoba creía en él. Y había sido ella quien había insistido en que asistiera a aquel congreso. ¿Acaso había algo que no supieran el uno del otro? Él sabía que Shoba apretaba los puños cuando dormía, que su cuerpo daba respingos cuando tenía pesadillas. Sabía que prefería el melón verde al francés. Y también que, cuando volvieron del hospital, lo primero que hizo Shoba al entrar en casa fue ponerse a recoger objetos de los dos y tirarlos al suelo del recibidor: libros de los estantes, plantas de las repisas, cuadros de las paredes, fotografías de las mesas, cacharros de cocina colgados de ganchos sobre los fogones. Shukumar se apartó de su camino y la observó mientras iba metódicamente de una habitación a otra. Cuando estuvo satisfecha, se quedó allí plantada contemplando el montón que había formado, con los labios contraídos en una mueca de asco tan profundo que pensó que iba a escupir. Entonces Shoba rompió a llorar.

Shukumar empezaba a tener frío. Aún estaban sentados en los escalones. Sentía que necesitaba que ella hablara primero para luego hablar él.

—Aquella vez que vino tu madre a visitarnos... —empezó por fin Shoba—. Una noche dije que me quedaría hasta más tarde en el trabajo, pero salí con Gillian y me tomé un martini.

Shukumar contempló su perfil: la nariz delgada, el mentón ligeramente masculino. Se acordaba muy bien de aquella noche; había cenado con su madre, estaba cansado después de haber dado dos clases seguidas y le habría gustado que Shoba hubiera estado allí, porque ella siempre hacía comentarios oportunos, mientras que a él sólo se le ocurrían inconveniencias. Hacía doce años que había muerto su padre, y su madre había ido a pasar dos semanas con ellos para honrar juntos la memoria del difunto. Todas las noches, su madre cocinaba algún plato que a su padre le gustaba, pero estaba demasiado disgustada para comer, y los ojos se le llenaban de lágrimas mientras Shoba le acariciaba una mano. «Es tan conmovedor...», le había dicho Shoba entonces. Ahora se la imaginaba con Gillian en un bar con sofás de terciopelo a rayas, aquel al que solían ir después del cine, recordándole al camarero que le pusiera dos aceitunas en la copa y pidiéndole un cigarrillo a su amiga. Se la imaginó quejándose de las visitas de su familia política y a Gillian solidarizándose con ella. Fue Gillian quien la llevó al hospital.

—Te toca —dijo Shoba, interrumpiendo sus pensamientos.

Shukumar oyó una perforadora al final de la calle y los gritos de los operarios por encima del estruendo. Dirigió la mirada hacia las fachadas oscuras de las casas de enfrente. En una de las ventanas había velas encendidas. Pese a que no hacía frío, por la chimenea salía humo.

—Copié en el examen de Civilización Oriental de la universidad —dijo él—. Era el último trimestre, mis exámenes finales. Mi padre había muerto hacía pocos meses. Veía la hoja de respuestas del chico que estaba sentado a mi lado. Era estadounidense, un empollón que sabía urdu y sánscrito. Yo no lograba recordar si la estrofa que teníamos que identificar era un ejemplo de un *ghazal* o no. Leí su respuesta y la copié.

Aquello había pasado más de quince años atrás. Después de contárselo a Shoba, Shukumar se sintió aliviado.

Shoba se volvió hacia él, pero no le miró la cara, sino los zapatos: unos mocasines viejos que él se ponía para estar por casa, con la piel del talón completamente aplastada. Shukumar se preguntó si lo que acababa de contarle le parecería mal. Ella le cogió una mano y se la apretó.

—No hacía falta que aclararas por qué lo hiciste —dijo, y se acercó más a él.

Se quedaron allí sentados hasta las nueve en punto, cuando volvió la luz. Oyeron a unos vecinos de la acera de enfrente aplaudiendo en su porche y el sonido de los televisores que volvían a encenderse. Los Bradford pasaron de nuevo por la calle comiéndose unos cucuruchos de helado y diciéndoles adiós con la mano. Shoba y Shukumar les devolvieron el saludo. Entonces se levantaron, todavía cogidos de la mano, y entraron en la casa.

Sin decir nada, de forma tácita, aquello se convirtió en una rutina. Un intercambio de confesiones, de pequeños detalles con los que habían herido o defraudado al otro o a sí mismos. Al día siguiente, Shukumar pasó horas pensando qué le diría a Shoba. Dudaba entre admitir que una vez había arrancado la fotografía de una modelo de una revista de moda a la que Shoba estaba suscrita y la había llevado entre las páginas de sus libros durante una semana, o confesarle que no era verdad que hubiera perdido el chaleco que ella le había regalado por su tercer aniversario de boda, sino que había ido a devolverlo a Filene's y con el dinero se había emborrachado, solo, en pleno día, en el bar de un hotel. Por su primer aniversario, Shoba había preparado una cena de diez platos sólo para él. El chaleco lo había deprimido. «Mi mujer me ha regalado un chaleco por nuestro aniversario», se lamentó ante el camarero, con la cabeza embotada por el coñac. «¿Qué esperabas? —replicó el camarero—. No haberte casado.»

En cuanto a la fotografía de la modelo, no sabía por qué la había arrancado. No era tan guapa como Shoba. Llevaba un vestido blanco con lentejuelas, tenía una expresión hosca y las piernas flacas y masculinas. Levantaba los brazos desnudos, con los puños a la altura de la cabeza, como si fuera a golpearse las orejas. Era un anuncio de medias. En aquella época, Shoba estaba embarazada y, de pronto, su vientre se había vuelto enorme, tanto que Shukumar ya no quería tocarla. La primera vez que vio aquella fotografía estaba tumbado en la cama a su lado, mirándola mientras ella leía. Luego vio la revista en el montón de papel para reciclar, buscó la imagen y arrancó la hoja con todo el cuidado que pudo. Durante una semana se permitió mirarla una vez al día. Sentía un intenso deseo por aquella mujer, pero ese deseo se transformaba en asco al cabo de un par de minutos. Era lo más cerca que había estado de la infidelidad.

La tercera noche le contó a Shoba lo del chaleco y la cuarta lo de la revista. Ella no dijo nada mientras él hablaba, no expresó enfado ni reproche. Se limitó a escuchar, y entonces le cogió la mano y se la apretó como había hecho la otra vez. La tercera noche, Shoba le contó que, en una ocasión, después de una conferencia a la que habían asistido juntos, le había dejado hablar con el jefe de su departamento sin advertirle que tenía un poquito de paté en la barbilla. Aquel día estaba enfadada con él por alguna razón y le había permitido hablar durante largo rato de la beca que quería asegurarse para el trimestre siguiente sin llevarse siquiera un dedo a la barbilla para darle a entender que tenía que limpiársela. La cuarta noche le confesó que nunca le había gustado el único poema que él había publicado en su vida, en una revista literaria de Utah. Lo había escrito poco después de conocer a Shoba. Añadió que le resultaba sensiblero.

Algo sucedía cuando la casa se quedaba a oscuras. Volvían a ser capaces de hablar. La tercera noche, después de la cena, se sentaron los dos en el sofá y, cuando se apagaron las luces, él empezó a besarla, vacilante, en la frente y el rostro, y pese a estar a oscuras cerró los ojos y supo que ella había hecho lo mismo. La cuarta noche subieron juntos al dormitorio, con cuidado, tanteando el suelo con el pie para asegurarse de que habían llegado al rellano, e hicieron el amor con una desesperación que ya habían olvidado. Ella lloró sin hacer ruido y susurró su nombre, y le acarició las cejas con un dedo en la oscuridad. Mientras hacían el amor, él se preguntaba qué le confesaría la siguiente noche y qué le contaría ella, y pensar en ello lo excitaba. «Abrázame —dijo—, abrázame fuerte.» Para cuando volvieron a encenderse las luces en el piso de abajo, se habían quedado dormidos.

La mañana de la quinta noche, Shukumar encontró otro aviso de la compañía eléctrica en el buzón: habían reparado la línea antes de lo previsto. Se llevó una decepción. Tenía pensado prepararle a Shoba unas gambas *malai*, pero cuando llegó a la tienda ya no le apetecía cocinar. Pensó que no sería lo mismo, ahora que sabía que no se iría la luz. Las gambas que vio en la tienda le parecieron grises y escuálidas. La lata de leche de coco estaba cubierta de polvo y era demasiado cara. Las compró de todas formas, y también una vela de cera de abeja y dos botellas de vino.

Shoba llegó a casa a las siete y media.

—Supongo que nuestro juego ha terminado —dijo él mientras ella leía el aviso.

Shoba lo miró y dijo:

—Si quieres, puedes encender las velas igualmente.

Aquella noche no había ido al gimnasio. Debajo de la gabardina llevaba un traje de chaqueta, y hacía poco que se había retocado el maquillaje.

Cuando ella subió a cambiarse, Shukumar se sirvió un poco de vino y puso un disco de Thelonious Monk que le gustaba a Shoba.

Ella bajó y cenaron juntos. No le dio las gracias ni lo felicitó por la cena. Comieron en la habitación en penumbra, a la luz de la vela de cera de abeja. Habían superado una época difícil. Se terminaron las gambas. Se terminaron la primera botella de vino y abrieron la segunda. Se quedaron sentados a la mesa hasta que la vela casi se hubo consumido. Shoba se removió en la silla y Shukumar creyó que se disponía a contarle algo. Pero entonces ella apagó la vela, se levantó, encendió la luz y volvió a sentarse.

—¿No deberíamos seguir con la luz apagada? —preguntó Shukumar.

Shoba apartó su plato y entrelazó las manos encima de la mesa.

—Quiero que me veas la cara mientras te digo esto —anunció con dulzura.

A Shukumar se le aceleró el corazón. El día que le dijo que estaba embarazada había empleado aquellas mismas palabras, y las había pronunciado con la misma dulzura, tras apagar el televisor en el que él estaba viendo un partido de baloncesto. Aquel día, Shukumar no estaba preparado. Esa noche, sí.

Pero no quería que Shoba volviera a estar embarazada. No quería tener que fingir que se alegraba.

—He estado buscando apartamento y he encontrado uno —anunció ella, entornando los ojos y fijando la vista más allá del hombro izquierdo de Shukumar.

No era culpa de nadie, continuó. Ya habían sufrido bastante. Ella necesitaba estar sola un tiempo. Tenía dinero ahorrado para la fianza. El apartamento estaba en Beacon Hill, desde donde podría ir a pie al trabajo. Aquella misma noche, antes de volver a casa, había firmado el contrato.

Shoba evitaba mirarlo; él, en cambio, no apartaba la vista de ella. Era obvio que había ensayado aquellas palabras. Llevaba tiempo buscando un apartamento, comprobando la presión del agua, preguntando a un agente inmobiliario si la calefacción y el agua caliente estaban incluidas en el alquiler. A Shukumar le asqueó saber que durante las últimas noches su mujer había estado preparándose para una vida sin él. Se sintió aliviado y, al mismo tiempo, asqueado. Aquello era lo que había estado tratando de decirle aquellas cuatro noches. Aquél era el objetivo de su juego.

Ahora le tocaba hablar a él, contarle algo que había jurado que jamás le confesaría, y durante seis meses había hecho todo lo posible por apartarlo de su mente. Antes de que le hicieran la ecografía, Shoba le había pedido al médico que no les revelara el sexo del bebé, y Shukumar había estado de acuerdo. Shoba quería que fuera una sorpresa.

Después, en las pocas ocasiones en que hablaron de lo que había ocurrido, ella comentó que al menos se habían ahorrado saber si el bebé era niño o niña. De algún modo, era como si Shoba se enorgulleciera de su decisión, pues le permitía refugiarse en un misterio. Shukumar sabía que ella daba por hecho que para él también era un misterio; que había llegado demasiado tarde de Baltimore, cuando todo había terminado y ella ya estaba acostada en la cama del hospital. Pero no había sido así. Shukumar había llegado a tiempo de ver a su bebé y de cogerlo en brazos antes de que lo incineraran. Al principio había rechazado la proposición, pero el médico le explicó que abrazar al bebé podría ayudarlo a superar el duelo. Shoba dormía. Habían lavado a la criatura y sus párpados abultados estaban fuertemente apretados y cerrados al mundo.

—Nuestro bebé era un niño —dijo—. Tenía la piel más roja que marrón y pelo en la cabeza, negro. Pesaba poco más de dos kilos. Tenía los puños apretados, como tú cuando duermes.

Entonces Shoba sí lo miró, y su rostro se contrajo de dolor. Shukumar había copiado en un examen final, había arrancado la fotografía de una modelo de una revista. Había devuelto un chaleco y se había emborrachado en pleno día. Ésas eran las cosas que le había contado. Pero también había tenido en brazos a su hijo, un hijo que sólo había conocido la vida dentro del vientre de su madre; lo había apretado contra su pecho en una habitación oscura de una planta desconocida del hospital. Lo había tenido en brazos hasta que una enfermera llamó a la puerta y se lo llevó, y aquel día Shukumar se prometió que nunca se lo contaría a Shoba, porque entonces todavía la amaba y aquello era la única cosa de toda su vida que ella había querido que fuera una sorpresa.

Shukumar se levantó y puso un plato sobre el otro. Los llevó al fregadero, pero, en lugar de abrir el grifo, se quedó mirando por la ventana. Fuera aún no hacía frío y los Bradford paseaban cogidos del brazo. Mientras miraba a la pareja, la habitación se quedó a oscuras de pronto y Shukumar se dio rápidamente la vuelta. Shoba había apagado las luces; luego volvió a la mesa y se sentó. Poco después, Shukumar se sentó también. Juntos lloraron por las cosas que ahora sabían.

Cuando el señor Pirzada venía a cenar

En el otoño de 1971 solía venir a nuestra casa un hombre que llevaba golosinas en los bolsillos y, en el corazón, la esperanza de averiguar si su familia estaba viva o muerta. Se llamaba señor Pirzada, y era de Daca, que hoy en día es la capital de Bangladesh, pero que entonces formaba parte de Pakistán. Aquel año hubo una guerra civil en el país. La región oriental, donde se encontraba Daca, luchaba por obtener la autonomía del régimen que gobernaba en el oeste. En el mes de marzo, el ejército pakistaní había invadido, incendiado y bombardeado Daca. Arrastraron a los maestros a la calle y los ejecutaron; arrastraron a las mujeres a los cuarteles y las violaron. A finales de aquel verano se calculaba que habían muerto trescientas mil personas. En Daca, el señor Pirzada tenía una casa de tres plantas, un puesto de profesor de botánica en la universidad, una mujer con la que llevaba casado veinte años y siete hijas de edades comprendidas entre los seis y los dieciséis años y cuyos nombres empezaban, sin excepción, con la letra A. «Fue idea de su madre —explicó un día, y sacó de su cartera una fotografía en blanco y negro de siete niñas en un pícnic, todas con lazos en las trenzas, sentadas en fila con las piernas cruzadas y comiendo curry de pollo servido en hojas de plátano—. ¿Cómo voy a distinguirlas? Ayesha, Amira, Amina, Aziza... Comprenderán que no es fácil.»

Todas las semanas, el señor Pirzada escribía a su mujer y enviaba un tebeo a cada una de sus siete hijas, pero el servicio de correos de Daca, como prácticamente todo lo demás, había dejado de funcionar, así que hacía más de seis meses que no sabía nada de ellas. En aquella época, el señor Pirzada estaba pasando un año en Estados Unidos, pues el Gobierno de Pakistán le había concedido una beca para estudiar la flora de Nueva Inglaterra. Había pasado la primavera y el verano recogiendo datos en Vermont y Maine, y en otoño se trasladó a una universidad situada al norte de Boston, donde vivíamos nosotros, para escribir un breve tratado sobre sus hallazgos. La beca constituía un gran honor, pero al cambio en dólares no era muy generosa. De modo que el señor Pirzada vivía en una habitación de una residencia para alumnos de posgrado, donde no disponía de cocina ni de televisor propios, y por eso venía a nuestra casa a cenar y a ver las noticias de la noche.

Al principio, yo ignoraba el motivo de sus visitas. Tenía diez años, y no me sorprendía que mis padres, que eran indios y se relacionaban con otros indios de la universidad, invitaran al señor Pirzada a cenar. Era un campus pequeño, con estrechos senderos de grava y edificios blancos con columnas, ubicado en las afueras de una ciudad que parecía aún más pequeña. En el supermercado no vendían aceite de mostaza, los médicos no visitaban a domicilio, los vecinos no pasaban sin invitación previa, y aquéllas eran algunas de las cosas de las que a menudo oía quejarse a mis padres. Al inicio de cada nuevo trimestre, deslizaban un dedo por las columnas del directorio de la universidad en busca de compatriotas y rodeaban con un círculo los apellidos que les recordaban a los de su país natal. Así descubrieron al señor Pirzada. Poco después lo llamaron por teléfono y lo invitaron a nuestra casa.

No guardo ningún recuerdo de su primera visita, ni de la segunda, ni de la tercera. Sin embargo, a finales de septiembre me había acostumbrado tanto a la presencia del señor Pirzada en nuestro salón que, una noche, mientras ponía cubitos de hielo en la jarra del agua, le pedí a mi madre que me acercara un cuarto vaso de un armario al que todavía no llegaba. Ella estaba ocupada ante los fogones manejando una sartén de espinacas salteadas con rábanos, y el zumbido del viejo extractor y los enérgicos arañazos que daba con la espátula le impidieron oírme. Me volví hacia mi padre, que estaba apoyado en la nevera comiéndose un puñado de anacardos salados que sostenía en una mano.

—¿Qué quieres, Lilia?

—Un vaso para el señor indio.

—El señor Pirzada no va a venir esta noche. Y aún más importante: el señor Pirzada ya no puede considerarse indio —anunció mi padre mientras se sacudía la sal de los anacardos de la barba, negra y bien recortada—. De hecho, no es indio desde la Partición. Nuestro país se dividió en 1947.

Comenté que yo creía que aquélla era la fecha de la independencia de la India de Gran Bretaña, y mi padre replicó:

—Eso también. Primero nos liberamos y acto seguido nos dividimos —me explicó, y trazó una «X» en la encimera con un dedo—, como una tarta. Los hindúes aquí y los musulmanes allí. Daca ya no nos pertenece.

Me contó que, durante la Partición, los hindúes y los musulmanes se habían dedicado a quemar los unos las casas de los otros. Para muchos, la idea de comer juntos seguía siendo inconcebible.

Aquello no tenía ningún sentido para mí. El señor Pirzada y mis padres hablaban el mismo idioma, se reían con los mismos chistes y su aspecto era más o menos el mismo. Acompañaban las comidas con mango encurtido y todas las noches comían arroz con las manos. Igual que mis padres, el señor Pirzada se descalzaba antes de entrar en una habitación, masticaba semillas de hinojo después de las comidas como digestivo, no bebía alcohol y de postre mojaba unas sencillas galletas en una taza de té tras otra. No obstante, mi padre insistió en que debía entender la diferencia, y con ese fin me llevó hasta el mapamundi que colgaba de la pared detrás de su escritorio. Parecía preocuparle que el señor Pirzada pudiera ofenderse si, por despiste, me refería a él como «indio», aunque me costaba muchísimo imaginarme al señor Pirzada ofendido por nada.

—El señor Pirzada es bengalí, pero es musulmán —me informó mi padre—. Por lo tanto, vive en Pakistán Oriental, no en la India.

Deslizó un dedo por el Atlántico, a través de Europa, el Mediterráneo, Oriente Medio y, por último, llegó al diamante irregular de color naranja que, como mi madre me había hecho ver una vez, parecía una mujer vestida con sari y con el brazo izquierdo extendido. Había varias ciudades rodeadas con un círculo y conectadas con líneas para indicar los viajes que habían realizado mis padres. Además, la ciudad donde habían nacido, Calcuta, aparecía marcada con una pequeña estrella plateada. Yo sólo había estado allí una vez, y apenas recordaba aquel viaje.

—Como ves, Lilia, es un país diferente, con un color diferente —continuó mi padre.

Pakistán no era naranja, sino amarillo. Me fijé en que lo componían dos partes diferenciadas, una mucho mayor que la otra, separadas por una franja de territorio indio; era como si California y Connecticut formaran una nación independiente de Estados Unidos.

Mi padre me dio unos golpecitos en la cabeza con los nudillos.

—Supongo que estás al corriente de la situación actual, ¿no? De la lucha de Pakistán Oriental por la soberanía.

Asentí, pese a que no estaba al corriente de nada.

Regresamos a la cocina, donde mi madre escurría en aquel momento una olla de arroz hervido en un colador. Mi padre abrió la lata que había en la encimera y me miró fijamente por encima de la montura de sus gafas mientras comía unos cuantos anacardos más.

—¿Qué te enseñan en la escuela? ¿Estudias historia? ¿Geografía?

—Lilia tiene mucho que aprender en la escuela —intervino mi madre—. Ahora vivimos aquí, ella nació aquí.

Parecía sinceramente orgullosa de aquella circunstancia, como si se tratara de un reflejo de mi carácter. Yo sabía que, a su juicio, su hija tenía asegurada una vida sin peligros, una vida fácil, una buena educación, todo tipo de oportunidades. Nunca tendría que sufrir el racionamiento de alimentos, ni obedecer toques de queda u observar disturbios callejeros desde el tejado, ni que esconder a vecinos en depósitos de agua para impedir que los ejecutaran, como les había ocurrido a ellos.

—Imagina que hubiéramos tenido que buscarle un colegio decente, o que hubiera tenido que leer durante los cortes de luz alumbrándose con una lámpara de queroseno. Imagina las presiones, los profesores particulares, los exámenes constantes. —Se pasó una mano por el pelo; mi madre llevaba entonces una melena corta, apropiada para su empleo de media jornada como cajera de banco—. ¿Cómo quieres que sepa qué es la Partición? Y guarda de una vez esos anacardos.

—Pero ¿qué están aprendiendo del mundo? —Mi padre sacudió la lata de anacardos haciéndola sonar—. ¿Qué les enseñan?

Nos enseñaban historia de Estados Unidos, por supuesto, y geografía de Estados Unidos. Aquel curso, como todos, por lo visto, empezamos estudiando la Guerra de Independencia. Nos llevaron de excursión en autobuses escolares a ver la Roca de Plymouth, a recorrer el Sendero de la Libertad y a subir hasta lo alto del monumento de Bunker Hill. Construimos dioramas con cartulinas de colores para representar a George Washington cruzando las agitadas aguas del río Delaware, e hicimos títeres del rey Jorge con leotardos blancos y un lazo negro en el pelo. Cuando teníamos examen, nos repartían mapas mudos de las trece colonias y nos pedían que escribiéramos en ellos nombres, fechas y capitales. Yo lo hacía con los ojos cerrados.

Al día siguiente, el señor Pirzada llegó a las seis en punto, como de costumbre. Pese a que ya se conocían, mi padre y él conservaban la costumbre de estrecharse la mano al saludarse.

—Pase, por favor. Lilia, el abrigo del señor Pirzada.

Entró en el recibidor vestido con un traje impecable, bufanda y corbata de seda. Siempre llevaba conjuntos de tonos ciruela, aceituna o chocolate. Era un hombre fornido, y aunque sus pies siempre apuntaban hacia fuera y tenía una barriga un tanto abultada, mantenía siempre una postura erguida, como si en cada mano llevara una maleta de idéntico peso. Por sus orejas asomaban unos mechones de pelo grisáceo que, al parecer, aislaban sus oídos del desagradable ajetreo de la vida. Llevaba los ojos ligeramente sombreados con kohl y tenía las pestañas espesas, un bigote muy poblado cuyos extremos apuntaban con alegría hacia arriba y un lunar con forma de uva pasa aplastada justo en medio de la mejilla izquierda. En la cabeza llevaba un fez negro hecho con lana de cordero persa y sujeto con alfileres; nunca llegué a verlo sin él. Aunque mi padre siempre se ofrecía a ir a recogerlo con nuestro coche, el señor Pirzada prefería venir andando desde su residencia hasta nuestro barrio, un recorrido de unos veinte minutos a pie que aprovechaba para examinar los árboles y arbustos que encontraba por el camino, así que cuando entraba en casa tenía los nudillos enrojecidos por el efecto del frío otoñal.

—Otro refugiado más en territorio indio, me temo.

—Según los últimos cálculos, ya son nueve millones —replicó mi padre.

El señor Pirzada me entregó su abrigo, pues yo era la encargada de colgarlo en el perchero que había al pie de la escalera. Era una prenda de lana, con un discreto motivo de cuadros grises y azules. Tenía un forro a rayas y botones de hueso, y desprendía un ligero olor a lima. Dentro no había ninguna etiqueta, sólo las palabras «Z. Sayeed, Suitors» bordadas a mano, en cursiva, con un hilo negro y reluciente. Algunos días llevaba una hoja de abedul o de arce metida en un bolsillo. Se desabrochó los cordones de los zapatos y los dejó uno al lado del otro junto al zócalo; en las punteras y los talones tenían adherida una pasta amarillenta, resultado de pisar nuestro césped húmedo y sin rastrillar. Una vez liberado de esas ataduras, me pellizcó la barbilla con sus dedos cortos y nerviosos, como haría alguien que quisiera comprobar la solidez de una pared antes de clavar un clavo en ella. A continuación, siguió a mi padre hasta el salón, donde estaba el televisor con el canal de las noticias locales sintonizado. En cuanto se sentaron, mi madre salió de la cocina con una bandeja de kebabs de carne picada con *chutney* de cilantro. El señor Pirzada se metió uno en la boca.

—Sólo espero —dijo mientras alargaba el brazo y cogía otro— que a los refugiados de Daca los alimenten con el mismo esmero. Ah, por cierto... —Se metió una mano en el bolsillo de la americana y me ofreció un pequeño huevo de plástico lleno de corazones de canela—. Para la doncella de la casa —dijo, e hizo una reverencia casi imperceptible, con los pies apuntando hacia fuera.

—En serio, señor Pirzada —protestó mi madre—. Todas las noches lo mismo. Me la está malcriando.

—Yo sólo malcrío a los niños que es imposible malcriar.

Era un momento incómodo para mí, un momento que esperaba con pavor y, al mismo tiempo, con placer. La rotunda elegancia del señor Pirzada me cautivaba, y también me halagaba la ligera teatralidad de las atenciones que me prodigaba; sin embargo, la espléndida fluidez de sus gestos, que por un instante me hacían sentir como una extraña en mi propia casa, no dejaba de desconcertarme. Aquello se había convertido en nuestro ritual, y durante varias semanas, antes de familiarizarnos más el uno con el otro, era el único momento en que se dirigía directamente a mí. Yo no ofrecía ninguna respuesta, no hacía ningún comentario, no mostraba reacción alguna al constante torrente de caramelos de miel, trufas rellenas de frambuesa, tubos de pastillas ácidas. Ni siquiera podía darle las gracias, pues, en una ocasión en que lo hice, por lo espectacular de la piruleta de menta envuelta con gran derroche de papel de celofán morado, me preguntó: «¿Por qué me das las gracias? La empleada del banco me da las gracias, la cajera de la tienda me da las gracias, la bibliotecaria me da las gracias cuando devuelvo un libro cuyo plazo de devolución ha vencido, la operadora de conferencias me da las gracias cuando intenta conectarme con Daca y no lo consigue. Si me entierran en este país, no me cabe ninguna duda de que en mi funeral me darán las gracias.»

No me parecía correcto comerme sin más las golosinas que me regalaba el señor Pirzada. Codiciaba el tesoro de cada noche como habría codiciado una joya o una moneda de un reino desaparecido; lo guardaba en una cajita de madera de sándalo tallada que tenía junto a mi cama. Era la misma en la que, mucho tiempo atrás, en la India, la madre de mi padre guardaba las nueces de areca troceadas que comía después del baño matutino. Era mi único recuerdo de una abuela a la que nunca conocí, y hasta que el señor Pirzada no llegó a nuestras vidas, no había sido capaz de encontrar algo que guardar en ella. De vez en cuando, antes de lavarme los dientes y preparar la ropa que me pondría al día siguiente para ir al colegio, abría la tapa de la caja y me comía una de sus golosinas.

Aquella noche, como todas las noches, no cenamos en la mesa del comedor, porque desde allí no veíamos bien el televisor. Nos apiñamos alrededor de la mesita de café, sin conversar, con los platos apoyados en las rodillas. Mi madre fue sacando de la cocina una sucesión de platos: lentejas con cebolla frita, judías verdes con coco, pescado con uvas pasas y salsa de yogur. Yo la seguí con los vasos de agua, el plato con los limones cortados en cuñas y las guindillas que una vez al mes comprábamos a granel en Chinatown y guardábamos en el congelador, y que a ellos les gustaba triturar y espolvorear sobre la comida.

Antes de empezar a comer, el señor Pirzada siempre hacía una cosa bastante curiosa. Sacaba un sencillo reloj plateado sin correa que llevaba en el bolsillo superior de la americana, se lo acercaba un momento a una de sus peludas orejas y, con tres rápidos movimientos del pulgar y el índice, le daba cuerda. Me había explicado que, a diferencia del que llevaba en la muñeca, el reloj de bolsillo marcaba la hora local de Daca, once horas por delante de la nuestra. Durante el resto de la cena, el reloj reposaba sobre su servilleta de papel doblada, en la mesita del salón. Creo que nunca lo vi consultar qué hora marcaba.

Cuando me enteré de que el señor Pirzada no era indio, empecé a observarlo con mayor detenimiento con objeto de averiguar qué lo hacía diferente. Llegué a la conclusión de que el reloj de bolsillo era una de esas cosas. Aquella noche, mientras él le daba cuerda y lo colocaba en la mesita, un cierto desasosiego se apoderó de mí: me di cuenta de que la vida transcurría antes en Daca. Imaginé a las hijas del señor Pirzada levantándose de la cama, poniéndose lazos en el pelo, disponiéndose a desayunar, preparándose para ir a la escuela. Nuestras comidas, nuestras actividades, no eran más que una sombra de lo que allí ya había sucedido, un fantasma rezagado del lugar al que de verdad pertenecía el señor Pirzada.

A las seis y media, hora a la que comenzaban las noticias nacionales, mi padre subió el volumen y ajustó la antena. Normalmente, yo me ponía a leer un libro, pero aquella noche mi padre insistió en que prestara atención. En la pantalla vi tanques que avanzaban por calles polvorientas, y edificios derrumbados, y bosques con árboles que no conocía y a los que habían huido los refugiados de Pakistán Oriental que buscaban cobijo al otro lado de la frontera india. Vi barcos con velas en forma de abanico que flotaban en ríos anchos de color café, una universidad rodeada de barricadas, oficinas de periódico incendiadas. Me volví y miré al señor Pirzada; las imágenes se reflejaban en miniatura en sus ojos. Mientras miraba el televisor, su cara mantenía una expresión inmutable, serena pero alerta, como si alguien estuviera dándole indicaciones para llegar a un destino desconocido.

Cuando empezaron los anuncios, mi madre fue a la cocina a buscar más arroz y mi padre y el señor Pirzada deploraron la política de un general llamado Yahyah Khan. Hablaron de intrigas que yo desconocía, de una catástrofe que yo no podía entender. «Ya ves lo que tienen que hacer los niños de tu edad para sobrevivir», comentó mi padre mientras me servía otro trozo de pescado. Pero yo ya no podía comer. Sólo podía mirar de soslayo al señor Pirzada, sentado a mi lado con su americana verde oliva, formando con serenidad un hoyo en el montón de arroz de su plato para colocar en él otra ración de lentejas. No encajaba del todo con la imagen que yo me hacía de un hombre preocupado por problemas tan graves. Se me ocurrió pensar que, a lo mejor, la razón por la que iba siempre tan elegante era que quería estar preparado para sobrellevar con dignidad cualquier noticia que lo asaltara, tal vez incluso para asistir a un funeral en cualquier momento. También me preguntaba qué sucedería si, de pronto, sus siete hijas aparecieran en la pantalla del televisor, sonriendo, saludando con la mano y lanzándole besos al señor Pirzada desde un balcón. Me imaginé el gran alivio que sentiría. Pero eso nunca ocurrió.

Aquella noche, cuando puse el huevo de plástico lleno de corazones de canela en la caja que guardaba junto a mi cama, no sentí la solemne satisfacción de otras ocasiones. Intenté no pensar en el señor Pirzada, en su abrigo que olía a lima, no relacionarlo con aquel mundo alborotado y sofocante que pocas horas antes habíamos contemplado desde nuestro luminoso salón enmoquetado. Sin embargo, durante unos instantes fue lo único en que pude pensar. Se me encogió el corazón al imaginar que quizá su mujer y sus siete hijas se encontraran en ese momento entre la multitud de desplazados vociferantes que habían aparecido fugazmente en la pantalla. Tratando de ahuyentar aquella imagen, dejé que mi mirada vagara por mi habitación: la cama con dosel amarillo a juego con las cortinas con volantes; los dibujos que había hecho en el colegio, enmarcados y colgados en las paredes decoradas con papel pintado blanco y violeta; las marcas trazadas con lápiz junto a la puerta del armario, con las que mi padre registraba mi estatura el día de mi cumpleaños. Sin embargo, cuanto más me esforzaba por distraerme, más me convencía de que lo más probable era que la familia del señor Pirzada hubiera muerto. Al final, saqué una tableta de chocolate blanco de la caja, la desenvolví y luego hice algo que nunca había hecho. Me puse un trozo de chocolate en la boca y dejé que se ablandara durante el mayor tiempo posible, y sólo entonces lo mastiqué despacio y recé para que la familia del señor Pirzada estuviera sana y salva. Nunca había rezado por nada, nadie me había enseñado a rezar ni me había instado a hacerlo, pero decidí que, dadas las circunstancias, era lo que debía hacer. Aquella noche cuando fui al cuarto de baño, sólo fingí lavarme los dientes, porque temía que si me enjuagaba la boca, también enjuagaría mi plegaria. Mojé el cepillo y cambié el tubo de pasta dentífrica de posición para que mis padres no me hicieran preguntas, y me quedé dormida con azúcar en la lengua.

En la escuela nadie hablaba de la guerra que en el salón de mi casa seguíamos con tanto interés. Estudiábamos el levantamiento de las trece colonias y las injusticias de un sistema tributario sin representación, y memorizábamos fragmentos de la Declaración de Independencia. Cuando salíamos al patio, los chicos formaban dos grupos y se perseguían unos a otros como locos alrededor de los columpios y los balancines: los casacas rojas contra las colonias. En el aula, nuestra maestra, la señora Kenyon, señalaba con frecuencia un mapa que se desenrollaba desde la parte superior de la pizarra como una pantalla de cine, y nos mostraba la ruta del *Mayflower* o la ubicación de la Campana de la Libertad. Todas las semanas, dos alumnos de la clase presentaban un trabajo sobre un aspecto determinado de la Revolución, y un día me enviaron a la biblioteca de la escuela con mi amiga Dora a recabar información sobre la rendición de Yorktown. La señora Kenyon nos dio una hoja de papel con los títulos de tres libros que debíamos buscar en el catálogo. Los encontramos enseguida, y nos sentamos a una mesa redonda y baja a leer y tomar notas. Pero yo era incapaz de concentrarme. Volví a los estantes de madera clara, a una sección con la etiqueta «Asia» en la que me había fijado. Allí había libros sobre China, India, Indonesia, Corea. Al final encontré un libro titulado *Pakistán: un país y su gente*. Me senté en una banqueta y abrí el libro. La sobrecubierta plastificada crujió entre mis manos. Empecé a pasar las páginas, llenas de fotografías de ríos y arrozales y hombres con uniforme militar. Había un capítulo sobre Daca, y me puse a leer los datos de precipitación y de producción de yute. Estaba examinando una tabla demográfica cuando mi amiga Dora apareció en el pasillo.

—¿Qué haces aquí? La señora Kenyon ha venido a ver cómo nos va.

Cerré el libro de golpe y, sin querer, hice mucho ruido. Entonces apareció la maestra, cuyo perfume invadió de inmediato el estrecho pasillo, y levantó el libro sujetándolo por un extremo del lomo como si fuera un pelo que se me hubiera quedado pegado al suéter. Le echó un vistazo a la cubierta y luego me miró a mí.

—¿Necesitas este libro para redactar tu trabajo, Lilia?

—No, señora Kenyon.

—Entonces no veo razón para que lo consultes —dijo mientras lo devolvía al pequeño hueco del estante—. ¿Y tú?

· · ·

A medida que transcurrían las semanas, cada vez era menos habitual que ofrecieran imágenes de Daca en las noticias. Informaban de lo que había sucedido allí después de la primera tanda de anuncios, a veces después de la segunda. La prensa estaba censurada, limitada, dirigida, condicionada. Algunos días, muchos, se limitaban a anunciar el número de víctimas mortales tras describir una vez más la situación general. Ejecutaban a más poetas, incendiaban más aldeas. A pesar de todo, noche tras noche mis padres y el señor Pirzada disfrutaban de unas cenas largas y pausadas. Después de apagar el televisor y lavar y secar los platos, bromeaban, contaban historias y mojaban galletas en sus tazas de té. Cuando se cansaban de hablar de política, empezaban a comentar los progresos del libro del señor Pirzada sobre los árboles de hoja caduca de Nueva Inglaterra, y de la candidatura de mi padre a un puesto permanente en la universidad, y de los peculiares hábitos dietéticos de los compañeros de trabajo norteamericanos de mi madre. Al final siempre acababan enviándome arriba a hacer los deberes, pero seguía oyéndolos a través de la moqueta mientras bebían más té, y ponían casetes de Kishore Kumar, y jugaban a Scrabble en la mesita de café, riendo y discutiendo hasta muy tarde sobre la grafía de las palabras inglesas. Me habría gustado unirme a ellos; me habría gustado, sobre todo, consolar de alguna manera al señor Pirzada. Pero aparte de comerme un caramelo por su familia y rezar para que estuviera a salvo, no podía hacer nada. Jugaban a Scrabble hasta que empezaban las noticias de las once, y después, alrededor de medianoche, el señor Pirzada regresaba dando un paseo a su residencia. Por eso nunca lo vi marcharse, pero todas las noches, mientras iba quedándome dormida, los oía asistir al nacimiento de una nación en la otra punta del planeta.

Un día del mes de octubre, el señor Pirzada entró en casa haciendo una pregunta:

—¿Qué son esas hortalizas grandes y naranjas que hay en los portales? ¿Un tipo de melón?

—Son calabazas —contestó mi madre—. Lilia, recuérdame que vaya a buscar una al supermercado.

—¿Y qué utilidad tienen? ¿Qué indican?

—Son para hacer faroles de Halloween —respondí, y compuse una mueca que pretendía ser feroz—. Así. Para asustar a la gente.

—Entiendo —replicó el señor Pirzada, que también hizo una mueca—. Deben de ser muy útiles.

Al día siguiente, mi madre compró una calabaza de más de cuatro kilos, gruesa y redonda, y la puso sobre la mesa del comedor. Antes de cenar, mientras mi padre y el señor Pirzada veían las noticias locales, me dijo que la decorara con rotuladores, pero yo quería tallarla para que fuera como las que había visto en el barrio.

—Sí, vamos a tallarla —coincidió el señor Pirzada, y se levantó del sofá—. Olvidémonos de las noticias esta noche.

Y sin preguntar nada a nadie, entró en la cocina, abrió un cajón y volvió con un gran cuchillo de sierra. Me miró solicitando mi aprobación.

—¿Puedo?

Asentí con la cabeza. Por primera vez, todos nos reunimos alrededor de la mesa del comedor: mi madre, mi padre, el señor Pirzada y yo. Mientras el televisor continuaba encendido sin que nadie le hiciera caso, cubrimos el tablero de la mesa con periódicos. El señor Pirzada colgó su americana en el respaldo de una silla, se quitó los gemelos de ópalo y se enrolló las mangas almidonadas de la camisa.

—Primero hay que cortarla por arriba, así —dije, y con el dedo índice le mostré cómo tenía que hacerlo.

El señor Pirzada practicó una primera incisión con el cuchillo y fue cortando en círculo. Cuando lo hubo completado, quitó la tapa tirando del pedúnculo. Salió sin esfuerzo. Luego se inclinó un momento sobre la calabaza para examinar y olfatear su contenido. Mi madre le ofreció una cuchara metálica larga y él empezó a vaciar el interior hasta que desaparecieron los últimos trocitos de hebras y semillas. Mi padre, entretanto, iba separando las semillas de la pulpa y las ponía a secar en la bandeja del horno, donde más tarde las tostaríamos. Yo dibujé dos triángulos en la superficie estriada, los ojos, y el señor Pirzada los talló obedientemente. Luego hicimos dos medias lunas que representaban las cejas y otro triángulo para la nariz. Sólo faltaba la boca, y los dientes suponían todo un desafío. Titubeé.

—¿Contenta o enfadada? —pregunté.

—Elige tú —dijo el señor Pirzada.

Como me costaba decidirme, dibujé una especie de mueca de un extremo a otro, ni triste ni alegre. El señor Pirzada empezó a tallar sin sentirse intimidado en lo más mínimo por el reto, como si llevara toda la vida tallando calabazas de Halloween. Cuando casi había terminado, empezaron las noticias nacionales. El reportero mencionó Daca y todos nos volvimos y prestamos atención: un representante del Gobierno indio declaró que, a menos que el mundo ayudara a aligerar la carga que suponían los refugiados procedentes de Pakistán Oriental, la India no tendría más remedio que declararle la guerra a Pakistán. Mientras retransmitía la información, las gotas de sudor resbalaban por el rostro del reportero. No llevaba americana ni corbata; iba vestido como si también él estuviera a punto de tomar parte en la batalla. Se cubrió la cara mientras le gritaba algo al cámara. Justo en ese momento, el cuchillo resbaló de la mano del señor Pirzada e hizo un tajo hasta la base de la calabaza.

—Lo siento muchísimo. —Se llevó una mano a la mejilla, como si le hubieran dado una bofetada—. Es terrible. Estoy... Compraré otra y volveremos a intentarlo.

—Nada de eso. No se preocupe —dijo mi padre.

Le cogió el cuchillo de la mano y empezó a tallar alrededor del tajo, igualándolo, y prescindiendo de los dientes que yo había dibujado. El resultado fue un agujero desproporcionadamente grande, del tamaño de un limón, de modo que nuestro farol de Halloween tenía cara de plácido asombro, las cejas ya no parecían feroces, y flotaban sobre los ojos vacíos y geométricos confiriéndoles una expresión de sorpresa.

El día de Halloween me disfracé de bruja. Mi amiga Dora, que iba a acompañarme a pedir caramelos, también iba de bruja. Llevábamos unas capas negras hechas con fundas de almohada teñidas y unos sombreros cónicos con anchas alas de cartón. Nos pintamos la cara de verde con una sombra de ojos rota de la madre de Dora, y la mía nos dio dos sacos de arpillera que en su momento habían contenido arroz basmati para que recogiéramos los dulces. Aquel año, nuestros padres decidieron que ya éramos lo suficientemente mayores para poder ir solas por el barrio. Nuestro plan consistía en ir a pie de mi casa a la de Dora, desde donde yo llamaría para decir que había llegado bien, y entonces la madre de Dora me devolvería a casa en coche. Mi padre nos equipó con linternas y tuve que sincronizar mi reloj con el suyo. No podíamos volver más tarde de las nueve.

Aquella noche, cuando llegó el señor Pirzada, me regaló una caja de caramelos de menta recubiertos de chocolate.

—Aquí —le dije, y abrí el saco—. ¡Truco o trato!

—Veo que, en realidad, esta noche no necesitas mi contribución —comentó, y depositó la caja en el saco.

Observó mi cara pintada de verde y el sombrero sujeto con un cordel y anudado bajo mi barbilla. Con cuidado, levantó la capa y comprobó qué llevaba debajo. Me había puesto un suéter y una chaqueta de borreguillo con cremallera.

—¿Vas suficientemente abrigada?

Dije que sí con la cabeza y el sombrero se deslizó hacia un lado.

Me lo colocó bien y añadió:

—Quizá sea mejor que te mantengas erguida.

50

Al pie de nuestra escalera había unos cestitos llenos de golosinas, y cuando el señor Pirzada se descalzó, no dejó sus zapatos allí, como solía hacer, sino dentro del armario. Empezó a desabrocharse el abrigo y yo esperé a que me lo diera, pero entonces Dora me llamó desde el cuarto de baño porque necesitaba que la ayudara a dibujarse una verruga en la barbilla. Cuando estuvimos preparadas, mi madre nos tomó una fotografía delante de la chimenea y por fin abrí la puerta de la calle para salir. El señor Pirzada y mi padre, que aún no habían entrado en el salón, se quedaron un momento en el recibidor. Fuera ya estaba oscuro. Olía a hojas mojadas, y la luz titilante de nuestra calabaza tallada se reflejaba en los arbustos que había junto a la puerta. A lo lejos se oían ruidos de pies que corrían de aquí para allá, y los gritos de los niños mayores —que no llevaban más disfraz que una máscara de plástico— se mezclaban con el crujido de los atavíos de los más pequeños, algunos tan chicos que sus padres los llevaban en brazos de puerta en puerta.

—No entréis en ninguna casa que no conozcáis —nos advirtió mi padre.

—¿Es peligroso? —preguntó el señor Pirzada frunciendo el ceño.

—No, en absoluto —lo tranquilizó mi madre—. Todos los niños del barrio están en la calle. Es una tradición.

—¿Y si las acompaño? —propuso él.

De pronto, parecía cansado y menudo, allí plantado, descalzo y con los pies apuntando hacia fuera, y su mirada expresaba un miedo que yo no le había visto hasta entonces. Pese al frío que hacía, empecé a sudar bajo mi funda de almohada.

—De verdad, señor Pirzada —insistió mi madre—. Lilia y su amiga no corren ningún peligro.

—Pero ¿y si se pone a llover? ¿Y si se pierden?

—No se preocupe —le dije yo.

Era la primera vez que dirigía aquellas palabras al señor Pirzada; tres sencillas palabras que llevaba semanas intentando decirle sin lograrlo, que sólo había sido capaz de articular en mis oraciones. Me avergoncé de haberlas pronunciado en mi propio beneficio.

Me posó un dedo regordete en la mejilla y luego se lo puso en el dorso de una mano, donde le dejó una manchita verde.

—Si la doncella insiste... —concedió, e hizo una pequeña reverencia.

Salimos tambaleándonos un poco con nuestros puntiagudos zapatos negros comprados en una tienda de artículos de segunda mano, y cuando nos dimos la vuelta al final del camino de entrada para decir adiós, vi al señor Pirzada con mis padres en el umbral de la puerta, más bajito que ellos, devolviéndonos el saludo.

—¿Por qué quería venir con nosotras ese señor? —me preguntó Dora.

—Sus hijas han desaparecido.

Nada más decirlo, lo lamenté. Temí que el simple hecho de haber pronunciado aquellas palabras lo hiciera realidad, que las hijas del señor Pirzada desaparecieran de verdad y que él nunca volviera a verlas.

—¿Qué quieres decir? ¿Que las han secuestrado? —siguió preguntando Dora—. ¿En un parque o algo así?

—No, no. No quería decir eso. Lo que quería decir es que las echa de menos. Viven en otro país, y hace mucho tiempo que no las ve, sólo es eso.

Fuimos de casa en casa, recorriendo senderos de grava y llamando a los timbres. Algunos vecinos habían apagado todas las luces para añadir dramatismo a la velada, o colgado murciélagos de goma en las ventanas. Delante de la puerta de los McIntyre había un ataúd, y el señor McIntyre se levantó de él sin decir palabra, con la cara pintada de tiza, y metió un puñado de caramelos en nuestros sacos. Varias personas me dijeron que era la primera vez que veían a una bruja india. Otros cerraron el «trato» sin hacer ningún comentario. Por el camino, que alumbrábamos con los haces paralelos de nuestras linternas, vimos huevos rotos en medio de la calzada, coches embadurnados de espuma de afeitar y ramas de árboles adornadas con papel higiénico. Cuando llegamos a casa de Dora teníamos las manos enrojecidas de cargar con nuestros pesados sacos, y los pies hinchados y doloridos. Su madre nos dio tiritas para las ampollas y tomamos zumo de manzana caliente y palomitas de maíz dulces. Me recordó que llamara a mis padres para decirles que había llegado bien, y cuando lo hice, oí el televisor de fondo. No me pareció que mi madre sintiera un gran alivio al saber de mí. Colgué el auricular, y entonces me di cuenta de que en casa de Dora el televisor no estaba encendido. Su padre, tumbado en el sofá y con una copa de vino en la mesita, leía una revista, y en el estéreo sonaba música de saxo.

Cuando Dora y yo acabamos de revisar nuestro botín, y de contar, probar e intercambiar golosinas hasta quedar satisfechas, su madre me acompañó a casa. Le di las gracias y ella se quedó esperando en el camino de entrada hasta que llegué a la puerta. La luz de los faros de su coche me permitió ver que nuestra calabaza estaba destrozada, y que había pedazos gruesos de su corteza esparcidos por el césped. Se me llenaron los ojos de lágrimas, y noté un dolor repentino en la garganta, como si la tuviera llena de aquellos guijarros afilados que crujían con cada paso que daban mis pies doloridos. Abrí la puerta creyendo que los encontraría a los tres de pie en el recibidor, esperando para recibirme y lamentar la pérdida de nuestra calabaza, pero allí no había nadie. El señor Pirzada, mi padre y mi madre estaban sentados en el sofá del salón. El televisor estaba apagado, y el señor Pirzada se sujetaba la cabeza con ambas manos.

Lo que oyeron aquella noche, y lo que oirían muchas más noches después de aquélla, fue que India y Pakistán estaban cada vez más cerca de entrar en guerra. Soldados de ambos bandos se apostaban en la frontera, y Daca no cedía en sus aspiraciones independentistas. La guerra se desarrollaría en el territorio de Pakistán Oriental. Estados Unidos había tomado partido por Pakistán Occidental, y la Unión Soviética por la India y por lo que pronto sería Bangladesh. La declaración de guerra oficial se produjo el 4 de diciembre, y doce días más tarde el ejército pakistaní, debilitado por tener que luchar a casi cinco mil kilómetros de su fuente de aprovisionamiento, se rindió en Daca. Esos datos los conozco ahora, porque están a mi disposición en cualquier libro de historia, en cualquier biblioteca, pero por entonces la mayor parte de ellos no era más que un misterio remoto del que sólo tenía algunas pistas sueltas. Lo que recuerdo de aquellos doce días que duró la guerra es que mi padre ya no me invitaba a ver las noticias con ellos, y que el señor Pirzada dejó de traerme golosinas, y que para cenar mi madre ya no servía otra cosa que no fueran huevos duros con arroz. Recuerdo que, algunas noches, ayudaba a mi madre a poner unas sábanas y mantas en el sofá para que el señor Pirzada pudiera quedarse a dormir, y las voces agudas que chillaban en medio de la noche cuando mis padres llamaban a nuestros familiares de Calcuta para saber más detalles de la situación. Pero, sobre todo, los recuerdo a los tres comportándose, durante aquellos días, como si fueran una sola persona, compartiendo una sola comida, un solo cuerpo, un solo silencio y un solo temor.

En enero, el señor Pirzada tomó un avión y regresó a su casa de tres plantas de Daca para averiguar qué había quedado de ella. Las últimas semanas del año no lo habíamos visto mucho; estaba ocupado terminando su manuscrito, y nosotros fuimos a Filadelfia a pasar la Navidad con unos amigos de mis padres. Del mismo modo que no guardo recuerdos de su primera visita, tampoco los conservo de la última. Mi padre lo acompañó al aeropuerto una tarde mientras yo estaba en el colegio, y pasó mucho tiempo hasta que volvimos a saber de él. Seguíamos cenando mientras veíamos el telediario, como siempre. La única diferencia era que el señor Pirzada y su segundo reloj no estaban allí para acompañarnos. Según las noticias, Daca se recuperaba lentamente y tenía un gobierno parlamentario recién formado. El nuevo dirigente, Sheikh Mujib Rahman, que acababa de salir de la cárcel, solicitó a otros países material de construcción para volver a levantar el más de un millón de viviendas que la guerra había destruido. Muchos refugiados volvieron desde la India, y a su regreso afrontaron el desempleo y la amenaza del hambre. De vez en cuando, yo examinaba el mapa que había en la pared sobre el escritorio de mi padre y me imaginaba al señor Pirzada en aquella pequeña parcela amarilla, sudando profusamente con uno de sus trajes, buscando a su familia. En aquel entonces, por supuesto, el mapa ya estaba obsoleto.

Por fin, varios meses más tarde, recibimos una postal del señor Pirzada conmemorando el Año Nuevo musulmán, junto con una breve carta. Había conseguido reunirse con su mujer y sus hijas. Estaban todas bien, tras haber sobrevivido a los sucesos del año anterior en una finca propiedad de los abuelos de su mujer en las montañas de Shillong. Sus siete hijas habían crecido un poco, decía, pero por lo demás estaban como siempre y él seguía confundiendo sus nombres. Al final de la carta nos daba las gracias por nuestra hospitalidad y añadía que, si bien ya había entendido el significado de la palabra «gracias», ésta seguía pareciéndole inadecuada para expresar su gratitud. Para celebrar la buena noticia, mi madre preparó una cena especial aquella noche. Cuando nos sentamos a comer en torno a la mesita de café, brindamos con nuestros vasos de agua, pero yo no estaba para muchas celebraciones. Aunque llevaba meses sin verlo, hasta aquel momento no sentí plenamente la ausencia del señor Pirzada. Hasta aquel momento, cuando alcé mi vaso de agua en su nombre, no supe qué significaba echar de menos a alguien que estaba a tantos kilómetros y a tantas horas de distancia, tal como le había sucedido a él con su mujer y sus hijas durante tantos meses. El señor Pirzada no tenía razón alguna para regresar a nuestra casa, y mis padres no se equivocaron al vaticinar que nunca volveríamos a verlo. Desde enero, todas las noches antes de acostarme pensaba en la familia del señor Pirzada al comerme una golosina de las que guardaba desde el día de Halloween. Aquella noche ya no tenía sentido que lo hiciera. Al final, tiré todas las que quedaban.

El intérprete del dolor

En el puesto de té, el señor y la señora Das discutían sobre quién debía acompañar a Tina al servicio. Al final, la señora Das cedió después de que su marido le recordara que la noche anterior había sido él quien había bañado a la niña. Por el espejo retrovisor, el señor Kapasi vio salir lentamente a la señora Das de su gran Ambassador blanco, arrastrando las piernas casi desnudas y depiladas por el asiento trasero. Camino del servicio, no le dio la mano a la niña.

Iban a visitar el Templo del Sol de Konark. Era un sábado luminoso y despejado y la brisa marina mitigaba el calor de mediados de julio, un clima estupendo para visitar monumentos. En otras circunstancias, el señor Kapasi no se habría detenido tan pronto en su ruta hacia el templo, pero aquella mañana, cuando no hacía ni cinco minutos que había recogido a la familia delante del Hotel Sandy Villa, la niña había empezado a quejarse. Lo primero que había llamado la atención al señor Kapasi al ver al señor y la señora Das con sus hijos bajo el porche del hotel era su juventud: tal vez no llegaran a los treinta años. Además de Tina, tenían dos chicos, Ronny y Bobby, de edades muy similares y con las respectivas dentaduras recubiertas por una red de destellantes alambres plateados. La familia parecía india, pero todos vestían como los extranjeros; los niños llevaban ropa muy

57

nueva de colores llamativos y gorras de viseras traslúcidas. El señor Kapasi estaba acostumbrado a los turistas; solían asignárselos a él porque sabía inglés. El día anterior había llevado a una pareja de ancianos escoceses, ambos con manchas de edad en el rostro y un pelo blanco y muy fino, tan escaso que dejaba entrever el cuero cabelludo quemado por el sol. Comparándolos con ellos, los rostros juveniles y morenos del señor y la señora Das resultaban aún más sorprendentes. Al presentarse, el señor Kapasi los había saludado juntando las palmas delante del pecho, pero el señor Das le había estrechado la mano como hacían los estadounidenses, con tanta firmeza que sintió una punzada de dolor en el codo. La señora Das, sin embargo, se había limitado a curvar una comisura de la boca y a componer una especie de sonrisa, pero sin mostrar el más mínimo interés por el señor Kapasi.

Mientras esperaban en el puesto de té, Ronny, que parecía el mayor de los dos chicos, se bajó con dificultad del asiento trasero, intrigado por una cabra que había visto atada a una estaca.

—No la toques —lo previno el señor Das.

Levantó la mirada de la guía turística que estaba leyendo, con el título «INDIA» escrito con letras amarillas y aspecto de haber sido publicada en el extranjero. Su voz, aguda y un tanto vacilante, sonaba como si todavía no hubiera alcanzado la madurez.

—¡Quiero darle un chicle! —gritó el chico mientras echaba a correr hacia el animal.

El señor Das salió del coche y, para desentumecer las piernas, las flexionó hasta ponerse casi en cuclillas. Iba bien afeitado, y parecía una versión ampliada de su hijo Ronny. Llevaba una gorra de visera de color azul zafiro y vestía pantalón corto, zapatillas de deporte y una camiseta. La cámara que le colgaba del cuello, con un teleobjetivo enorme y numerosos botones e indicadores, era el único elemento sofisticado de su atuendo. Frunció el ceño mientras observaba a Ronny, que seguía avanzando hacia la cabra, pero no pareció que tuviera intención alguna de intervenir.

—Bobby, asegúrate de que tu hermano no hace ninguna estupidez.

—No me apetece —contestó Bobby, que ni siquiera se movió.

Iba sentado en el asiento delantero central, al lado del señor Kapasi, y examinaba una imagen del dios con cabeza de elefante que había pegada con cinta adhesiva en la guantera.

—No se preocupe —dijo el señor Kapasi—. Son bastante dóciles.

El señor Kapasi tenía cuarenta y seis años y el pelo completamente cano y con grandes entradas, pero por su piel tostada y su frente sin arrugas, en la que de vez en cuando se aplicaba unos toquecitos de bálsamo de aceite de flor de loto, era fácil imaginar cuál había sido su aspecto unos años atrás. Vestía pantalón gris y una camisa a juego, más estrecha a la altura de la cintura, de manga corta y cuello ancho y puntiagudo. Estaba confeccionada con un material sintético fino pero duradero. Le había especificado a su sastre tanto el corte como la tela, y era su uniforme preferido para realizar las visitas turísticas, porque no se arrugaba a pesar de las largas horas que pasaba al volante. Vio por el parabrisas que Ronny describía un círculo alrededor de la cabra, le acariciaba el costado durante unos instantes y luego regresaba corriendo al coche.

—Supongo que dejaría la India cuando aún era pequeño —comentó el señor Kapasi cuando el señor Das volvió a sentarse en el asiento del pasajero.

—Ah, no, Mina y yo nacimos en Estados Unidos —contestó el señor Das, de repente muy seguro de sí mismo—. Nacimos y crecimos allí. Ahora nuestros padres viven aquí, en Assansol. Ya están jubilados. Venimos a verlos cada dos años.

Se volvió hacia la ventanilla y vio que su hija volvía corriendo hacia el coche; los grandes lazos morados de su vestido de tirantes le bailaban sobre los hombros estrechos y bronceados. Abrazaba contra el pecho una muñeca con una melena rubia llena de trasquilones, como si se la hubieran recortado, para castigarla, con unas tijeras poco afiladas.

—Ésta es la primera vez que Tina viene a la India, ¿verdad, Tina?

—Ya no tengo que ir al servicio —anunció Tina.

—¿Dónde está Mina? —preguntó el señor Das.

Al señor Kapasi le extrañó que el señor Das se refiriera a su mujer por su nombre de pila al hablar con la niña. Tina señaló con el dedo a la señora Das, que estaba comprándole algo a uno de los hombres con el torso desnudo que atendían el puesto de té. El señor Kapasi oyó que otro de aquellos hombres sin camisa entonaba una frase de una conocida canción de amor hindi mientras la señora Das caminaba de vuelta al coche, pero ella no debió de entender la letra, porque no mostró enfado ni bochorno, ni reaccionó de ninguna otra forma al halago del desconocido.

La observó. Vestía una falda a cuadros rojos y blancos que le dejaba las rodillas al descubierto, sandalias con tacón cuadrado de madera y una camiseta ceñida, no muy distinta de las que muchos hombres usaban como ropa interior, que, a la altura del pecho, llevaba un aplique de perlé con forma de fresa. Era una mujer de escasa estatura y un poco rellenita, con unas manos pequeñas que parecían zarpas y las uñas pintadas de rosa, a juego con el carmín de los labios. Se peinaba el cabello, sólo un poco más largo que el de su marido, con una marcada raya al lado. Lucía unas grandes gafas de sol de montura marrón y cristales rosados, y completaba su atuendo un gran bolso de paja con forma de cuenco, casi tan grande como su torso, por el que asomaba una botella de agua. Caminaba sin prisa, con un gran cucurucho de papel de periódico lleno de arroz inflado mezclado con cacahuetes y guindillas. El señor Kapasi se volvió hacia el señor Das.

—¿En qué parte de Estados Unidos viven?

—En New Brunswick, Nueva Jersey.

—Cerca de Nueva York, ¿no?

—Exacto. Yo trabajo allí. Soy maestro de secundaria.

—¿Qué asignatura imparte?

—Ciencias naturales. De hecho, todos los años llevo a mis alumnos de excursión al museo de Historia Natural de Nueva York. Podríamos decir que, en cierto modo, usted y yo tenemos mucho en común. ¿Cuánto tiempo hace que trabaja de guía turístico, señor Kapasi?

—Cinco años.

La señora Das llegó al coche.

—¿Cuánto dura el viaje? —preguntó al cerrar la puerta.

—Unas dos horas y media —contestó el señor Kapasi.

Al oírlo, la señora Das soltó un suspiro de impaciencia, como si llevara toda la vida viajando sin pausa. Empezó a abanicarse con una revista de cine de Bombay, en inglés, que llevaba doblada.

—Tenía entendido que el Templo del Sol estaba a sólo treinta kilómetros al norte de Puri —dijo el señor Das, dando unos golpecitos con el dedo en su guía turística.

—Las carreteras para ir a Konark son muy malas. En realidad, la distancia es de ochenta kilómetros —explicó el señor Kapasi.

El señor Das hizo un gesto afirmativo y se colocó bien la correa de la cámara fotográfica, que estaba empezando a irritarle la nuca.

Antes de reiniciar la marcha, el señor Kapasi alargó un brazo hacia atrás y comprobó que las puertas traseras tuvieran puesto el seguro. En cuanto arrancaron, la niña empezó a jugar con el que tenía al lado, accionando la pequeña manivela hacia delante y hacia atrás con cierto esfuerzo, pero la señora Das no la reprendió. Iba sentada en un extremo del asiento trasero, un poco repantigada, y no le había ofrecido arroz inflado a nadie. Ronny y Tina, sentados uno a cada lado de su madre, iban haciendo estallar verdes y brillantes pompas de chicle.

—¡Mirad! —exclamó Bobby cuando el coche empezaba a ganar velocidad. Señalaba hacia los altos árboles que bordeaban la carretera—. ¡Mirad!

—¡Monos! —gritó Ronny—. ¡Vaya!

Estaban sentados en grupos y repartidos por las ramas; tenían la cara negra y resplandeciente, el pelaje plateado, unas cejas horizontales y una cresta en la cabeza. Sus largas colas grises pendían entre el follaje como lianas. Algunos se rascaban con las manos negras y correosas, o balanceaban las patas traseras mientras veían pasar el coche.

—Los llamamos *hanuman* —explicó el señor Kapasi—. En esta zona hay muchos.

En cuanto lo dijo, uno de los monos saltó hacia el centro de la calzada y el señor Kapasi tuvo que frenar en seco. Otro saltó sobre el techo del coche y luego salió corriendo. El hombre tocó la bocina. Los niños, alborotados, daban gritos ahogados y se tapaban parcialmente la cara con las manos. Nunca habían visto monos fuera de un zoo, explicó el señor Das, y pidió al señor Kapasi que parara el coche para hacer una foto.

Mientras el señor Das ajustaba el teleobjetivo, la señora Das metió una mano en el bolso de paja y sacó un tarro de esmalte de uñas incoloro que procedió a aplicarse en la uña del dedo índice.

—¡Yo también, mami, yo también! —dijo la niña, y le acercó una mano.

—Déjame en paz —le espetó la señora Das; se sopló la uña y giró un poco el torso—. Me vas a hacer un estropicio.

La niña se puso a abrochar y desabrochar los botones del vestidito de la muñeca de plástico.

—Ya está —dijo el señor Das, y volvió a tapar el teleobjetivo.

La carretera tenía muchos baches y el coche se sacudía considerablemente haciendo que todos botaran en sus asientos de vez en cuando; aun así, la señora Das siguió esmaltándose las uñas. El señor Kapasi redujo un poco la velocidad para intentar que sus clientes no se zarandearan tanto. Cuando llevó la mano hacia el cambio de marchas, el niño que iba sentado delante apartó un poco las rodillas lampiñas y el señor Kapasi se fijó en que tenía la piel un poco más clara que los otros dos.

—Papá, ¿por qué este conductor también va sentado en el lado contrario del coche? —preguntó el niño.

—Aquí todos los coches llevan el volante a la derecha, tontorrón —contestó Ronny.

—No llames tontorrón a tu hermano —lo reprendió el señor Das.

Luego, se volvió hacia el señor Kapasi y añadió:

—En Estados Unidos... Ya sabe. Eso los confunde.

—Sí, ya lo sé —confirmó el señor Kapasi.

Volvió a cambiar de marcha con gran delicadeza y aceleró al acercarse a una cuesta.

—Lo veo en «Dallas», el volante está en el lado izquierdo.

—¿Qué es «Dallas»? —preguntó Tina mientras golpeaba con su muñeca, que ahora estaba desnuda, en la parte trasera del asiento del señor Kapasi.

—Ya no la emiten —explicó el señor Das—. Es una serie de televisión.

Al pasar al lado de una hilera de palmeras datileras, el señor Kapasi pensó que todos eran como hermanos. El señor y la señora Das no se comportaban como padres, sino como hermanos mayores. Se diría que sólo tenían a los pequeños a su cargo durante unas horas; costaba creer que, en el día a día, fueran capaces de responsabilizarse de alguien que no fuera ellos mismos. El señor Das tamborileaba con los dedos en la tapa del teleobjetivo y en su guía turística, y alguna que otra vez pasaba el pulgar por las páginas, que emitían un sonido rasgado. La señora Das seguía aplicándose brillo en las uñas. No se había quitado las gafas de sol. De vez en cuando, Tina volvía a suplicar que le pintara las uñas también a ella, y en una de esas ocasiones la señora Das le dio una pincelada de esmalte antes de guardar el botecito en el bolso.

—¿Este coche no tiene aire acondicionado? —preguntó mientras se soplaba la mano.

La ventanilla del lado donde iba sentada Tina estaba estropeada y el cristal no podía bajarse.

—Deja de quejarte —dijo el señor Das—. No hace tanto calor.

—Te dije que pidieras un coche con aire acondicionado —insistió la señora Das—. ¿Por qué lo haces, Raj? ¿Para ahorrarte unas miserables rupias? ¿Cuánto nos ahorramos, cincuenta centavos?

Hablaban con el mismo acento que el señor Kapasi oía en los programas de televisión norteamericanos, pero no con el de los actores de «Dallas».

—¿No se cansa de enseñar a la gente lo mismo todos los días, señor Kapasi? —preguntó el señor Das mientras bajaba del todo su ventanilla—. ¡Eh! ¿Le importa parar el coche? Me gustaría fotografiar a ese tipo.

El señor Kapasi detuvo el vehículo en la cuneta y el señor Das fotografió a un hombre descalzo con la cabeza envuelta en un turbante sucio, sentado en lo alto de un carro de sacos de cereal tirado por un par de bueyes. Tanto el hombre como los bueyes estaban escuálidos. Desde el asiento trasero, la señora Das miraba por la otra ventanilla, hacia el cielo, donde unas nubes casi transparentes pasaban unas detrás de otras, veloces.

—La verdad es que me encanta —respondió el señor Kapasi cuando retomaron el camino—. El Templo del Sol es uno de mis monumentos favoritos. Para mí es una especie de recompensa. Sólo trabajo de guía los viernes y los sábados. El resto de la semana tengo otro empleo.

—¿Ah, sí? —preguntó el señor Das—. ¿Dónde?

—Trabajo en una consulta médica.

—¿Es usted médico?

—No, no soy médico, pero trabajo de intérprete para uno.

—¿Y para qué necesita un médico a un intérprete?

—Tiene bastantes pacientes guyaratíes. Mi padre era guyaratí, pero en esta región no hay mucha gente que hable esa lengua, como es el caso del doctor. Por eso me pidió que trabajara con él en su consulta, interpretando lo que dicen los pacientes.

—Qué interesante. Nunca había oído nada parecido —comentó el señor Das.

El conductor se encogió de hombros.

—Es un trabajo como otro cualquiera.

—Pero muy romántico —terció la señora Das con tono ensoñador e interrumpiendo su prolongado silencio.

Se levantó las gafas de sol y se las colocó en la cabeza como si fueran una diadema. Sus ojos se encontraron por primera vez con los del señor Kapasi en el espejo retrovisor: claros, un poco pequeños, de mirada fija pero somnolienta.

El señor Das se irguió un poco para mirarla.

—¿Qué tiene de romántico?

—No lo sé. Algo. —Se encogió de hombros y frunció brevemente el ceño—. ¿Le apetece un chicle, señor Kapasi? —preguntó con desparpajo.

Metió una mano en el bolso y le acercó un chicle envuelto en un papel a rayas verdes y blancas. El guía se introdujo el chicle en la boca y, al instante, un líquido dulce y espeso se derramó por su lengua.

—Háblenos más de su trabajo, señor Kapasi —pidió la señora Das.

—¿Qué le gustaría saber, señora?

—No lo sé. —Volvió a encogerse de hombros mientras mascaba un poco de arroz inflado y se lamía el aceite de mostaza de las comisuras de los labios—. Cuéntenos una situación típica. —Se recostó en el asiento, con la cabeza inclinada hacia la luz, y cerró los ojos—. Quiero imaginarme lo que pasa.

—Muy bien. El otro día vino un hombre con dolor de garganta.

—¿Era fumador?

—No. Fue algo muy curioso. Se quejaba de que notaba como si tuviera unas largas briznas de paja clavadas en la garganta. Se lo expliqué al doctor y él pudo recetarle el medicamento indicado.

—¡Eso es fabuloso!

—Sí —concedió el señor Kapasi tras vacilar un instante.

—O sea que esos pacientes dependen por completo de usted —continuó la señora Das. Hablaba despacio, como si pensara en voz alta—. En cierto modo, dependen más de usted que del doctor.

—¿Qué quiere decir? ¿Cómo van a depender más de mí?

—Bueno, por ejemplo, usted podría haberle dicho al doctor que lo que notaba el paciente era una quemazón, y no como si tuviera briznas de paja clavadas. El enfermo no se habría enterado de lo que le había dicho usted al doctor, y el doctor no sabría que le había transmitido algo equivocado. Es una gran responsabilidad.

—Sí, tiene usted una gran responsabilidad, señor Kapasi —coincidió el señor Das.

El conductor nunca había pensado en su trabajo en términos tan elogiosos. Para él se trataba de una ocupación bastante ingrata. No veía nada noble en interpretar el dolor de la gente, en traducir con diligencia los síntomas de tantos huesos inflamados, de tantos calambres de estómago o intestinos, de tantas manchas en las palmas de las manos que cambiaban de color, forma o tamaño. El médico, mucho más joven que él, era aficionado a los pantalones de pata de elefante y hacía chistes sin gracia sobre el Congreso Nacional Indio. Trabajaban juntos en una consulta pequeña y mal aireada, donde hacía tanto calor que la cuidadosamente confeccionada ropa del señor Kapasi se le pegaba a la piel pese a que las ennegrecidas aspas de un ventilador de techo giraban sin cesar sobre sus cabezas.

Aquel empleo era un recordatorio de sus fracasos. De joven había sido un aplicado estudiante de lenguas extranjeras, propietario de una colección de diccionarios impresionante.

Soñaba con llegar a ser intérprete de diplomáticos y dignatarios, con resolver conflictos entre personas y naciones, con solucionar disputas en las que sólo él pudiera entender ambas posturas. Era un verdadero autodidacta. Por las noches, antes de que sus padres concertaran su matrimonio, anotaba en una serie de libretas las etimologías comunes de las palabras, y llegó un momento en que se sintió capaz de conversar —en caso de que se presentara la ocasión— en inglés, francés, ruso, portugués e italiano, por no mencionar el hindi, el bengalí, el oriya y el guyaratí. En su memoria, sin embargo, ya sólo quedaban unas pocas frases de las lenguas europeas, palabras sueltas para designar objetos como platos o sillas. El único idioma extranjero que todavía hablaba con fluidez era el inglés. El señor Kapasi sabía que ése no era un talento excepcional. A veces incluso sospechaba que sus hijos sabían más inglés que él, y lo habían aprendido simplemente viendo la televisión. Aun así, sus conocimientos aún resultaban útiles para su trabajo de guía turístico.

Había empezado a trabajar de intérprete después de que su primer hijo contrajera fiebre tifoidea a los siete años; así había conocido al doctor. En aquella época, el señor Kapasi daba clases de inglés en una escuela de secundaria, así que había utilizado sus conocimientos de idiomas para pagar las facturas médicas, cada vez más astronómicas. Finalmente, el niño murió una noche en brazos de su madre, abrasado por la fiebre, pero entonces hubo que pagar el funeral, y, al poco tiempo, nacieron sus otros hijos y se mudaron a una casa más grande, y había que pagar el material escolar y a los profesores particulares, y los zapatos buenos y el televisor, y muchas cosas más con las que el señor Kapasi intentaba consolar a su mujer y evitar que llorara mientras dormía. De modo que, cuando el doctor se ofreció a pagarle el doble de lo que ganaba en la escuela, aceptó. El señor Kapasi sabía que su mujer no tenía en mucha consideración su trabajo de intérprete. Sabía que aquello le recordaba al hijo que había perdido, y que sentía celos de aquellas otras vidas que él, a su modesta manera, ayudaba a salvar. En las escasas ocasiones en que hablaba del empleo de su marido, solía describirlo como «ayudante del doctor», como si el proceso de la interpretación fuera igual que tomarle a alguien la temperatura o vaciar una cuña. Nunca le preguntaba por los pacientes que acudían a la consulta, y jamás habría dicho que su trabajo conllevara una gran responsabilidad.

Por ese motivo se sintió halagado cuando la señora Das mostró tanto interés por su trabajo. Al contrario que su mujer, había reconocido sus desafíos intelectuales. Además, había empleado la palabra «romántico». Ella no tenía una actitud romántica hacia su marido y, sin embargo, había utilizado ese adjetivo para describirlo a él. Se preguntó si el señor y la señora Das serían un matrimonio mal avenido, igual que su mujer y él. Tal vez ellos también tuvieran muy poco en común, aparte de los hijos y una década de sus vidas. Había detectado algunas de las señales asimismo presentes en su matrimonio: las discusiones, la indiferencia, los silencios prolongados. El interés repentino que la señora Das había mostrado por él, y que no sentía ni por su marido ni por sus hijos, le resultaba un tanto embriagador. Cuando el señor Kapasi volvió a pensar en su uso de la palabra «romántico», la sensación de embriaguez se intensificó.

Empezó a mirarse en el espejo retrovisor mientras conducía y se alegró de haber elegido el traje gris aquella mañana, y no el marrón, que tendía a hacerle bolsas en las rodillas. De vez en cuando echaba una ojeada por el retrovisor a la señora Das. Además de mirarle la cara, le miraba también la fresa de los pechos y la hendidura bronceada que se le formaba entre las clavículas. Se animó a hablarle de otro paciente, y luego de otro: la joven que se quejaba de sentir gotas de lluvia en la espalda; el caballero al que había empezado a crecerle pelo en una mancha de nacimiento. La señora Das escuchaba con atención mientras se atusaba el pelo con un cepillito de plástico que semejaba un acerico ovalado, y siguió haciendo preguntas y pidiendo más ejemplos.

Los niños estaban callados, concentrados en encontrar más monos en los árboles, y el señor Das seguía enfrascado en la lectura de su guía, de modo que parecía una conversación privada entre el señor Kapasi y la señora Das. Así transcurrió la siguiente media hora y, cuando pararon a comer en un restaurante de carretera en el que servían buñuelos y bocadillos de tortilla —momento que por lo general el señor Kapasi esperaba con impaciencia durante las visitas guiadas, porque entonces podía sentarse tranquilamente y disfrutar de una taza de té—, sintió una punzada de decepción. La familia Das se sentó bajo una sombrilla de color magenta con flecos blancos y naranja y pidió su comida a uno de los camareros que desfilaban por allí, tocados con gorros de los que sobresalían tres puntas, mientras el señor Kapasi se dirigía de mala gana hacia una mesa cercana.

—Espere, señor Kapasi. Aquí cabemos todos —le dijo la señora Das.

Se sentó a Tina en el regazo e insistió en que el guía los acompañase. Juntos tomaron zumo de mango embotellado, bocadillos y bandejas de cebollas y patatas rebozadas con harina integral. Cuando se terminó sus dos bocadillos de tortilla, el señor Das empezó a tomar fotografías del grupo mientras los demás comían.

—¿Cuánto falta? —preguntó al señor Kapasi cuando hizo una pausa para cargar otro carrete en su cámara.

—Una media hora más.

Los niños ya se habían levantado de la mesa y habían ido a ver los monos encaramados en un árbol cercano, de modo que quedó un espacio considerable entre la señora Das y el señor Kapasi. El señor Das se acercó la cámara a la cara y cerró un ojo; la punta de la lengua le asomaba por la comisura de los labios.

—Queda raro. Mina, tienes que acercarte un poco hacia el señor Kapasi.

Ella obedeció. Al señor Kapasi le llegó el aroma de su piel, una mezcla de whisky y agua de rosas. De pronto, le preocupó que ella pudiera percibir su olor a sudor, pues sabía que la tela sintética de su camisa no transpiraba. Se terminó el zumo de mango de un trago y se atusó el pelo cano. Se le derramó un poco de zumo por la barbilla, y se preguntó si la señora Das se habría fijado.

Ella no había visto nada.

—¿Cuál es su dirección, señor Kapasi? —le preguntó la mujer al tiempo que rebuscaba en su bolso.

—¿Quiere que le dé mi dirección?

—Así podremos enviarle copias —dijo ella—. De las fotos.

Le tendió un trozo de papel que había arrancado apresuradamente de una página de la revista de cine. Había poco espacio en blanco, pues el recorte estaba lleno con líneas de texto y una minúscula ilustración de un héroe y una heroína abrazados bajo un eucalipto. El papel se enroscó un poco cuando el señor Kapasi anotó su dirección con una caligrafía muy pulcra. La señora Das le escribiría para interesarse por su trabajo de intérprete en la consulta médica, y él le contestaría con elocuencia, escogiendo las anécdotas más entretenidas, y la haría reír a carcajadas cuando las leyera en su casa de Nueva Jersey. Con el tiempo, ella le revelaría las insatisfacciones de su matrimonio, y él las del suyo. De ese modo, su amistad crecería y se enriquecería. Él tendría una fotografía de los dos comiendo cebolla frita bajo una sombrilla de color magenta, y decidió que la guardaría celosamente entre las páginas de su gramática rusa. Mientras encadenaba aquellos pensamientos, el señor Kapasi experimentó una ligera y agradable turbación. Era similar a la sensación que experimentaba tiempo atrás cuando, tras meses traduciendo con ayuda de un diccionario, por fin leía un pasaje de una novela francesa o un soneto italiano y entendía las palabras, una detrás de otra, sin necesidad de hacer ningún esfuerzo. En aquellos momentos, el señor Kapasi creía que todo era como debía ser, que toda lucha tenía una recompensa, que al final todos los errores cometidos en la vida adquirirían sentido. La perspectiva de recibir noticias de la señora Das más adelante lo llenó de la misma confianza.

Terminó de anotar su dirección y le devolvió el papel, pero en cuanto lo hizo, lo invadió la preocupación: ¿y si había escrito mal su nombre o cambiado de orden los números de su código postal? Lo aterrorizó la posibilidad de que la carta se perdiera o de que la fotografía nunca llegara a sus manos y quedara atrapada en algún lugar de Orissa, cerca y, sin embargo, inalcanzable. Estuvo a punto de pedirle que le devolviera el papel sólo para asegurarse de haber escrito correctamente su dirección, pero la señora Das ya se lo había guardado en el bolso.

Llegaron a Konark a las dos y media. El templo, de piedra arenisca, era una gigantesca estructura piramidal con forma de carro de guerra. Estaba consagrado al gran señor de la vida, el sol, que todos los días iluminaba tres de los lados del edificio a medida que realizaba su recorrido por el cielo. En los lados norte y sur de la base había veinticuatro ruedas enormes labradas en la piedra. Siete caballos tiraban de todo el conjunto, como si corrieran al galope por los cielos. Mientras se acercaban, el señor Kapasi explicó que el templo lo había construido el gran gobernante de la dinastía Ganga, el rey Narasimhadeva I, entre los años 1243 y 1255 d.C., y gracias a los esfuerzos de mil doscientos artesanos, para conmemorar su victoria contra el ejército musulmán.

—Aquí dice que el templo ocupa unas setenta hectáreas de terreno —aportó el señor Das, consultando su guía de viajes.

—Parece un desierto —observó Ronny mientras paseaba la mirada por la arena que se extendía en todas direcciones más allá del templo.

—Antes, el río Chandrabhaga fluía a menos de dos kilómetros de aquí en dirección norte. Ahora está seco —comentó el señor Kapasi, y apagó el motor.

Salieron del coche y caminaron hacia el templo, no sin antes posar junto al par de leones que flanqueaban la escalinata. A continuación, el guía los condujo hasta una de las ruedas de carro, de casi tres metros de diámetro.

—«Se supone que las ruedas simbolizan la rueda de la vida» —leyó el señor Das—. «Representan el ciclo de creación, conservación y plenitud.» Qué interesante. —Pasó la página y continuó—: «Cada rueda tiene ocho radios gruesos y ocho más finos que dividen el día en ocho partes iguales. Los bordes están decorados con relieves de pájaros y animales, y en los medallones de los radios se representan figuras femeninas, muchas de ellas en elaboradas posturas de carácter erótico.»

Con esas palabras describían los numerosos frisos de cuerpos desnudos entrelazados, haciendo el amor en diferentes posturas, con mujeres colgadas del cuello de sus amantes, con las rodillas rodeando los muslos de ellos para toda la eternidad. Además de esas escenas, había otras de la vida cotidiana inspiradas en la caza y el comercio: ciervos cazados con arcos y flechas, guerreros que desfilaban blandiendo espadas.

Ya no se podía entrar en el templo, porque desde hacía unos años el interior estaba en ruinas, pero sí pudieron admirar el exterior del edificio, como hacían todos los turistas a los que el señor Kapasi llevaba allí, paseando despacio a lo largo de cada una de sus fachadas. El señor Das iba rezagado tomando fotografías. Los niños corrían delante, señalando las figuras de personas desnudas, especialmente intrigados por los Nagamithunas, las parejas mitad humanos y mitad serpientes que, según la leyenda, tal como les contó el señor Kapasi, habitaban en las profundidades del mar. El guía se alegró de que les gustara el templo, especialmente de que le gustara a la señora Das. Ella se detenía cada tres o cuatro pasos y contemplaba en silencio a las parejas de amantes labradas en la piedra, y las procesiones de elefantes, y a las mujeres con los pechos al aire que tocaban tambores de dos caras.

Pese a haber visitado aquel templo infinidad de veces, fue entonces cuando el señor Kapasi cayó en la cuenta, mientras contemplaba a aquellas mujeres que mostraban los pechos, de que nunca había visto a su propia esposa completamente desnuda. Incluso cuando hacían el amor, ella mantenía unidas las dos partes de la blusa y la cinta de la enagua anudada a la cintura. Él nunca había contemplado las piernas de su mujer por detrás como estaba haciendo en aquel momento con las de la señora Das, que caminaba delante de él como si su única intención fuera satisfacerlo. Había visto muchas piernas desnudas, por supuesto: las de las mujeres norteamericanas y europeas a las que acompañaba en sus visitas turísticas. Pero con la señora Das era distinto. Las otras mujeres sólo se interesaban por el templo y apenas despegaban la nariz de sus guías, o llevaban siempre la cámara delante de la cara. La señora Das, en cambio, se había fijado en él.

El señor Kapasi estaba deseando quedarse a solas con ella para reanudar su conversación privada, pero aun así lo inquietaba caminar a su lado. Ella iba perdida detrás de sus gafas de sol, ignoraba a su marido cuando le pedía que posara para otra fotografía y pasaba al lado de sus hijos como si no los conociera. Temiendo molestarla, el señor Kapasi siguió adelante y se puso a contemplar, como siempre hacía, los tres avatares de bronce de Surya, el dios sol, cada uno en su respectivo nicho de las fachadas del templo para saludar al sol al amanecer, a mediodía y al atardecer. Habían sido esculpidos con peinados muy elaborados, algunos tenían los ojos, lánguidos y alargados, cerrados, y los torsos desnudos adornados con collares y amuletos labrados. A sus pies, de un gris verdoso, se acumulaban los pétalos de hibisco, ofrendas de visitantes anteriores. La última estatua, en la pared norte del templo, era la preferida del señor Kapasi. Aquel Surya, sentado a horcajadas sobre su caballo y con las piernas flexionadas, estaba representado con gesto de cansancio, agotado tras una jornada de duro trabajo. Incluso los ojos del animal transmitían somnolencia. A su alrededor, había otras esculturas más pequeñas de parejas de mujeres con las caderas curvadas hacia un lado.

—¿Quién es? —preguntó la señora Das.

El señor Kapasi se sobresaltó al ver que estaba a su lado.

—Es el Astachala-Surya —contestó—. El sol poniente.

—¿Significa eso que dentro de un par de horas el sol incidirá justo aquí?

Sacó un pie de la sandalia y se frotó los dedos en la pantorrilla de la otra pierna.

—Exacto.

Ella se levantó un momento las gafas de sol y luego volvió a ponérselas.

—Tiene gracia.

El señor Kapasi no estaba seguro de qué había querido decir con eso, pero tuvo la sensación de que se trataba de un comentario favorable. Esperaba que la señora Das hubiera entendido la belleza del Surya, su poder. Quizá hablaran de ello en las cartas. Él le explicaría cosas, cosas sobre la India, y ella le explicaría cosas sobre Estados Unidos. De alguna manera, aquella correspondencia satisfaría su antiguo sueño de hacer de intérprete entre dos naciones. Miró el bolso de la señora Das, feliz de que su dirección se encontrara entre su contenido. Cuando se la imaginó a miles de kilómetros de distancia se desanimó hasta tal punto que sintió un impulso arrollador de rodearla con los brazos para retenerla un instante en un abrazo presenciado sólo por su Surya favorito. Pero la señora Das ya había echado a andar de nuevo.

—¿Cuándo regresan a Estados Unidos? —le preguntó, tratando de aparentar tranquilidad.

—Dentro de diez días.

Hizo los cálculos: una semana para readaptarse, una semana para revelar las fotografías, unos cuantos días para redactar la carta, dos semanas para que llegara a la India por vía aérea. Según ese programa, y contando con que se produjera algún retraso, tardaría aproximadamente seis semanas en recibir noticias de la señora Das.

En el coche, de regreso al Hotel Sandy Villa, poco después de las cuatro y media, la familia guardaba silencio. En un puesto de souvenires, los niños habían comprado versiones en miniatura y hechas con granito de las ruedas de carro e iban dándoles vueltas en las manos. El señor Das seguía leyendo su guía y la señora Das le desenredaba el pelo a Tina con su cepillito para hacerle luego dos coletas.

El señor Kapasi empezaba a temer el momento de dejarlos en el hotel. Aún no estaba preparado para iniciar su espera de seis semanas hasta recibir noticias de la señora Das. Mientras la miraba con disimulo por el espejo retrovisor y veía cómo le ponía las gomas en el pelo a Tina, se preguntó qué podría hacer para que la visita durara un poco más. Normalmente volvía a Puri tomando un atajo, impaciente por llegar a su casa, lavarse los pies y las manos con jabón de sándalo y leer el periódico de la noche mientras se tomaba la taza de té que su mujer le servía sin mediar palabra. De pronto, la perspectiva de aquel silencio al que se había resignado hacía tiempo le pareció asfixiante. Fue entonces cuando propuso a los señores Das visitar las colinas de Udayagiri y Khandagiri, donde había unas moradas monásticas talladas en la roca viva, unas frente a otras, a lo largo de un desfiladero. Estaba a unos kilómetros de distancia, pero valía la pena verlas, les aseguró el señor Kapasi.

—Ah, sí, las mencionan en mi guía —dijo el señor Das—. Las construyó un rey jainista, creo.

—Entonces, ¿vamos? —preguntó el señor Kapasi, y se detuvo en un desvío de la carretera—. Están a la izquierda.

El señor Das se volvió y miró a la señora Das. Ambos se encogieron de hombros.

—¡Izquierda, izquierda! —corearon los niños.

El señor Kapasi, invadido de pronto por una alegría inmensa, giró el volante. No sabía qué haría ni qué le diría a la señora Das cuando llegaran a las colinas. Tal vez le susurraría que tenía una sonrisa muy bonita o alabaría la camiseta de la fresa, que encontraba sumamente favorecedora. Quizá la tomaría de la mano cuando el señor Das estuviera distraído con la cámara.

Resultó que no habría hecho falta que se preocupara tanto. Cuando llegaron a las colinas, entre las que ascendía un sendero empinado y muy arbolado, la señora Das se negó a salir del coche. A lo largo de todo el sendero había monos sentados en las rocas y en las ramas de los árboles, con las patas traseras flexionadas delante del cuerpo y los brazos apoyados en las rodillas.

—Me duelen las piernas —dijo la señora Das, y se arrellanó aún más en el asiento—. Yo me quedo aquí.

—¿Cómo se te ha ocurrido ponerte esos zapatos? —le dijo el señor Das—. Si no vienes, no saldrás en las fotos.

—Haz como si hubiera ido.

—Pero podríamos usar una de estas fotos para la felicitación de Navidad de este año. En el Templo del Sol no nos hemos hecho ninguna los cinco juntos. El señor Kapasi podría tomárnosla.

—No, me quedo. Además, esos monos me dan miedo.

—Pero si son inofensivos —le recordó el señor Das. Se volvió hacia el señor Kapasi y añadió—: ¿Verdad?

—No son peligrosos. Lo que pasa es que están hambrientos —replicó señor Kapasi—. Si no los provocan ofreciéndoles comida, no los molestarán.

El señor Das se encaminó hacia el desfiladero con sus hijos; los niños iban a su lado y llevaba a la niña sentada sobre los hombros. El señor Kapasi vio que se cruzaban con una pareja de japoneses, los únicos turistas que quedaban por allí además de ellos, que se detuvo para tomar una última fotografía. Luego subieron a un coche que estaba aparcado cerca y se marcharon. Cuando el vehículo se perdió de vista, algunos monos emitieron unos chillidos débiles y empezaron a ascender por el sendero sirviéndose de las manos y los pies negros, posándolos por completo en el suelo. Unos cuantos formaron un corro alrededor el señor Das y los niños. Tina gritó emocionada. Ronny empezó a correr en círculo alrededor de su padre y Bobby se agachó y recogió un palo grueso del suelo. Cuando estiró el brazo, un mono se le acercó y se lo arrebató, y dio con él unos golpecitos en el suelo.

—Voy con ellos —dijo el señor Kapasi al tiempo que quitaba el seguro de la puerta de su lado—. Puedo explicarles muchas cosas sobre esas cuevas.

—No. Quédese un momento —pidió la señora Das, que salió del asiento trasero y se sentó al lado del señor Kapasi—. Además, Raj ya lleva su estúpida guía.

Desde el coche, la señora Das y el señor Kapasi veían, al otro lado del parabrisas, a Bobby y al mono pasándose el palo una y otra vez.

—Un chico muy valiente —comentó el señor Kapasi.

—Sí, no me sorprende mucho.

—Ah, ¿no?

—No es suyo.

—¿Cómo dice?

—De Raj. No es hijo de Raj.

El señor Kapasi notó un hormigueo por todo el cuerpo. Se llevó una mano al bolsillo de la camisa, sacó la latita de bálsamo de aceite de flor de loto que siempre llevaba encima y se lo aplicó en tres puntos de la frente. Sabía que la señora Das lo estaba observando, pero no se volvió hacia ella. Continuó mirando al señor Das y a los niños, cuyas figuras iban haciéndose más pequeñas a medida que ascendían por la pendiente, deteniéndose de vez en cuando para tomar una fotografía, rodeados de un número de monos cada vez mayor.

—¿Le sorprende?

La forma en que la mujer formuló la pregunta lo hizo escoger cuidadosamente sus palabras:

—No es la clase de cosa que se da por hecha.

Volvió a guardarse la lata de bálsamo en el bolsillo.

—No, claro que no. Y no lo sabe nadie, desde luego. Nadie. Lo he mantenido en secreto durante ocho años. —Miró al señor Kapasi, inclinando un poco la barbilla, como si quisiera conseguir otra perspectiva—. Pero ahora se lo he contado a usted.

El guía asintió en silencio. De pronto, notaba la boca seca y la frente caliente y un tanto adormecida por efecto del bálsamo. Se planteó pedirle un poco de agua a la señora Das, pero al final decidió no hacerlo.

—Nos conocimos cuando éramos muy jóvenes —prosiguió ella, que rebuscó un momento en su bolso y sacó el paquete de arroz inflado—. ¿Quiere un poco?

—No, gracias.

Ella se metió un puñado en la boca, se recostó en el asiento y miró por la ventanilla de su lado del coche.

—Nos casamos cuando todavía íbamos a la universidad. Me había propuesto matrimonio en el instituto y, por supuesto, estudiamos en la misma universidad. En aquella época no concebíamos estar separados ni un solo día, ni un solo minuto. Nuestros padres eran amigos íntimos y vivían en la misma ciudad. Lo he visto todos los fines de semana de mi vida, en nuestra casa o en la suya. Nuestros padres nos enviaban a jugar al piso de arriba mientras bromeaban sobre nuestra boda. ¡Imagínese! Nunca nos descubrieron haciendo nada, aunque creo que, de un modo u otro, todo aquello era un montaje. ¡Lo que hacíamos aquellos viernes y sábados por la noche mientras nuestros padres tomaban el té abajo...! Si yo le contara, señor Kapasi...

En la universidad no hizo muchos amigos, continuó, porque pasaba todo el tiempo con Raj. No tenía a nadie con quien hablar de él al final de un día difícil, con quien compartir un pensamiento o una inquietud pasajera. Ahora sus padres vivían en la otra punta del planeta, aunque de todas formas nunca había estado muy unida a ellos. Al casarse tan joven, la situación la había desbordado: tener un hijo tan pronto, atenderlo, calentar biberones y comprobar su temperatura echándose unas gotas en la muñeca mientras Raj estaba en el trabajo, vistiendo sus jerséis de lana y sus pantalones de pana, dando clases sobre rocas y dinosaurios. En aquella época, Raj nunca se enfadaba ni se agobiaba, y ella no empezó a engordar hasta después de tener el primer hijo.

Como siempre estaba cansada, rechazaba una invitación tras otra de las pocas amigas que conservaba de la universidad, que le proponían ir de compras o a comer a Manhattan. Aquellas chicas acabaron por dejar de llamarla, así que se quedaba todo el día en casa con el bebé, rodeada de juguetes que la hacían tropezar cuando iba de un lado a otro y clavándoselos sin querer cuando se sentaba. Estaba siempre enojada y fatigada. Después de nacer Ronny, prácticamente habían dejado de salir, y aún eran más raras las ocasiones en que recibían visitas en casa. A Raj no le importaba; él estaba deseando que acabaran las clases para volver a su hogar, ver la televisión y jugar con el niño. Ella se enfadó mucho cuando su marido le anunció que un amigo punyabí a quien ella había conocido un día pero al que casi no recordaba iba a quedarse una semana en su casa porque tenía varias entrevistas de trabajo en la zona de New Brunswick.

Bobby fue concebido una tarde, en el sofá cubierto de juguetes de goma para la dentición, después de que el amigo recibiera la noticia de que un laboratorio farmacéutico londinense lo había contratado, mientras Ronny, hambriento, lloraba en su parque para bebés. La señora Das no protestó cuando el amigo le puso una mano en la parte baja de la espalda en el momento en que se disponía a preparar una cafetera, ni cuando tiró de ella hasta pegarla contra su elegante traje azul marino. Le hizo el amor en silencio, con apremio, con una pericia nueva para ella, sin abrumarla con los comentarios o las sonrisas que Raj siempre le prodigaba después. Al día siguiente, Raj llevó a su amigo al aeropuerto. Él se casó con una chica punyabí con la que ahora vivía en Londres.

Todos los años intercambiaban felicitaciones de Navidad con Raj y Mina, y metían una fotografía de sus respectivas familias en el sobre. Pero él no sabía que era el padre de Bobby. Nunca lo sabría.

—Disculpe mi atrevimiento, señora Das, pero ¿por qué me ha contado esto? —preguntó el señor Kapasi cuando ella terminó de hablar y volvió a mirarlo.

—Haga el favor, deje de llamarme señora Das. Tengo veintiocho años. Seguro que usted tiene hijos de mi edad.

—No precisamente.

El señor Kapasi se molestó al darse cuenta de que ella lo veía como un padre. Lo que había sentido por la señora Das, lo que lo había empujado a mirarse en el espejo retrovisor mientras conducía, se disipó un poco.

—Se lo he contado por ese talento suyo.

Volvió a guardar el paquete de arroz inflado en el bolso, sin cerrarlo.

—No lo entiendo —replicó el señor Kapasi.

—¿No? En ocho años no he sido capaz de explicarle esto a nadie, a ninguna amiga, y mucho menos a Raj. Mi marido ni siquiera lo sospecha. Cree que todavía estoy enamorada de él. Bueno, ¿no tiene nada que decir?

—¿Sobre qué?

—Sobre lo que acabo de contarle. Sobre mi secreto, y sobre el sufrimiento que me causa. Me siento terriblemente mal cuando miro a mis hijos, o cuando miro a Raj. Terriblemente mal. Me entran unas ganas tremendas de tirar cosas. Un día me dieron ganas de tirar todo lo que tengo por la ventana: el televisor, a los niños, todo. ¿No le parece enfermizo?

Él no contestó.

—¿No tiene nada que decir, señor Kapasi? Creía que en eso consistía su trabajo.

—Mi trabajo consiste en realizar visitas guiadas, señora Das.

—Me refería a su otro empleo. El de intérprete.

—Pero nosotros no tenemos que superar ninguna barrera lingüística. ¿Qué necesidad tenemos de un intérprete?

—No me refiero a eso. De otro modo, no se lo habría contado. ¿No se da cuenta de lo que significa para mí habérselo contado?

—No. ¿Qué significa?

—Significa que estoy harta de sentirme tan mal todo el tiempo. Ocho años, señor Kapasi, llevo ocho años sufriendo. Confiaba en que usted pudiera hacer que me sintiera mejor, decirme algo que me aliviara, proponerme algún tipo de remedio.

Él la miró, miró su falda de cuadros rojos y su camiseta con la fresa, y vio a una mujer que aún no había cumplido los treinta, que no amaba ni a su marido ni a sus hijos, y que había perdido la ilusión de vivir. Su confesión lo entristeció, sobre todo cuando se imaginó al señor Das al final del sendero, con la pequeña Tina aferrada a los hombros, fotografiando las antiguas celdas monásticas talladas en el desfiladero para mostrárselas a sus alumnos norteamericanos, sin sospechar ni saber que uno de sus hijos no era suyo. Al señor Kapasi le ofendió que la señora Das le pidiera que interpretara aquel pequeño secreto tan común y trivial. Ella no se parecía a los pacientes de la consulta médica, que llegaban desesperados y con los ojos llorosos, sin poder dormir, respirar u orinar con normalidad, y, sobre todo, incapaces de expresar con palabras sus padecimientos. Aun así, a pesar de todo, el señor Kapasi consideró que era su deber ayudar a la señora Das. Tal vez debería aconsejarle que le confesara la verdad al señor Das. Sí, le explicaría que la sinceridad era la mejor actitud. Sin duda alguna, la sinceridad la ayudaría a sentirse mejor, que era a lo que ella aspiraba. Quizá se ofrecería a estar presente durante la discusión, como mediador. Decidió empezar por la pregunta más obvia, ir directamente al meollo del asunto:

—¿Seguro que es sufrimiento lo que siente, señora Das? ¿No será culpabilidad?

Ella se volvió y lo fulminó con la mirada. Sus labios, pintados de un rosa frío, estaban recubiertos de aceite de mostaza. Fue a decir algo, pero mientras miraba al señor Kapasi debió de ocurrírsele algo, porque se detuvo de pronto. Él se quedó profundamente abatido. En ese momento comprendió que era tan insignificante para ella que ni siquiera merecía que lo insultara. La mujer abrió la puerta del coche y echó a andar por el sendero, tambaleándose un poco con sus tacones cuadrados de madera y metiendo la mano en el bolso para llevarse a la boca puñados de arroz inflado. El arroz se le iba escurriendo entre los dedos y dejaba tras ella un rastro zigzagueante. Un mono saltó de un árbol y se puso a engullir aquellos granitos blancos. El mono decidió ir en pos de la señora Das para conseguir más arroz, y otros se unieron a él. Pronto la seguían ya una media docena de ellos, con las aterciopeladas colas arrastrando por el suelo.

El señor Kapasi salió del coche. Quería gritar, avisarla de alguna forma, pero temió que ella se asustara si se enteraba de que los monos la escoltaban. Quizá perdiese el equilibrio. Quizá los monos le tiraran del bolso o del pelo. Echó a correr por el sendero y recogió una rama del suelo para ahuyentar a los animales. La señora Das continuaba andando, ajena a todo y dejando un rastro de arroz inflado. Cerca del final de la cuesta, ante una serie de celdas con una hilera de robustos pilares de piedra en la entrada, el señor Das estaba arrodillado en el suelo, enfocando con su cámara. Los niños estaban bajo las arcadas, y entraban y salían del campo de visión del señor Kapasi.

—¡Esperadme! —gritó la señora Das—. ¡Voy con vosotros!

Tina se puso a saltar.

—¡Viene mamá!

—Ah, estupendo —dijo el señor Das sin levantar la vista—. Justo a tiempo. Vamos a pedirle al señor Kapasi que nos haga una foto a los cinco.

El guía apretó el paso mientras enarbolaba la rama con la intención de llamar la atención de los monos e intentar que se dispersaran.

—¿Dónde está Bobby? —preguntó la señora Das cuando llegó hasta ellos.

El señor Das apartó la cámara.

—No lo sé. Ronny, ¿dónde está Bobby?

—Creía que estaba aquí —contestó Ronny, encogiéndose de hombros.

—¿Dónde está? —volvió a preguntar la señora Das—. ¿Qué demonios os pasa a todos?

Empezaron a llamarlo mientras caminaban arriba y abajo por el sendero. Durante un rato, sus propios gritos les impidieron oír los del niño. Cuando lo encontraron un poco más allá, bajo un árbol, estaba rodeado por un grupo de monos, más de una docena, que le tiraban de la camiseta con sus largos dedos negros. Los granos de arroz inflado que la señora Das había ido derramando estaban esparcidos a sus pies, y los monos escarbaban en el suelo para cogerlos. El niño estaba callado, inmóvil, con cara de espanto, y las lágrimas le resbalaban por las mejillas. Tenía las piernas cubiertas de polvo y varias contusiones y heridas allí donde uno de los monos le golpeaba una y otra vez con el mismo palo que el niño le había dado un rato antes.

—Papá, el mono le hace pupa a Bobby —dijo Tina.

El señor Das se secó las palmas de las manos en los pantalones cortos. Con los nervios, apretó sin querer el obturador de la cámara y el zumbido del carrete al avanzar excitó más aún a los animales; el que blandía el palo empezó a golpear a Bobby con mayor determinación.

—¿Qué se supone que debemos hacer? ¿Y si empiezan a atacarnos?

—¡Señor Kapasi! —gritó la señora Das al verlo cerca de ellos—. ¡Haga algo, por amor de Dios! ¡Haga algo!

El guía blandió su rama y los ahuyentó, lanzando fuertes silbidos a los que se resistían a marcharse y dando pisotones en el suelo para asustarlos. Los animales empezaron a retirarse poco a poco con andares pausados, obedientes pero sin dejarse intimidar. El señor Kapasi cogió a Bobby en brazos y lo llevó con sus padres y sus hermanos. Mientras caminaba hacia ellos, estuvo tentado de susurrarle un secreto al oído. Pero Bobby estaba aturdido, temblaba de miedo y tenía heridas en las piernas, donde había recibido los golpes más fuertes. Cuando el señor Kapasi se lo entregó a sus padres, el señor Das empezó a sacudirle el polvo de la camiseta y le colocó bien la gorra. La señora Das metió una mano en el bolso y sacó una tirita que le puso en un pequeño corte de la rodilla. Ronny le ofreció un chicle a su hermano.

—No ha sido nada. Sólo está un poco asustado, ¿verdad, Bobby? —dijo el señor Das mientras le daba palmaditas en la coronilla.

—Por Dios, larguémonos de aquí —soltó la señora Das, que se cruzó de brazos tapando la fresa de su camiseta—. Este sitio me da escalofríos.

—Sí. Volvamos al hotel, será lo mejor —coincidió el señor Das.

—Pobre Bobby —dijo la señora Das—. Ven un momento. Deja que mami te arregle el pelo.

Volvió a meter la mano en el bolso, esta vez para coger el cepillito, y empezó a pasárselo al niño alrededor de la visera. Al sacarlo, el trozo de papel con la dirección del señor Kapasi salió volando arrastrado por el viento. Sólo él se dio cuenta. Lo vio elevarse, cada vez más alto, hasta las ramas de los árboles en las que se habían sentado los monos, que observaban solemnemente la escena que se desarrollaba abajo. El señor Kapasi también la observaba, consciente de que aquélla sería la imagen de la familia Das que guardaría para siempre en la memoria.

Un *durwan* de verdad

Boori Ma, la mujer que barría la escalera, llevaba dos noches sin dormir. La mañana anterior a la tercera noche decidió eliminar los ácaros de su ropa de cama. Primero sacudió la colcha bajo los buzones donde vivía, y luego una vez más en la boca del callejón, cosa que hizo que los cuervos que picoteaban pieles de hortalizas se dispersaran en varias direcciones.

Empezó a remontar los cuatro tramos de escalera que conducían a la azotea con una mano en la rodilla que se le hinchaba al comienzo de cada estación lluviosa; eso la obligaba a llevar sujetos bajo un brazo el cubo, las colchas y el manojo de carrizos que le servía de escoba. Últimamente, Boori Ma tenía la impresión de que aquella escalera era cada vez más empinada; parecía que trepara por una escalera de mano y no por la de una vivienda. Tenía sesenta y cuatro años, llevaba el pelo recogido en un moño del tamaño de una nuez y su figura era casi tan estrecha de frente como de perfil.

De hecho, lo único de Boori Ma que parecía tridimensional era su voz: crispada por las penas, agria como la cuajada y tan aguda que habría servido para rallar la pulpa de un coco. Dos veces al día, mientras barría la escalera, enumeraba con esa voz los detalles de las penurias y las pérdidas que había sufrido desde que la deportaran a Calcuta después de la Partición. Aseguraba que el caos la había separado de su marido, de cuatro hijas, de una casa de ladrillo de dos plantas, de un *almari* de palisandro y de una serie de cofres cuyas minúsculas llaves todavía llevaba atadas, junto con los ahorros de toda una vida, al extremo suelto de su sari.

Además de sus penurias, a Boori Ma también le gustaba relatar tiempos mejores. Y así, para cuando llegó al rellano del segundo piso, ya había descrito a todo el edificio el menú de la noche de bodas de su tercera hija. «La casamos con un director de escuela. Hervimos el arroz en agua de rosas. Invitamos al alcalde. Los comensales se lavaban los dedos en cuencos de peltre.» Al llegar a este punto, hizo una pausa para recobrar el aliento y volvió a colocarse bien los utensilios que llevaba bajo el brazo. También aprovechó la oportunidad para espantar una cucaracha de los barrotes de la barandilla antes de continuar: «Cocimos gambas con mostaza en hojas de plátano. No se escatimó ningún manjar. Para nosotros aquello no era ningún lujo. En nuestra casa se comía cabrito dos veces por semana, y en la finca teníamos un estanque lleno de peces.»

A aquella altura, Boori Ma ya veía algo de la luz que entraba por la azotea y alumbraba la escalera. Y aunque sólo eran las ocho de la mañana, el sol tenía fuerza para calentar los últimos peldaños de cemento bajo sus pies. Era un edificio muy viejo, de esos con depósitos para almacenar el agua que utilizaban los vecinos para asearse, ventanas sin cristales y retretes alzados hechos con ladrillos.

«Venía un hombre a recolectar nuestros dátiles y guayabas. Otro podaba los hibiscos. Aquello sí que era vivir bien. Aquí tengo que comer de una olla de arroz.» En aquella parte del recital, a Boori Ma comenzaron a calentársele las orejas, y el dolor empezó a machacarle la rodilla hinchada. «¿Les he contado que cuando crucé la frontera sólo llevaba dos brazaletes en la muñeca? Y aun así hubo una época en que mis pies no pisaban otra cosa que no fuera mármol. Pueden creerme o no, pero vivía rodeada de unas comodidades con las que ustedes ni siquiera podrían soñar.»

Nadie sabía a ciencia cierta si había algo de verdad en las letanías de Boori Ma. Para empezar, el perímetro de su antigua finca parecía duplicarse cada día, igual que los contenidos de su *almari* y sus cofres. Nadie ponía en duda que era refugiada; el acento con que hablaba bengalí daba fe de ello. Sin embargo, los vecinos de aquel edificio en particular no conseguían conciliar las riquezas que Boori Ma afirmaba haber tenido en el pasado con el relato, más verosímil, de cómo había cruzado la frontera de Bengala Oriental, como miles de refugiados más, en la parte trasera de un camión, entre sacos de cáñamo. A pesar de todo, había días en que Boori Ma insistía en que había llegado a Calcuta en un carro tirado por bueyes.

«¿En qué quedamos, vino en carro o en camión?», le preguntaban a veces los niños al cruzarse con ella cuando iban al callejón a jugar a policías y ladrones. Y Boori Ma contestaba agitando el extremo suelto de su sari y haciendo repicar las llavecitas: «¿Qué importancia tienen los detalles? ¿Para qué rascar la cal de una hoja de betel? Pueden creerme o no. Mi vida está formada por tal sucesión de penas que ustedes ni siquiera podrían soñarlas.»

Embrollaba los hechos. Se contradecía. Lo adornaba casi todo. Pero sus peroratas eran tan convincentes, su congoja tan verídica, que costaba no creerla.

¿Cómo se explicaba que una terrateniente acabara barriendo escaleras? Eso era lo que se preguntaba el señor Dalal, el vecino del tercero, cuando se cruzaba con Boori Ma al ir y volver de la oficina, donde archivaba recibos para un mayorista de tubos de goma, tuberías y válvulas en el barrio de los fontaneros de la calle College.

«*Bechareh*, seguro que se inventa esas historias para superar la pérdida de su familia», conjeturaban la mayoría de las mujeres.

«Boori Ma miente más que habla, pero es una víctima de los nuevos tiempos», repetía el anciano señor Chatterjee como un estribillo. Él no había bajado de su balcón ni abierto un periódico desde la Independencia, pero, a pesar de eso, o quizá precisamente por eso, sus opiniones siempre eran tenidas en gran consideración.

Al final empezó a circular la teoría de que Boori Ma había trabajado para un próspero *zamindar* en el este, y que por eso podía exagerar su pasado con todo lujo de detalles. Sus roncas imposturas no hacían daño a nadie. Todos coincidían en que era una narradora estupenda. A cambio de alojarse bajo los buzones, Boori Ma mantenía limpísima su sinuosa escalera. Y sobre todo, a los vecinos les gustaba que Boori Ma, que dormía todas las noches detrás de la reja extensible, montara guardia entre ellos y el mundo exterior.

En aquel edificio en particular, sin embargo, nadie tenía gran cosa que valiera la pena robar. La viuda del segundo, la señora Misra, era la única que tenía teléfono. Aun así, los vecinos agradecían que Boori Ma vigilara lo que ocurría en el callejón, seleccionara a los vendedores ambulantes que iban a vender peines y chales de puerta en puerta, consiguiera un *rickshaw* en menos de lo que canta un gallo y no tuviera ningún reparo en echar con un par de golpes de escoba a cualquier personaje sospechoso que se acercara por allí a escupir, orinar o causar cualquier otro problema.

Resumiendo: con los años, los servicios de Boori Ma llegaron a parecerse a los de un *durwan* de verdad. Si bien en circunstancias normales aquel trabajo no habría sido propio de una mujer, ella estaba a la altura de sus obligaciones y se mantenía siempre alerta, con el mismo rigor de que habría hecho gala si hubiera sido la portera de una casa de Lower Circular Road, o de Jodhpur Park, o de cualquier otro barrio elegante.

. . .

Ya en la azotea, Boori Ma colgó sus colchas en el tendedero. El alambre, tendido en diagonal de una esquina a otra del antepecho, cruzaba una panorámica de antenas de televisión y vallas publicitarias y, a lo lejos, los arcos del puente Howrah. Tras otear el horizonte de los cuatro puntos cardinales, abrió el grifo de la base del depósito de agua. Se lavó la cara y los pies y se frotó los dientes con dos dedos. A continuación, empezó a sacudir ambos lados de las colchas con la escoba. De vez en cuando paraba y, con los ojos entornados, examinaba el suelo de cemento con la esperanza de descubrir a los culpables de sus noches de insomnio. Estaba tan enfrascada en aquel proceso que tardó un rato en ver a la señora Dalal, la vecina del tercero, que había subido a secar al sol una bandeja de pieles de limón saladas.

—No sé qué hay en esta colcha, pero no me deja dormir por las noches —se lamentó—. Dígame, ¿usted los ve?

La señora Dalal tenía debilidad por Boori Ma; de vez en cuando le regalaba a la anciana un poco de pasta de jengibre con que sazonar sus guisos.

—No veo nada —respondió al cabo de un rato.

Tenía los párpados casi transparentes y llevaba los delgados dedos de los pies adornados con anillos.

—Entonces es que tienen alas —dedujo Boori Ma. Bajó la escoba y se quedó mirando las nubes pasar unas detrás de otras—. Se van volando antes de que pueda aplastarlos. Pero míreme la espalda. Debo de tenerla llena de picaduras.

La señora Dalal le levantó la capa exterior del sari, de un tejido blanco barato con una cenefa del color de las aguas de un estanque sucio. Le examinó la piel que quedaba al descubierto por encima y por debajo de la camisola, de un corte que ya no vendían en las tiendas. Entonces le dijo:

—Boori Ma, me parece que son imaginaciones suyas.

—Se lo aseguro, esos ácaros me están comiendo viva.

—Podría ser fiebre miliar —especuló la señora Dalal.

Al oír eso, Boori Ma agitó el extremo suelto de su sari para hacer sonar las llavecitas.

—Sé distinguir la fiebre miliar. Esto no es fiebre miliar. Llevo tres noches sin dormir, quizá cuatro. Ya he perdido la cuenta. Antes siempre tenía la cama limpia. Nuestras sábanas eran de muselina. Puede creerme o no, pero nuestras mosquiteras eran suaves como la seda. Vivía rodeada de unas comodidades que usted ni siquiera podría soñar.

—Que yo ni siquiera podría soñar —repitió la señora Dalal. Cerró los transparentes párpados y suspiró—. Claro que no podría ni soñarlas, Boori Ma. Vivo en dos habitaciones cochambrosas y estoy casada con un hombre que vende piezas de váter.

La señora Dalal se dio la vuelta y miró una de las colchas. Pasó un dedo por un pespunte y preguntó:

—¿Cuánto hace que duerme con esta ropa de cama, Boori Ma?

La anciana se llevó un dedo a los labios, pensativa, antes de contestar que no se acordaba.

—¿Y cómo es que no lo había mencionado hasta hoy? ¿Acaso cree usted que no podemos proporcionarle unas colchas limpias? ¿O quizá un hule para que lo extienda en el suelo?

La señora Dalal parecía ofendida.

—No hace falta —dijo Boori Ma—. Ahora ya están limpias. Las he sacudido con la escoba.

—No se hable más —zanjó la señora Dalal—. Necesita un jergón nuevo. Colchas, una almohada. Una manta para cuando llegue el invierno.

Mientras hablaba, la señora Dalal iba tocándose las yemas de los dedos con el pulgar para llevar la cuenta de los objetos que Boori Ma iba a necesitar.

—Los días de fiesta, los pobres venían a nuestra casa para que les diéramos de comer —dijo Boori Ma mientras llenaba su cubo con carbón del montón que había en el otro extremo de la azotea.

—Hablaré con el señor Dalal cuando vuelva de la oficina —le dijo la señora Dalal, ya camino de la escalera—. Venga por la tarde. Le daré unos encurtidos y unos polvos para la espalda.

—No es fiebre miliar —insistió Boori Ma.

Era cierto que la fiebre miliar era habitual durante la estación lluviosa, pero Boori Ma prefería pensar que lo que la molestaba por las noches, lo que le robaba el sueño, aquel picor como de guindilla que le recorría el cuero cabelludo y la espalda, tenía un origen menos prosaico.

Empezó a barrer la escalera mientras pensaba en aquello —siempre comenzaba por arriba—, cuando, de pronto, se puso a llover. El agua golpeaba la azotea como un niño con unas chanclas demasiado grandes para él y arrastró las pieles de limón de la señora Dalal hacia el desagüe. Antes de que los transeúntes pudieran abrir los paraguas, la lluvia ya estaba colándose por cuellos, bolsillos y zapatos. En aquel edificio en particular, como en todos los de aquel barrio, la gente cerraba los postigos chirriantes y los ataba con cordones de fustán a los barrotes de las ventanas.

Boori Ma ya había llegado al rellano del segundo piso. Levantó la mirada hacia lo alto de aquella escalera que más bien parecía una escalera de mano y, al notar que el sonido del agua que caía se intensificaba a su alrededor, comprendió que sus colchas estarían convirtiéndose en yogur.

Pero entonces recordó la conversación con la señora Dalal, así que continuó, sin bajar el ritmo, barriendo el polvo, las colillas y los envoltorios de caramelos del resto de los peldaños hasta llegar a los buzones de la planta baja. Para que no entrara el viento, rebuscó en sus cestos, sacó unos periódicos y tapó con ellos los huecos con forma de rombo de la reja extensible. A continuación, puso a hervir su comida en el cubo de carbón, controlando la llama con un abanico de palma trenzado.

Aquella tarde, como tenía por costumbre, Boori Ma se hizo el moño de nuevo, desató el extremo suelto de su sari y contó los ahorros de toda su vida. Acababa de despertar de la siesta de veinte minutos que se había echado en una cama provisional hecha de periódicos. Había parado de llover, y el olor acre que desprendían las hojas de mango mojadas inundaba el callejón.

Algunas tardes, Boori Ma visitaba a los vecinos. Le gustaba entrar y salir de las diferentes viviendas. Los vecinos, por su parte, le aseguraban que siempre era bien recibida; nunca echaban el cerrojo, salvo por la noche. Seguían ocupándose de sus cosas, regañaban a los niños, repasaban los gastos o quitaban las piedrecillas del arroz de la cena. De vez en cuando le ofrecían un vaso de té o le acercaban la lata de las galletas, y ella ayudaba a los niños a disparar contra las fichas en el tablero de *carrom*. Como no estaba acostumbrada a sentarse en sillas, Boori Ma se acuclillaba en los umbrales de las puertas y en los pasillos, y observaba el ir y venir de la gente como quien observa el tráfico en una ciudad extranjera.

Aquella tarde en particular, Boori Ma decidió aceptar la invitación de la señora Dalal. Todavía le picaba la espalda, incluso después de haber dormido sobre los periódicos, así que empezaba a pensar que, al fin y al cabo, los polvos para la fiebre miliar no le harían ningún mal. Cogió su escoba —no se sentía cómoda sin ella— y se disponía a subir por la escalera cuando un *rickshaw* se detuvo ante la reja extensible.

Era el señor Dalal. Tantos años rellenando recibos le habían dejado unos semicírculos morados bajo los ojos. Aquel día, sin embargo, le brillaba la mirada. La punta de la lengua le asomaba, juguetona, entre los dientes, y llevaba sobre el regazo dos lavamanos de cerámica.

—Tengo un trabajo para usted, Boori Ma. Ayúdeme a subir estos lavamanos.

Se enjugó la frente y el cuello con un pañuelo doblado y le dio una moneda al conductor. Entonces, con ayuda de Boori Ma, subió los lavamanos hasta el tercer piso. Hasta que entraron en el piso no explicó a la señora Dalal, a Boori

Ma y a unos cuantos vecinos, que los habían seguido por curiosidad, lo siguiente: sus largas jornadas rellenando recibos para un mayorista de tubos de goma, tuberías y válvulas habían llegado a su fin. El mayorista, que quería cambiar de aires y que había duplicado sus beneficios, iba a abrir otra sucursal en Burdwan. Y, tras una valoración de su diligente aportación a lo largo de los años, había decidido ascender al señor Dalal a director de la sucursal de la calle College. De regreso a su casa por el barrio de los fontaneros, el señor Dalal, entusiasmado, había comprado dos lavamanos.

—¿Y para qué queremos dos lavamanos en un piso de dos habitaciones? —preguntó la señora Dalal, que estaba enfurruñada por haber perdido las pieles de limón—. ¿A quién se le ocurre? Aún cocino con queroseno. No quieres pedir que nos pongan un teléfono. Y todavía estoy esperando que traigas la nevera que me prometiste cuando nos casamos. ¿Acaso crees que dos lavamanos compensarán todo eso?

La discusión que tuvo lugar a continuación fue lo bastante acalorada para que se oyera desde los buzones. Fue lo bastante acalorada y lo bastante larga para que se oyera por encima del segundo chaparrón que cayó cuando ya había oscurecido. Fue lo bastante acalorada para distraer a Boori Ma mientras barría la escalera de arriba abajo por segunda vez aquel día, y por esa razón la mujer no habló de sus penurias ni de tiempos mejores mientras lo hacía. Pasó la noche sobre un lecho de periódicos.

La discusión entre el señor y la señora Dalal seguía más o menos en marcha a primera hora de la mañana, cuando una brigada de operarios descalzos acudió a instalar los lavamanos. El señor Dalal, que se había pasado toda la noche dando vueltas en la cama y paseándose por sus dos habitaciones, había decidido instalar un lavamanos en el salón de su vivienda y el otro en el primer rellano de la escalera del edificio. «Así todos podrán usarlo», fue explicando de puerta en puerta. Los vecinos estaban encantados; todos llevaban años yendo al depósito de la azotea a recoger agua para lavarse los dientes después con una taza.

El señor Dalal, además, pensaba que un lavamanos en el rellano impresionaría a las visitas. Porque, ahora que era director de una empresa, nadie sabía quién podría ir a visitarlo al edificio.

Los operarios estuvieron varias horas trabajando sin descanso. Subieron y bajaron repetidas veces por la escalera y comieron en cuclillas, con la espalda apoyada en los barrotes de la barandilla. Martillearon, gritaron, escupieron y soltaron palabrotas. Se enjugaban el sudor con el extremo de los turbantes. Entre una cosa y otra, impidieron que Boori Ma barriera la escalera aquel día.

Para matar el tiempo, la anciana se retiró a la azotea. Se paseó de un lado a otro arrastrando los pies, pero le dolían las caderas por haber dormido sobre los periódicos. Tras otear el horizonte de los cuatro puntos cardinales, rasgó lo que quedaba de sus colchas en varias tiras y decidió que más adelante limpiaría con los jirones los barrotes de la barandilla.

A última hora de la tarde, los vecinos se congregaron para admirar el trabajo de los operarios. Incluso animaron a Boori Ma a lavarse las manos bajo el chorro de agua fresca. La mujer la olfateó. «Nuestra agua para el baño estaba perfumada con pétalos y *attar*. Pueden creerme o no, pero era un lujo con el que ustedes ni siquiera podrían soñar.»

El señor Dalal procedió a hacer una demostración de las características del lavamanos. Abrió y cerró del todo un grifo y luego el otro. A continuación, abrió ambos grifos a la vez para ilustrar cómo variaba la presión del agua. Si así se deseaba, levantando una pequeña palanca que había entre los dos grifos, el agua se acumulaba en el lavamanos.

—Es el último grito —concluyó el señor Dalal.

«Un claro ejemplo de que los tiempos cambian», dicen que señaló el señor Chatterjee desde su balcón.

Sin embargo, no tardaron en surgir algunas rencillas entre las mujeres. Hacían cola para lavarse los dientes por la mañana y les molestaba tener que esperar su turno, secar los grifos después de cada uso, y no poder dejar su jabón y su tubo de dentífrico alrededor del estrecho borde del lavamanos. Los Dalal tenían el suyo propio; ¿por qué los demás debían compartirlo?

—¿Acaso nosotros no podemos comprarnos uno? —estalló al fin una de ellas una mañana.

—¿Acaso los Dalal son los únicos que pueden mejorar las condiciones de este edificio? —preguntó otra.

Empezaron a circular rumores: que, después de la discusión que habían mantenido, el señor Dalal había consolado a su mujer comprándole dos kilos de aceite de mostaza, un chal de cachemira y una docena de pastillas de jabón de sándalo; que el señor Dalal había solicitado que le instalaran una línea telefónica; que la señora Dalal se pasaba el día lavándose las manos en su lavamanos. Por si aquello fuera poco, un taxi con destino a la estación de Howrah llegó al callejón a la mañana siguiente: los Dalal se iban a pasar diez días a Simla.

—Sepa que no me olvido de lo que le dije, Boori Ma. Le traeremos una manta de lana de oveja hecha en las montañas —dijo la señora Dalal, asomándose por la ventanilla del taxi.

Llevaba un bolso de piel en el regazo, a juego con el pespunte azul turquesa de su sari.

—¡Le traeremos dos! —añadió el señor Dalal, que, sentado al lado de su mujer, se palpaba los bolsillos para asegurarse de que llevaba la cartera.

De todos los vecinos que vivían en aquel edificio en concreto, Boori Ma fue la única que se quedó junto a la reja extensible para desearles buen viaje.

Nada más marcharse los Dalal, las otras mujeres empezaron a planear sus propias reformas. Una decidió cambiar unos cuantos brazaletes que había llevado el día de su boda y contratar a un encalador para que pintara las paredes de la escalera. Otra empeñó su máquina de coser y solicitó los servicios de un exterminador de plagas. Una tercera fue a visitar al orfebre y vendió un juego de cuencos de pudin; quería que les pintaran los postigos de amarillo.

Los operarios comenzaron a invadir el edificio día y noche. Para eludir aquel trasiego, Boori Ma cogió la costumbre de dormir en la azotea. Entraba y salía tanta gente por la reja extensible, y el callejón estaba tan abarrotado a todas horas, que no tenía sentido tratar de estar pendiente de ellos.

Pasados unos días, Boori Ma subió también sus cestos y su cubo de carbón a la azotea. No necesitaba utilizar el lavamanos del primer rellano, pues ella no tenía inconveniente en lavarse, como había hecho siempre, con el agua del depósito. Aún no había limpiado los barrotes de la barandilla con las tiras que había hecho con sus colchas, pero pensaba hacerlo. Seguía durmiendo sobre un lecho de periódicos.

Llegaron más lluvias. Bajo la cubierta llena de goteras y tapándose la cabeza con un periódico, Boori Ma, acuclillada, veía desfilar las hormigas del monzón por el alambre del tendedero, transportando huevos en la boca. El aire húmedo le aliviaba el picor de la espalda. Estaba quedándose sin periódicos.

Las mañanas de Boori Ma eran largas, y sus tardes más largas aún. No recordaba la última vez que se había bebido un vaso de té. Ya no pensaba ni en sus penurias ni en otros tiempos mejores, y se preguntaba cuándo volverían los Dalal con su ropa de cama nueva.

Allí arriba, en la azotea, se impacientaba, y para hacer un poco de ejercicio, Boori Ma empezó a pasear por el barrio por las tardes. Con la escoba de carrizos en una mano y el sari manchado de tinta de periódico, deambulaba por los mercados y empezó a gastarse los ahorros de toda una vida en pequeños caprichos: hoy un paquete de arroz inflado, mañana unos anacardos, pasado mañana una taza de zumo de caña de azúcar. Un día llegó hasta los puestos de libros de la calle College. Al día siguiente llegó aún más lejos, hasta los mercados de alimentos de Bow Bazaar. Fue allí donde, mientras examinaba las yacas y los caquis, notó que alguien le tiraba del extremo suelto del sari. Cuando se dio la vuelta, el resto de los ahorros de toda una vida y las llavecitas habían desaparecido.

Aquella tarde, cuando Boori Ma llegó a la reja extensible, los vecinos estaban esperándola. Por toda la escalera resonaban gritos lastimeros, y todos repetían la misma noticia: alguien había robado el lavamanos de la escalera dejando en su lugar un gran agujero en la pared recién encalada y un enredo de tubos de goma y tuberías que asomaba por él. El rellano estaba cubierto de trozos de yeso. Boori Ma cogió su escoba de carrizos sin decir palabra.

Los vecinos, exaltados, llevaron a Boori Ma, casi en volandas, hasta la azotea, y una vez allí la plantaron a un lado del alambre del tendedero y empezaron a gritarle desde el otro lado.

—¡Todo esto es cosa suya! —bramó uno de ellos, señalando a Boori Ma—. Ella informó a los ladrones. ¿Dónde estaba cuando se suponía que debía estar vigilando la entrada?

—Lleva días deambulando por las calles y hablando con desconocidos —soltó otro.

—Hemos compartido con ella nuestro carbón, le hemos ofrecido un sitio donde dormir. ¿Cómo ha podido traicionarnos así? —quiso saber un tercero.

Aunque ninguno se había dirigido directamente a ella, Boori Ma respondió:

—Pueden creerme o no, pero yo no he informado a ningún ladrón.

—Llevamos años soportando sus mentiras —replicaron ellos—. ¿Ahora pretende que la creamos?

Siguieron haciéndole recriminaciones. ¿Cómo iban a explicárselo a los Dalal? Al final pidieron consejo al señor Chatterjee. Lo encontraron sentado en su balcón contemplando un atasco.

Uno de los vecinos del segundo piso le dijo:

97

—Boori Ma ha puesto en peligro la seguridad de este edificio. Tenemos objetos de valor. La viuda Misra vive sola con su teléfono. ¿Qué podemos hacer?

El señor Chatterjee valoró sus argumentos. Mientras reflexionaba, se colocó bien el mantón que le cubría los hombros y escudriñó el andamio de bambú que ahora rodeaba su balcón. Los postigos que tenía detrás, que hasta donde él recordaba, siempre habían sido descoloridos, se habían pintado de color amarillo. Finalmente, dijo:

—Boori Ma miente más que habla. Pero eso no es nada nuevo. Lo nuevo es la fachada de este edificio. Lo que necesita un edificio como éste es un *durwan* de verdad.

Así pues, los vecinos tiraron por la escalera el cubo y los trapos de Boori Ma, sus cestos y su escoba de carrizos, y los lanzaron más allá de los buzones, por la reja extensible, hacia el callejón. Y entonces echaron también a Boori Ma. Todos estaban impacientes por empezar a buscar a un *durwan* de verdad.

Lo único que recuperó Boori Ma de su montón de pertenencias fue la escoba.

—Pueden creerme o no —dijo una vez más mientras su figura empezaba a alejarse.

Sacudió el extremo suelto de su sari, pero no tintineó.

Sexy

Era la peor pesadilla de una mujer casada. Tras nueve años de matrimonio, explicó Laxmi a Miranda, el marido de su prima se había enamorado de otra mujer. Se había sentado a su lado en el avión en un vuelo de Delhi a Montreal, y en lugar de volver a casa con su esposa y su hijo, se había quedado con ella en Heathrow. Desde allí llamó por teléfono a su esposa y le dijo que había mantenido una conversación que le había cambiado la vida y que necesitaba tiempo para aclararse. La prima de Laxmi se metió en la cama en aquel momento y no había vuelto a levantarse.

—Y no se lo reprocho —dijo Laxmi.

Cogió el paquete de snacks Hot Mix del que picaba todo el día y que a Miranda le parecía un revoltijo de cereales rancios de color naranja.

—Imagínate: una chica inglesa mucho más joven que ella.

Laxmi tenía pocos años más que Miranda, pero ya estaba casada y, en su cubículo, contiguo al de Miranda, tenía una fotografía en la que ella y su marido aparecían sentados en un banco de piedra blanca delante del Taj Mahal. Laxmi había estado al menos una hora hablando por teléfono tratando de tranquilizar a su prima, pero nadie se había enterado; trabajaban para una emisora de radio pública, en el departamento de recaudación de fondos, y estaban rodeadas de empleados que se pasaban todo el día al teléfono solicitando aportaciones.

—El que más pena me da es el niño —añadió Laxmi—. Lleva días sin salir de casa. Mi prima dice que ni siquiera es capaz de llevarlo a la escuela.

—Pobre mujer —comentó Miranda.

Normalmente, las conversaciones telefónicas de Laxmi —casi todas con su marido, sobre lo que prepararían para cenar— la distraían mientras escribía cartas en las que pedía a los patrocinadores de la emisora de radio que aumentaran su aportación anual a cambio de una mochila o un paraguas. A pesar de la pared laminada que separaba sus mesas, Miranda oía a Laxmi con claridad, y distinguía las frases que su amiga salpicaba con alguna palabra en hindi. Pero aquella tarde Miranda no le había prestado atención. Ella también había estado hablando por teléfono, con Dev, para decirle dónde quedarían aquella noche.

—Pero bueno, tampoco es que vaya a pasarle nada por quedarse unos días en casa. —Laxmi cogió otro puñado de Hot Mix y volvió a guardar el paquete en un cajón—. Es un niño muy inteligente, casi superdotado. Su madre es punjabí y su padre bengalí, y como en la escuela estudia francés e inglés, ya habla cuatro idiomas. Me parece que lo han adelantado dos cursos.

Dev también era bengalí. Al principio, Miranda creía que esa palabra designaba a los seguidores de una religión. Hasta que él le señaló una región de la India llamada Bengala en un mapa que aparecía en un ejemplar de *The Economist*. Había llevado la revista al apartamento de Miranda a propósito, porque ella no tenía atlas ni ningún otro libro con mapas. Le había mostrado la ciudad donde había nacido, y la de la que provenía su padre. Una de ellas estaba enmarcada con un rectángulo para llamar la atención del lector. Cuando Miranda le preguntó qué significaba aquel rectángulo, Dev enrolló la revista y le dijo: «Nada de lo que tengas que preocuparte», y le dio unos golpecitos burlones en la cabeza.

Antes de marcharse del apartamento de Miranda, Dev tiró la revista a la basura, junto con las colillas de los tres cigarrillos que siempre se fumaba durante sus visitas. Pero, en cuanto vio que su coche se alejaba por la avenida Commonwealth camino de su casa, en el barrio residencial donde vivía con su esposa, Miranda recuperó la revista, sacudió la ceniza de la portada y la enrolló en el sentido contrario para alisarla. Se metió en la cama, que estaba tal como la habían dejado después de hacer el amor, y examinó de nuevo el territorio de Bengala. Al sur había una bahía, y al norte, unas montañas. El mapa ilustraba un artículo sobre algo llamado «Banco Gramin». Pasó la página con la esperanza de encontrar una fotografía de la ciudad en la que había nacido Dev, pero sólo vio gráficos y tablas. Aun así, los contempló mientras pensaba en él, en que apenas quince minutos antes, Dev le había cogido los pies y se los había colocado sobre los hombros, le había aplastado las rodillas contra el pecho y le había dicho que lo volvía loco.

Lo había conocido hacía una semana en Filene's. A la hora de comer, Miranda había ido a comprar medias de rebajas en The Basement. Después había subido por la escalera mecánica al departamento de perfumería, donde los jabones y las cremas estaban expuestos como si fueran joyas, y las sombras de ojos y los polvos compactos brillaban como mariposas clavadas con alfileres bajo un cristal protector. Pese a que Miranda nunca había comprado otra cosa que no fuera un pintalabios, le gustaba pasear por aquel laberinto estrecho y atestado, uno de los pocos lugares de Boston que ya le resultaban familiares. Le encantaba esquivar a las mujeres apostadas en cada esquina, que rociaban con perfume unos cartoncitos y los sacudían en el aire. A veces encontraba uno de aquellos cartoncitos días más tarde, doblado en el bolsillo de su abrigo, y el débil vestigio de su aroma intenso la animaba en las mañanas frías mientras esperaba el metro.

Aquel día, al detenerse para olfatear un cartoncito con un perfume especialmente agradable, Miranda se fijó en un hombre que esperaba ante uno de los mostradores. Sujetaba un trozo de papel en el que había algo escrito con una caligrafía pulcra y femenina; una dependienta le echó un vistazo y empezó a abrir cajones. Sacó una pastilla de jabón ovalada que iba en una caja negra, una mascarilla hidratante, un suero antiedad y dos tubos de hidratante facial. El hombre era de tez morena y tenía el pelo negro y mucho vello en el dorso de la mano. Llevaba una camisa de color rosa claro, un traje azul marino y un abrigo beige con relucientes botones de cuero. Se había quitado unos guantes de piel de cerdo para pagar y, de una cartera de color burdeos, sacó unos billetes nuevos. No llevaba anillo de casado.

—¿En qué puedo ayudarte? —preguntó la dependienta a Miranda.

La observó por encima de la montura de las gafas de carey para examinarle el cutis.

Miranda no sabía qué quería. Lo único que sabía era que no quería que aquel hombre se marchara de allí. Le dio la impresión de que él también se demoraba, como a la espera —igual que la dependienta— de que ella dijera algo. Miranda se fijó en unos botes de diferentes tamaños que había expuestos en una bandeja ovalada como si fueran una familia posando para que la fotografiaran.

—Una crema hidratante —contestó al fin.

—¿Cuántos años tienes?

—Veintidós.

La dependienta asintió con la cabeza y abrió una botella de cristal esmerilado.

—Puede que te parezca un poco más intensa que otras a las que estás acostumbrada, pero yo empezaría a usarla ya. Cuando cumplas veinticinco años, se te habrán formado todas las arrugas. Después, lo único que hacen es empezar a mostrarse.

Mientras la dependienta le aplicaba un poco de crema en la cara a Miranda, el hombre se quedó observando. Y cuando la dependienta empezó a explicarle la forma correcta de aplicársela, con rápidos toques que partían de la base del cuello, el hombre se entretuvo haciendo girar el expositor de barras de labios. Pulsó el dispensador de una botella de gel anticelulítico y se aplicó un poco en el dorso de la mano aún desnuda. Luego abrió un tarro y se inclinó para olerlo. Se acercó tanto que se manchó la punta de la nariz de crema.

Miranda sonrió, pero en aquel momento la dependienta estaba pasándole una enorme brocha por la cara y le tapó los labios.

—Esto es un número dos —le explicó—. Te da un poco de color.

Miranda asintió y se miró en uno de los espejos estratégicamente orientados que había a lo largo del mostrador. Tenía los ojos grises y la piel blanca como el papel, y el contraste con su pelo, negro y reluciente como un grano de café, hacía que la gente la considerara, como mínimo, atractiva. Tenía la cabeza fina y ovalada, casi puntiaguda en la parte superior. Sus facciones también eran finas, y tenía las aletas de la nariz tan delgadas que parecía que se las hubieran apretado con una pinza para la ropa. Ahora su rostro relucía; tenía las mejillas rosadas y la piel de la parte superior de los pómulos de un blanco grisáceo. Le brillaban los labios.

El desconocido también se miró en un espejo y se limpió con rapidez la crema de la nariz. Miranda se preguntó de dónde sería. Pensó que tal vez fuera español o libanés. Pero cuando él abrió otro tarro y, sin dirigirse a nadie en particular, dijo «Ésta huele a piña», Miranda se dio cuenta de que apenas tenía acento.

—¿Necesitas algo más? —preguntó la dependienta al aceptar la tarjeta de crédito de Miranda.

—No, gracias.

La mujer envolvió la crema con varias capas de papel de seda rojo.

—Ya verás como quedas satisfecha.

A Miranda le tembló un poco la mano cuando firmó el comprobante. El hombre no se había movido todavía.

—Dentro te he puesto una muestra del nuevo gel de ojos —añadió la dependienta al entregarle la bolsita a Miranda.

Echó un vistazo a la tarjeta de crédito antes de devolvérsela deslizándola por el mostrador, y dijo:

—Adiós, Miranda.

La joven se marchó. Al principio caminaba muy deprisa, pero al ver las puertas por las que se salía a Downtown Crossing redujo el paso.

—Una parte de tu nombre es indio —dijo el desconocido, adaptando el ritmo de sus pasos al de ella.

Miranda se detuvo, y él también, junto a una mesa redonda con montones de jerséis flanqueada por piñas y lazos de terciopelo.

—¿Miranda?

—Mira. Yo tengo una tía que se llama Mira.

Él se llamaba Dev. Trabajaba en un banco de inversiones que estaba por allí cerca, dijo señalando con la cabeza hacia South Station. Miranda reparó en que era la primera vez que encontraba guapo a un hombre con bigote.

Fueron juntos hacia la estación de la calle Park y pasaron por delante de los quioscos que vendían cinturones y bolsos baratos. El fuerte viento de enero le alborotó el pelo a Miranda y le deshizo la raya. Mientras buscaba la tarjeta de metro en el bolsillo del abrigo, la mirada de la chica recayó en la bolsa en la que él llevaba los productos que acababa de comprar.

—¿Y eso es para ella?

—¿Para quién?

—Para tu tía Mira.

—No, son para mi esposa. —Lo dijo despacio, sosteniéndole la mirada a Miranda—. Se marcha varias semanas a la India. —Miró al cielo con un gesto de hastío y agregó—: Es adicta a estas cosas.

• • •

Por algún motivo, con la esposa fuera de la ciudad, todo aquello no parecía tan grave. Al principio, Miranda y Dev dormían juntos todas las noches, o casi. Él le explicó que no podía quedarse en su casa porque su mujer lo llamaba todos los días a las seis de la mañana desde la India, donde eran las cuatro de la tarde. De modo que se marchaba de su apartamento a las dos o las tres, a veces a las cuatro de la madrugada, para volver a su casa de las afueras. Durante el día la llamaba por teléfono a cada momento, desde el despacho o desde el móvil. En cuanto se aprendió el horario de Miranda, todas las tardes a las cinco y media le dejaba un mensaje en el contestador, mientras ella volvía a casa en metro, sólo para que, según decía, la chica pudiera oír su voz nada más entrar por la puerta. «Estoy pensando en ti —aseguraba—. Me muero de ganas de verte.» Decía que le gustaba estar con ella en su apartamento, donde la encimera de la cocina no era más ancha que una panera, los suelos gastados estaban inclinados y el interfono del vestíbulo hacía un ruido un tanto ridículo cuando él apretaba el botón. Le decía que la admiraba por haberse ido a vivir a Boston, donde no conocía a nadie, en lugar de quedarse en Michigan, donde se había criado y donde había estudiado. Cuando Miranda le decía que no había nada de admirable en ello, que se había ido a vivir a Boston precisamente por esa razón, él negaba con la cabeza. «Sé muy bien lo que es estar solo», afirmaba, de repente serio, y entonces Miranda sentía que él la comprendía, que entendía cómo se sentía ella algunas noches cuando volvía en metro después de ir al cine sola, o a una librería a leer revistas, o a tomar algo con Laxmi, que siempre tenía que reunirse con su marido en la estación de Alewife al cabo de una hora o dos. En otros momentos menos serios, Dev decía que le gustaba que sus piernas fuesen más largas que su torso, y que se había fijado en ese detalle la primera vez que la había visto andar desnuda por la habitación. «Eres la primera —dijo mientras la contemplaba desde la cama—. La primera mujer que conozco con unas piernas tan largas.»

Dev era el primer hombre que le decía algo así. A diferencia de los chicos con los que Miranda salía cuando iba a la universidad —versiones un poco más altas y pesadas de aquellos con los que había salido cuando iba al instituto—, Dev era el primero que siempre lo pagaba todo y sujetaba la puerta para que ella pasara, y el primero que, en un restaurante, le había tomado la mano por encima de la mesa y se la había besado. Era el primero que le regalaba un ramo de flores tan enorme que Miranda tuvo que repartirlo en los seis vasos que tenía, y el primero que susurraba su nombre una y otra vez mientras hacían el amor. Al cabo de pocos días de conocerlo, cuando estaba trabajando, Miranda empezó a desear que hubiera una fotografía de los dos pegada en la pared laminada de su cubículo, como la de Laxmi con su marido delante del Taj Mahal. No le habló de Dev a su compañera. No le contó a nadie que lo había conocido. A veces estaba tentada de explicárselo a Laxmi, aunque sólo fuera porque ella también era india, pero últimamente Laxmi se pasaba el día hablando por teléfono con su prima, que seguía sin salir de la cama, y cuyo marido seguía en Londres, y cuyo hijo seguía sin ir a la escuela. «Tienes que comer un poco —le insistía Laxmi—. Si no, te pondrás enferma.» Cuando no hablaba con su prima, hablaba con su marido; eran conversaciones mucho más breves en las que Laxmi siempre acababa discutiendo sobre si cenarían pollo o cordero. «Lo siento —la oyó disculparse Miranda en una ocasión—. Todo este asunto me está volviendo un poco paranoica.»

Miranda y Dev nunca discutían. Iban al cine, al Nickelodeon, y se pasaban toda la película besándose. Iban a Davis Square a comer *pulled pork* y pan de maíz, y Dev se colgaba una servilleta de papel del cuello de la camisa, como si fuera una corbata antigua. Iban a beber sangría al bar de un restaurante español, donde una sonriente cabeza de cerdo presidía su conversación. Fueron al Museo de Bellas Artes y escogieron un póster de nenúfares para el dormitorio de Miranda. Un sábado por la tarde, al salir de un concierto en el Symphony Hall, él quiso enseñarle su lugar favorito de la ciudad, el Mapparium del centro de la Ciencia Cristiana. Era una sala esférica construida con relucientes paneles de vidrio tintado; sin embargo, una vez dentro tenías la impresión de estar contemplando el exterior de la esfera. Por el medio de la sala discurría una pasarela transparente, de modo que los visitantes tenían la sensación de hallarse en el centro de la Tierra. Dev señaló la India, que era de color rojo y estaba representada con mucho más detalle que en el mapa de *The Economist*. Le explicó que muchos países, como Siam y la Somalilandia italiana, ya no existían como tales y que sus nombres habían cambiado. El océano, azul como el pecho de un pavo real, presentaba dos tonalidades, según la profundidad de las aguas. Le mostró la fosa oceánica más profunda del planeta, de once kilómetros, situada encima de las Marianas. Se asomaron por la barandilla de la pasarela y vieron el archipiélago Palmer a sus pies; miraron hacia arriba y vieron una gigantesca estrella metálica sobre sus cabezas. Mientras Dev hablaba, su voz rebotaba continuamente contra el cristal, a veces fuerte, a veces débil; en ocasiones parecía que se posara en el pecho de Miranda, y otras veces eludía por completo sus oídos. Un grupo de turistas subió a la pasarela, y Miranda los oyó carraspear como si llevaran micrófonos. Dev le explicó que aquel efecto se debía a la acústica de la sala.

Miranda buscó Londres, donde estaba el marido de la prima de Laxmi con la mujer a la que había conocido en el avión. Se preguntó en qué ciudad de la India se encontraría la mujer de Dev. El lugar más alejado al que había viajado ella eran las Bahamas; había ido allí de niña. Las buscó, pero no las encontró en la cúpula de vidrio. Cuando los turistas se marcharon y Dev y ella volvieron a quedarse solos, él le pidió que permaneciera en un extremo de la pasarela. Pese a encontrarse a una distancia de casi diez metros, explicó Dev, podrían oírse el uno al otro aunque apenas susurraran.

—No te creo —dijo Miranda.

Era la primera vez que hablaba desde que habían entrado. Sintió como si tuviera altavoces incrustados en los oídos.

—Adelante —la animó él mientras retrocedía hacia su extremo de la pasarela. Bajó la voz y, con un susurro, añadió—: Di algo.

Miranda vio que Dev formaba palabras con los labios y, al instante, las oyó con tanta claridad que le pareció notarlas bajo la piel, bajo el abrigo, tan cercanas y cálidas que sintió que se excitaba.

—Hola —dijo con un hilo de voz, sin saber qué más añadir.

—Eres sexy —replicó él aún en un susurro.

La semana siguiente, en la oficina, Laxmi le explicó a Miranda que no era la primera vez que el marido de su prima tenía una aventura.

—Mi prima ha decidido dejar que recapacite —comentó una tarde cuando ya se preparaban para marcharse—. Dice que lo hace por el niño. Está dispuesta a perdonarlo por el niño.

Miranda esperó a que Laxmi apagara su ordenador.

—Él volverá arrastrándose, y ella se lo permitirá —continuó Laxmi, negando con la cabeza—. Yo no lo haría. Si mi marido se atreviera a mirar siquiera a otra mujer, cambiaría la cerradura. —Observó la fotografía que había pegada en su cubículo. El marido le pasaba un brazo por los hombros y se inclinaba ligeramente hacia ella en el banco. Miró a Miranda y agregó—: ¿Tú no?

Miranda se limitó a asentir. La mujer de Dev volvía de la India al día siguiente. Aquella tarde, él había llamado a Miranda al trabajo para decirle que tenía que ir a recogerla al aeropuerto. Prometió llamarla en cuanto pudiera.

—¿Cómo es el Taj Mahal? —le preguntó.

—Es el sitio más romántico del mundo. —El rostro de Laxmi se iluminó al recordarlo—. Un monumento eterno al amor.

Mientras Dev iba al aeropuerto, Miranda fue a The Basement, la tienda de saldos de Filene's, a comprar las cosas que consideraba que toda amante debía tener. Encontró unos zapatos de tacón negros con unas hebillas más pequeñas que los dientecitos de un bebé. Encontró una enagua festoneada y una bata de seda que apenas le llegaba a las rodillas. En lugar de los pantis que solía llevar al trabajo, encontró unas medias muy finas con costura. Buscó entre montones de ropa y revisó percheros, pasando una prenda tras otra hasta que encontró un vestido de noche ceñido, con tirantes de cadenilla y una tela gris plateada que hacía juego con sus ojos. Mientras compraba, pensaba en Dev y en lo que le había dicho en el Mapparium. Era la primera vez que un hombre le decía que era sexy, y cuando cerró los ojos, volvió a sentir los susurros de Dev por su cuerpo, bajo la piel. En los probadores, que consistían en una gran habitación con espejos en las paredes, encontró un sitio al lado de una mujer mayor que ella, con la cara brillante y el pelo teñido y encrespado. La mujer estaba en ropa interior, descalza, y tensaba con los dedos la redecilla negra de un body de cuerpo entero.

—Siempre hay que comprobar que no tengan enganchones —la previno la mujer.

Miranda cogió la enagua de raso festoneada y la sostuvo delante del pecho.

La mujer asintió para expresar su aprobación y exclamó:
—¡Sí!
—¿Y esto?

Miranda levantó el vestido de noche plateado.
—Precioso. Le dará ganas de arrancártelo.

Miranda se imaginó con Dev en un restaurante del South End al que habían ido una vez, donde él había pedido *foie-gras* y una sopa de champán y frambuesas. Se imaginó con el vestido de noche, y a Dev, con uno de sus trajes, besándole la mano por encima de la mesa. Pero cuando Dev volvió a aparecer por su apartamento, un domingo por la tarde, tras varios días sin verse, llevaba ropa de deporte. Su esposa había vuelto y aquélla era su excusa: los domingos iba en coche a Boston para correr por la orilla del río Charles. El primer domingo Miranda abrió la puerta ataviada con la bata nueva que apenas le llegaba a las rodillas, pero Dev ni siquiera se fijó en ella; la llevó hasta la cama vestido con su chándal y las zapatillas de deporte y la penetró sin mediar palabra. Después, ella se puso la bata cuando se levantó para ir a buscarle el platillo que usaba de cenicero, pero él se quejó de que lo estaba privando de la visión de sus largas piernas y exigió que se la quitara. Así que el domingo siguiente Miranda no se tomó tantas molestias. Lo recibió en vaqueros. Guardó la lencería en el fondo de un cajón, detrás de los calcetines y la ropa interior de diario. El vestido de noche plateado estaba en el armario, con la etiqueta todavía colgada de una costura. Muchas veces, por la mañana, el vestido aparecía tirado en el suelo; los tirantes de cadenilla siempre resbalaban de la percha metálica.

Con todo, Miranda aguardaba con impaciencia la llegada del domingo. Por las mañanas iba a un *deli* y compraba una *baguette* y raciones pequeñas de cosas que a Dev le gustaban, como arenques en vinagre, ensalada de patata, tartas de pesto y queso mascarpone. Comían en la cama, cogiendo los arenques con los dedos y partiendo la *baguette* con las manos. Dev le contaba historias de su infancia, de cuando llegaba a casa de la escuela y bebía zumo de mango que le servían en una bandeja, y luego, totalmente vestido de blanco, jugaba a críquet junto a un lago. Le contó que, cuando tenía dieciocho años, lo habían enviado a una universidad del norte del estado de Nueva York durante algo que llamaban «estado de emergencia», y que había tardado años en entender los diferentes acentos que oía en las películas nor-

110

teamericanas, pese a haber estudiado en una escuela donde las clases se impartían en inglés. Mientras hablaba se fumaba sus tres cigarrillos y los apagaba en el platillo que dejaban al lado de la cama. A veces le hacía preguntas a Miranda, como cuántos amantes había tenido —tres— o a qué edad lo hizo por primera vez —diecinueve—. Después de comer hacían el amor sobre las sábanas cubiertas de migas, y entonces Dev se echaba una siesta de doce minutos. Miranda no había conocido a ningún adulto que durmiera la siesta, pero Dev le explicó que en la India era algo habitual, pues hacía tanto calor que nadie salía de su casa hasta que se ponía el sol. «Además, así podemos dormir juntos», susurró con picardía, y le rodeó el torso con un brazo como si fuera un gran brazalete.

Pero Miranda nunca dormía. Se quedaba mirando el reloj de la mesilla de noche, o posaba la mejilla en los dedos de Dev, entrelazados con los suyos, cada uno con su media docena de pelos en las falanges. Pasados seis minutos, se daba la vuelta hacia él y suspiraba y se desperezaba para comprobar si era cierto que dormía. Siempre dormía. Se le notaban las costillas bajo la piel cuando respiraba, aunque estaba empezando a salirle algo de barriga. Él se quejaba del vello que tenía en los hombros, pero Miranda lo consideraba perfecto y se negaba a imaginárselo de ninguna otra forma.

Pasados doce minutos, Dev abría los ojos como si hubiera estado todo el rato despierto y le sonreía con una satisfacción que a ella también le habría gustado sentir. «Los doce mejores minutos de la semana.» Luego suspiraba y deslizaba una mano por las pantorrillas de Miranda. Entonces se levantaba de un brinco de la cama, se ponía el pantalón de chándal y se ataba los cordones de las zapatillas. Iba al cuarto de baño y se quitaba el sabor a tabaco de la boca lavándose los dientes con el dedo índice, algo que, según le contó, sabían hacer todos los indios. Cuando Miranda se despedía de él con un beso, a veces reconocía su propio olor en el pelo de Dev. Pero sabía que su excusa —que se había pasado la tarde corriendo— le permitía darse una ducha nada más llegar a casa.

Aparte de Laxmi y Dev, los únicos indios a los que Miranda había conocido eran una familia del barrio donde se había criado, los Dixit. Para gran regocijo de los niños del vecindario, incluida Miranda, pero no para los hijos de los Dixit, el señor Dixit salía a correr todas las noches por las sinuosas y llanas calles de su urbanización vestido con su camisa y sus pantalones de diario; su única concesión a la ropa deportiva eran unas Keds baratas. Todos los fines de semana, la familia —la madre, el padre, dos niños y una niña— se apretujaba en su coche y se marchaba, nadie sabía adónde. Los otros padres de la urbanización se quejaban de que el señor Dixit no abonaba su césped como era debido, de que no rastrillaba las hojas a tiempo, y todos estaban de acuerdo en que la casa de los Dixit, la única con revestimiento exterior de vinilo, desmerecía del encanto del barrio. Las madres nunca invitaban a la señora Dixit a ir con ellas a la piscina de los Armstrong. Mientras esperaban que llegara el autocar escolar, con los hijos de los Dixit un poco apartados, los otros niños murmuraban que los Dixit apestaban y se echaban a reír.

Un año, todos los niños del barrio fueron invitados a la fiesta de cumpleaños de la hija de los Dixit. Miranda se acordaba de que en la casa imperaba un fuerte aroma a incienso y a cebolla, y de que había un montón de zapatos junto a la puerta de la calle. Pero sobre todo se acordaba de una pieza de tela del tamaño de una funda de almohada que colgaba de una clavija de madera al pie de la escalera: era un dibujo de una mujer desnuda, con la cara roja y ovalada como un escudo medieval. Tenía unos ojos enormes, blancos y rasgados, y unas pupilas minúsculas. Dos círculos con otros dos puntos minúsculos en el centro representaban los pechos. Blandía una daga en una mano, y con un pie aplastaba a un guerrero contra el suelo. De su cuello colgaba un

112

largo collar compuesto de cabezas sangrantes ensartadas como si fueran cuentas. La figura le sacaba la lengua a Miranda.

—Es la diosa Kali —le explicó la señora Dixit en tono jovial, y movió un poco la clavija de madera para enderezar la imagen. La señora Dixit llevaba las manos pintadas con jena, con un intrincado dibujo de zigzags y estrellas—. Ven, por favor, vamos a comer el pastel.

Miranda, que entonces tenía nueve años, estaba tan asustada que no pudo probar la tarta. Después, durante meses, tuvo demasiado miedo para caminar siquiera por el lado de la calle donde se alzaba la casa de los Dixit. Tenía que pasar por allí dos veces al día, una para ir a la parada del autobús y otra para volver a su casa. Durante un tiempo, contenía la respiración hasta haber llegado al siguiente jardín, como hacía cuando el autobús escolar pasaba por delante del cementerio.

Ahora se avergonzaba de aquello. Ahora, cuando Dev y ella hacían el amor, Miranda cerraba los ojos y veía desiertos y elefantes, y pabellones de mármol que flotaban sobre lagos bajo la luna llena. Un sábado, como no tenía nada más que hacer, fue paseando hasta Central Square, a un restaurante indio, y pidió un plato de pollo *tandoori*. Mientras comía, intentaba memorizar las palabras impresas al final del menú para aprender cosas como «delicioso», «agua» y «la cuenta, por favor». Aquellas expresiones no se le quedaban grabadas, de modo que empezó a detenerse de vez en cuando en la sección de lenguas extranjeras de una librería de Kenmore Square, donde estudiaba el alfabeto bengalí con ayuda de los libros de la colección *Teach Yourself*. Un día se le ocurrió intentar transcribir la parte india de su nombre, «Mira», en su agenda Filofax; su mano se movía en direcciones en las que no estaba acostumbrada a hacerlo, deteniéndose y girando y levantando el bolígrafo cuando ella menos lo esperaba. Siguiendo las flechas del libro, trazó una línea de izquierda a derecha de la que colgaban los símbolos; uno parecía un número más que una letra, otro parecía un triángulo ladeado. Tuvo que intentarlo varias veces para que las letras de su nombre se parecieran a las letras de muestra del libro, y ni siquiera entonces se sintió muy segura de si había escrito «Mira» o «Mara». Para ella era un garabato y, sin embargo, se dio cuenta, sorprendida, de que en otro sitio del mundo aquello significaba algo.

No le costaba mucho pasar la semana. El trabajo la mantenía ocupada, y Laxmi y ella habían empezado a ir a comer juntas a un restaurante indio que acababan de abrir muy cerca de la oficina; mientras comían, Laxmi la ponía al día de la crisis matrimonial de su prima. En ocasiones, Miranda intentaba cambiar de tema; eso hacía que se sintiera como se había sentido una vez en la universidad, cuando ella y el chico que entonces era su novio se habían marchado de una crepería abarrotada sin pagar la comida con el único propósito de comprobar si eran capaces de hacerlo. Pero Laxmi no hablaba de otra cosa.

—Yo, en su lugar, cogería un avión, iría a Londres y los mataría a los dos —sentenció un día. Partió un *papadam* por la mitad y mojó un trozo en el *chutney*—. No entiendo cómo puede quedarse esperando.

Miranda sí sabía esperar. Por las noches se sentaba a la mesa del comedor y se daba una capa de esmalte transparente en las uñas, y comía ensalada directamente del cuenco, y veía la televisión, y esperaba a que llegara el domingo. El sábado era el peor día, porque a aquellas alturas parecía que el domingo nunca iba a llegar. Un sábado por la noche, Dev la llamó por teléfono, bastante tarde, y Miranda oyó de fondo a gente que reía y hablaba; le pareció distinguir tantas voces que le preguntó si estaba en una sala de conciertos. Pero él le contestó que llamaba desde su casa de las afueras.

—No te oigo muy bien —dijo Dev—. Tenemos invitados. ¿Me echas de menos?

Miranda miró la pantalla del televisor, una serie cómica que había silenciado con el mando a distancia cuando había sonado el teléfono. Se lo imaginó hablando en voz baja por el móvil, en una habitación del piso de arriba, con una mano en el picaporte y el pasillo lleno de invitados.

—¿Me echas de menos, Miranda? —volvió a preguntarle.

Ella le dijo que sí.

Al día siguiente, cuando fue a visitarla, Miranda le preguntó cómo era su esposa físicamente. Le daba miedo hacerlo, y esperó hasta que él se hubo fumado el último cigarrillo y lo hubo apagado retorciéndolo con firmeza en el platillo. Miranda se preguntó si discutirían. Pero a Dev no le sorprendió que lo quisiera saber. Mientras untaba una crema de pescado blanco ahumado en una galleta salada, le contestó que su mujer se parecía a una actriz de Bombay llamada Madhuri Dixit.

A Miranda le dio un vuelco el corazón. Pero no, la hija de los Dixit no se llamaba así, recordaba que su nombre empezaba por P. Sin embargo, se preguntó si aquella actriz y la hija de los Dixit estarían emparentadas. Su vecina era más bien feúcha, y en el instituto siempre llevaba el pelo recogido en dos trenzas.

Pasados unos días, Miranda fue a una tienda de alimentación india de Central Square donde también alquilaban vídeos. Al abrir la puerta oyó un profuso tintineo de campanillas. Era la hora de cenar, y Miranda era la única clienta. En la pantalla del televisor que había colgado en un rincón de la tienda, una fila de chicas con pantalones bombachos y perfectamente sincronizadas sacudían las caderas en una playa.

—¿En qué puedo ayudarte? —preguntó el dependiente, apostado junto a la caja registradora.

Estaba comiéndose una samosa, mojándola en una salsa marrón oscuro que tenía en un plato de papel. Debajo del cristal del mostrador, a la altura de la cintura del dependiente, había bandejas llenas de samosas gruesas, y unas cosas que parecían trozos de tofe pálidos con forma de rombo, cubiertos de papel de aluminio, y unas bolas de masa de color naranja intenso que flotaban en jarabe.

—¿Buscas algún vídeo?

Miranda abrió su agenda, donde había escrito «Mottery Dixit». Paseó la mirada por los vídeos de los estantes, detrás del mostrador. Vio a mujeres que llevaban faldas con la cintura muy baja y blusas que parecían pañuelos atados con un nudo entre los pechos. Algunas se apoyaban en una pared de piedra o en un árbol. Eran guapas; tenían el mismo tipo de belleza que aquellas mujeres que bailaban en la playa, con los ojos pintados con kohl y el pelo largo y negro. Entonces supo que Madhuri Dixit también era guapa.

—Tenemos versiones subtituladas, señorita —continuó el dependiente.

Se limpió rápidamente los dedos en la camisa y cogió tres vídeos.

—No —dijo Miranda—. No, gracias.

Se paseó por la tienda curioseando los estantes repletos de paquetes y latas sin etiquetar. En el congelador había bolsas de pan de pita y hortalizas que nunca había visto. Lo único que reconoció fueron los paquetes de snacks Hot Mix que Laxmi comía sin parar. Pensó en comprarle unos cuantos a su amiga, pero entonces dudó, porque no sabía cómo iba a explicarle qué había ido a hacer a una tienda de alimentación india.

—Muy picante —dijo el hombre, negando con la cabeza y recorriendo a Miranda de arriba abajo con la mirada—. Demasiado picante para ti.

En febrero, el marido de la prima de Laxmi seguía sin entrar en razón. Había regresado a Montreal, había pasado dos semanas discutiendo con su mujer, había llenado dos maletas y había vuelto a Londres. Quería divorciarse.

Sentada en su cubículo, Miranda oía a Laxmi repetirle a su prima que en el mundo había hombres mucho mejores y que cuando menos lo esperase conocería a uno. Al día siguiente, la prima le anunció que iba a marcharse con su hijo a casa de sus padres, a California, a ver si allí se recuperaban. Laxmi la convenció para que, de camino, se quedara un fin de semana en Boston. «Te sentará bien un cambio de aires —insistió con delicadeza—. Además, hace años que no te veo.»

Miranda miró su teléfono móvil deseando que Dev la llamara. Llevaban cuatro días sin hablar. Oyó que Laxmi marcaba el número de información y pedía el teléfono de un salón de belleza. «Algo relajante», pidió su compañera. Contrató masajes, tratamientos faciales, manicuras y pedicuras. A continuación, reservó una mesa para comer en el Four Seasons. En su determinación por animar a su prima, Laxmi se había olvidado por completo del niño. Dio unos golpecitos en la pared laminada con los nudillos.

—Miranda, ¿haces algo el sábado?

El niño era delgado. Llevaba una mochila amarilla a la espalda, pantalones grises de espiguilla, un jersey rojo de cuello en pico y zapatos negros de piel. Tenía un flequillo recto y tupido y las ojeras muy marcadas. Fueron lo primero en que se fijó Miranda: las ojeras le daban un aire demacrado, como si fumara mucho y durmiera muy poco, pese a que sólo tenía siete años. Sujetaba con firmeza un gran bloc de dibujo de espiral. Se llamaba Rohin.

—Pregúntame una capital —dijo, mirando con fijeza a Miranda.

Ella le devolvió la mirada sin comprender. Eran las ocho y media de la mañana de un sábado. Dio un sorbo de café.

—¿Una qué?

—Es un juego al que se ha aficionado últimamente —explicó la prima de Laxmi.

117

Era delgada, como su hijo, y tenía la cara alargada y las mismas ojeras que él. Vestía un grueso abrigo del color del óxido. Llevaba el pelo, negro y con algunas canas en las sienes, peinado hacia atrás, como una bailarina.

—Eliges un país, y él te dice la capital.

—Tendrías que haberlo oído en el coche —intervino Laxmi—. Ya se sabe toda Europa de memoria.

—No es un juego —replicó Rohin—. Es una competición con un niño de mi escuela. Competimos para ver quién es capaz de memorizar todas las capitales. Le voy a ganar.

Miranda asintió.

—De acuerdo. ¿Cuál es la capital de la India?

—Eso no vale.

Rohin se alejó balanceando los brazos extendidos, como un soldado de juguete. Se acercó a la prima de Laxmi y le tiró de uno de los bolsillos del abrigo.

—Pregúntame una difícil.

—Senegal —dijo su madre.

—¡Dakar! —exclamó el niño, triunfante, y echó a correr describiendo círculos cada vez más amplios.

Al final entró en la cocina. Miranda lo oyó abrir y cerrar la nevera.

—Rohin, no toques nada sin pedir permiso —le ordenó la prima de Laxmi con desánimo. Miró entonces a Miranda y, con esfuerzo, compuso una sonrisa—. No te preocupes, dentro de unas horas se quedará dormido. Y gracias por quedarte con él.

—Volveremos a las tres —dijo Laxmi antes de desaparecer por el pasillo con su prima—. Hemos aparcado en doble fila.

Miranda corrió la cadenilla de la puerta. Fue a la cocina a buscar a Rohin, pero el niño ya estaba en el salón; lo encontró arrodillado en una de las sillas de director de cine de la mesa del comedor. Abrió la cremallera de su mochila, apartó el cesto de la manicura de Miranda hacia un lado de la mesa y esparció sus lápices de colores por todo el tablero.

Miranda se quedó detrás de él, mirando por encima de su hombro. El niño cogió un lápiz azul y trazó el contorno de un avión.

—Qué bonito —observó Miranda.

Como él no decía nada, fue a la cocina a servirse más café.

—Yo también quiero un poco, por favor —pidió Rohin.

Miranda volvió al salón.

—¿Un poco de qué?

—De café. En la cafetera hay para los dos. Lo he visto.

Entonces Miranda fue hasta la mesa y se sentó frente a él. A veces, Rohin se ponía casi de pie para alcanzar otro lápiz. La tela de la silla apenas se hundía bajo el exiguo peso de su cuerpo.

—Eres demasiado pequeño para beber café.

Rohin se inclinó sobre su bloc de dibujo hasta que su torso y sus hombros escuálidos estuvieron a punto de tocarlo. Ladeó la cabeza.

—La azafata me ha dejado beber café —dijo—. Le ha puesto leche y mucho azúcar.

Se enderezó, y Miranda vio que había dibujado la cara de una mujer junto al avión, con pelo largo y ondulado y unos ojos que parecían asteriscos.

—Tenía el pelo más brillante —decidió, y añadió—: Mi padre también conoció a una chica muy guapa en el avión.

Miró a Miranda. Su rostro se ensombreció al verla dar un sorbo al café.

—¿Puedo beber sólo un poco? Por favor.

Miranda se preguntó si, pese a su expresión serena y reconcentrada, sería de esos niños a los que les dan berrinches cuando menos lo esperas. Se lo imaginó pateando con los zapatos de piel, pidiendo café a gritos, chillando y llorando hasta que su madre y Laxmi volvieran a recogerlo. Fue a la cocina y le preparó una taza tal como él se la había pedido. Escogió una a la que no tenía ningún cariño especial, por si Rohin la rompía.

—Gracias —dijo el niño cuando Miranda la puso encima de la mesa.

Dio pequeños sorbos, sujetando bien la taza con ambas manos.

Miranda se sentó con él mientras dibujaba, pero cuando intentó darse un poco de esmalte transparente en las uñas, el niño protestó. Sacó un almanaque mundial de su mochila y le pidió que lo pusiera a prueba. Los países estaban organizados por continentes, seis en cada página, con las capitales en negrita, seguidas de un breve comentario sobre la población, el tipo de gobierno y otras estadísticas. Miranda llegó a una página del apartado de África y repasó la lista.

—Mali —dijo.

—Bamako —contestó él al instante.

—Malawi.

—Lilongüe.

Miranda se acordó de cuando vio África en el Mapparium. Recordó que la parte más ancha era verde.

—Más —dijo Rohin.

—Mauritania.

—Nuakchott.

—Mauricio.

El niño hizo una pausa, cerró los ojos con fuerza y volvió a abrirlos, vencido.

—No me acuerdo.

—Port Louis —dijo Miranda.

—Port Louis.

Rohin empezó a repetir aquellas dos palabras en voz baja, como si entonara una salmodia.

Cuando llegaron al último país del continente africano, Rohin dijo que quería ver los dibujos animados y le pidió a Miranda que los viera con él. Cuando terminaron los dibujos, la siguió a la cocina y se quedó de pie a su lado mientras ella preparaba más café. Unos minutos más tarde, cuando Miranda fue al cuarto de baño, el niño no la siguió, pero cuando abrió la puerta para salir se llevó un buen susto al encontrarlo allí de pie, esperándola.

—¿Necesitas entrar?

Él negó con la cabeza, pero entró en el cuarto de baño de todas formas. Bajó la tapa del váter, se subió encima y se puso a mirar la estrecha balda de cristal que había sobre el lavamanos, donde estaban el cepillo de dientes y los artículos de maquillaje de Miranda.

—¿Para qué sirve esto? —preguntó, y cogió la muestra del gel para el contorno de ojos que le habían regalado el día que conoció a Dev.

—Para las bolsas.

—¿Qué son las bolsas?

—Esto —explicó ella señalándoselas.

—¿Como después de llorar?

—Por ejemplo.

Rohin abrió el tubito y lo olfateó. Se puso una gota en la yema de un dedo y se untó con ella el dorso de la mano.

—Pica.

Se examinó minuciosamente la piel, como si esperara que fuera a cambiar de color.

—Mi madre tiene bolsas. Dice que está resfriada, pero lo que pasa es que llora, a veces durante varias horas. A veces llora durante toda la cena. A veces llora tanto que se le ponen los ojos como los de la rana toro.

Miranda no sabía si tenía que dar de comer a Rohin. En la cocina encontró una bolsa de tortitas de arroz y un poco de lechuga. Le preguntó al niño si quería que fuera a comprar algo al *deli*, pero él contestó que no tenía mucha hambre y aceptó una tortita de arroz.

—Cómete una tú también —dijo.

Se sentaron a la mesa con la bolsa de tortitas de arroz entre los dos. Rohin buscó una página en blanco en su bloc de dibujo.

—Dibuja algo.

Miranda escogió un lápiz azul.

—¿Qué quieres que dibuje?

—¡Ya sé! —exclamó Rohin tras cavilar unos instantes.

Le pidió que dibujara cosas que había en el salón: el sofá, las sillas de director de cine, el televisor, el teléfono.

—Así podré memorizarlo.

—¿Memorizar qué?

—El día que hemos pasado juntos.

Cogió otra tortita.

—¿Para qué quieres memorizarlo?

—Porque no volveremos a vernos.

La precisión de aquella afirmación sorprendió a Miranda. Miró al niño y se sintió un tanto triste. Rohin no parecía triste. Dio unos golpecitos en la hoja y dijo:

—Vamos.

Miranda dibujó los objetos lo mejor que pudo: el sofá, las sillas de director de cine, el televisor, el teléfono. Rohin fue acercándose a ella, tanto que al final a Miranda le costaba ver lo que estaba haciendo. Puso una manita de piel oscura sobre la suya y dijo:

—Ahora yo.

Miranda le dio el lápiz.

—No, que me dibujes a mí —dijo, negando con la cabeza.

—No sé hacerlo. No parecerías tú.

Rohin volvió a adoptar aquella expresión reconcentrada, como cuando Miranda le había dicho que no podía tomar café.

—¡Por favor!

Miranda empezó a trazar el contorno de su cabeza y el tupido flequillo. Él permanecía completamente inmóvil, con gesto serio y melancólico y la mirada fija hacia un lado. A Miranda le habría gustado saber retratarlo. Su mano se movía en conjunción con sus ojos, de forma un tanto ajena a ella, como aquel día en la librería cuando había transcrito su nombre con las letras del alfabeto bengalí. El dibujo no se parecía nada al modelo. Cuando Miranda estaba trazando la nariz, Rohin se apartó de la mesa.

—Me aburro —anunció, y se fue hacia el dormitorio de Miranda.

Ella lo oyó abrir la puerta y luego abrir y cerrar los cajones de su cómoda.

Cuando ella llegó al dormitorio, lo encontró dentro del armario. Al cabo de un momento, Rohin salió despeinado y con el vestido de noche plateado en la mano.

—Esto estaba en el suelo.

—Siempre se cae de la percha.

Rohin miró la prenda y luego a Miranda de arriba abajo.

—Póntelo.

—¿Cómo dices?

—Que te lo pongas.

Aquello no tenía ningún sentido. Miranda nunca se lo había puesto, excepto en el probador de Filene's, y sabía que nunca lo haría mientras siguiera viendo a Dev. Sabía que no irían a ningún restaurante, y que él ya no le tomaría la mano por encima de la mesa para besársela. Se verían los domingos en su piso; él llevaría pantalón de chándal y ella vaqueros. Cogió el vestido y lo sacudió, a pesar de que aquella tela elástica nunca se arrugaba. Buscó una percha vacía.

—Póntelo, por favor —insistió Rohin, y se quedó de pie detrás de ella. De pronto, le pegó la cara a la espalda y le rodeó la cintura con los brazos—. ¡Por favor!

—De acuerdo —cedió Miranda, sorprendida por la fuerza con que el niño la abrazaba.

Rohin sonrió, satisfecho, y se sentó en el borde de la cama.

—Pero tienes que esperar fuera —dijo ella, y señaló la puerta—. Saldré cuando esté lista.

—Pues mi madre siempre se desviste delante de mí.

—¿Ah, sí?

Rohin asintió con la cabeza.

—Después ni siquiera recoge la ropa. La deja tirada en el suelo junto a la cama, toda arrugada. Un día incluso durmió en mi cuarto —continuó—. Dijo que le gustaba más que dormir en su cama ahora que mi padre se ha ido.

—Yo no soy tu madre —le recordó Miranda, e intentó levantarlo de la cama.

Como él se resistía a ponerse en pie, Miranda lo cogió en brazos. Pesaba más de lo que había imaginado, y se aferró a ella rodeándole firmemente las caderas con las piernas y apoyándole la cabeza en el pecho. Miranda lo dejó en el pasillo, cerró la puerta y, por si acaso, echó el pestillo. Se puso el vestido mirándose en el espejo de cuerpo entero de la cara interna de la puerta. Estaba ridícula con los calcetines cortos, así que abrió un cajón y cogió las medias. Buscó en el fondo del armario y se puso los zapatos de tacón de las hebillas diminutas. Los finos tirantes de cadenilla apenas le pesaban sobre las clavículas. Le quedaba un poco holgado. No podía abrocharse la cremallera sola.

Rohin empezó a llamar a la puerta.

—¿Puedo entrar ya?

Miranda abrió. Rohin tenía el almanaque en las manos y murmuraba algo por lo bajo. Al ver a Miranda, abrió mucho los ojos.

—Necesito que me ayudes con la cremallera —dijo ella, y se sentó en el borde de la cama.

Rohin le subió la cremallera hasta arriba y entonces Miranda se levantó y giró sobre sí misma. El niño dejó el almanaque.

—Eres sexy —declaró.

—¿Qué has dicho?

—Que eres sexy.

Miranda volvió a sentarse. Aunque sabía que aquello no significaba nada, le dio un vuelco el corazón. Seguramente Rohin considerase que todas las mujeres eran sexis. Debía de haber oído aquella palabra en la televisión, o la habría visto en la portada de alguna revista. Se acordó del día del Mapparium, cuando Dev y ella se colocaron cada uno en un extremo de la pasarela. Aquel día ella había creído saber qué quería decir él con aquella frase. Aquel día la frase había tenido sentido.

Miranda se cruzó de brazos y miró a Rohin a los ojos.

—Dime una cosa.

Él se quedó callado.

—¿Qué quiere decir eso?

—¿El qué?

—Esa palabra. «Sexy.» ¿Qué quiere decir?

El niño agachó la cabeza, tímido de repente.

—No puedo decirlo.

—¿Por qué no?

—Porque es un secreto.

Apretó tanto los labios que se le pusieron un poco blancos.

—Cuéntame el secreto. Quiero saberlo.

Rohin se sentó en la cama al lado de Miranda y empezó a golpear el canto del colchón con los talones de los zapatos. Soltó una risita y se estremeció como si le hubieran hecho cosquillas.

—Va, dímelo —insistió Miranda.

Se inclinó y le sujetó los tobillos para que dejara los pies quietos.

Rohin la miró con los ojos entornados. Intentó golpear de nuevo el colchón, pero Miranda no se lo permitió. Entonces el muchacho se echó hacia atrás y se tumbó en la cama con la espalda tiesa como una tabla. Se tapó la boca con las manos ahuecadas y susurró:

—Significa enamorarse de alguien que no conoces.

Miranda notó que las palabras de Rohin se le metían bajo la piel, como había sentido las de Dev. Pero, en lugar de excitarse, se quedó petrificada. Tuvo una sensación parecida a la que había experimentado en la tienda de alimentación india, cuando comprendió, sin necesidad de ver ninguna fotografía, que Madhuri Dixit, la actriz a la que se parecía la mujer de Dev, era guapa.

—Es lo que hizo mi padre —continuó Rohin—. Se sentó al lado de una chica que no conocía, una chica sexy, y ahora está enamorado de ella y no de mi madre.

Se quitó los zapatos y los puso en el suelo, uno al lado del otro. Luego apartó el edredón y se metió en la cama de Miranda con el almanaque. Al cabo de un minuto, el libro se le cayó de las manos y cerró los ojos. Miranda estuvo un rato observándolo mientras el edredón subía y bajaba al ritmo de la respiración del niño. Rohin no despertó al cabo de doce minutos, como hacía Dev, ni siquiera después de veinte. No abrió los ojos cuando ella se quitó el vestido de plateado y volvió a ponerse los vaqueros, ni cuando guardó los zapatos de tacón en el fondo del armario y enrolló las medias y las guardó de nuevo en el cajón.

Cuando lo hubo recogido todo, Miranda se sentó en la cama. Se acercó a Rohin, lo suficiente para ver un poco de polvo blanco de las tortitas de arroz adherido a las comisuras de su boca, y cogió el almanaque. Mientras pasaba las páginas, imaginaba las discusiones que Rohin debía de haber oído en su casa de Montreal. «¿Es guapa?», le habría preguntado su madre a su padre vestida con el mismo albornoz que llevaba semanas sin quitarse; su rostro, también hermoso, habría reflejado su resentimiento. «¿Es sexy?» Al principio su padre lo habría negado y habría intentado cambiar de tema. «¡Dímelo! —habría gritado la madre de Rohin—. ¡Dime si es sexy!» Al final, su padre habría admitido que lo era, y su madre se habría echado a llorar en una cama rodeada de ropa arrugada, con los ojos hinchados como los de la rana toro. «¿Cómo has podido? —habría preguntado entre sollozos—. ¿Cómo has podido enamorarte de una mujer que ni siquiera conoces?»

Mientras imaginaba aquella escena, a Miranda se le escapó alguna lágrima. Aquel día, en el Mapparium, todos los países parecían estar al alcance de la mano, y la voz de Dev rebotaba en la cúpula de vidrio. Las palabras llegaban hasta sus oídos desde el otro extremo de la pasarela, a una distancia de casi diez metros, tan cercanas y tiernas que durante días las notó bajo la piel. Sus sollozos se intensificaron. Ya no podía parar. Pero Rohin seguía dormido. Miranda pensó que debía de estar acostumbrado a oír llorar a una mujer.

El domingo, Dev llamó a Miranda para avisarla de que iba para allá.

—Ya casi estoy. Llegaré a las dos.

Ella estaba viendo un programa de cocina en la televisión. Una mujer señalaba una serie de manzanas y explicaba cuáles eran las mejores para hacer pasteles.

—Será mejor que hoy no vengas.

—¿Por qué?

—Estoy resfriada —mintió. Aunque en realidad algo de verdad había: estaba congestionada de tanto llorar—. Me he pasado toda la mañana en la cama.

—Sí, tienes la voz tomada. —Se produjo un silencio—. ¿Necesitas algo?

—No, tengo de todo.

—Bebe mucho líquido.

—Dev...

—¿Sí?

—¿Te acuerdas del día que fuimos al Mapparium?

—Claro.

—¿Te acuerdas de que nos hablamos murmurando?

—Sí, me acuerdo —susurró Dev con picardía.

—¿Te acuerdas de lo que dijiste tú?

Se produjo un silencio.

—Dije: «Vamos a tu casa.» —Rió un poco—. Nos vemos el domingo que viene, ¿no?

El día anterior, mientras lloraba, Miranda había pensado que ella no olvidaría ningún detalle, ni siquiera cómo quedaba su nombre escrito en bengalí. Se había dormido al lado de Rohin y cuando despertó lo encontró dibujando un avión en el ejemplar de *The Economist* que Miranda había escondido debajo de la cama. «¿Quién es Devajit Mitra?», había preguntado el niño señalando la dirección de la etiqueta que había pegada en la portada.

Miranda se imaginó a Dev en chándal y zapatillas de deporte, riendo por teléfono. Al cabo de un momento bajaría, se encontraría con su esposa y le diría que ese día no iba a ir a correr. Le diría que le había dado un tirón en un músculo haciendo estiramientos y se pondría a leer el periódico. Muy a su pesar, Miranda lo echaba de menos. Decidió que quedaría con él un domingo más, quizá dos. Luego le diría todo lo que ya sabía desde el principio: que aquello no era justo ni para ella ni para la mujer de Dev; que ambas merecían algo mejor, que no tenía sentido que siguieran viéndose.

El domingo siguiente, sin embargo, nevó tanto que Dev no pudo decirle a su mujer que se iba a correr por la orilla del Charles. Y aunque el domingo después de aquél la nieve ya se había derretido, Miranda quedó con Laxmi para ir al cine y, cuando se lo dijo por teléfono a Dev, él no le pidió que anulara la cita con su amiga. El tercer domingo Miranda se levantó temprano y salió a dar un paseo. Hacía un día frío pero soleado, así que fue caminando hasta la avenida Commonwealth, pasando por delante de los restaurantes donde Dev la había besado. Cuando llegó hasta el centro de la Ciencia Cristiana, vio que el Mapparium estaba cerrado, pero se compró una taza de café cerca de allí y se sentó en un banco de la plaza, delante de la iglesia, desde donde contempló sus gigantescas columnas y su enorme cúpula, y el cielo azul claro que se extendía sobre la ciudad.

En casa de la señora Sen

Eliot llevaba casi un mes yendo a casa de la señora Sen, desde que comenzó la escuela en septiembre. El año anterior lo había cuidado una estudiante universitaria llamada Abby, una chica delgada y pecosa que leía libros sin ilustraciones en la cubierta y se negaba a prepararle comida que contuviera carne. Antes de eso, la señora Linden, una mujer mayor que siempre bebía café de un termo y resolvía crucigramas mientras Eliot jugaba solo, le abría la puerta todas las tardes cuando él llegaba a casa. Abby acabó la licenciatura y se marchó a otra universidad, y a la señora Linden la despidió la madre de Eliot tras descubrir que su termo contenía más whisky que café. Se enteraron de la existencia de la señora Sen gracias a un anuncio escrito con bolígrafo, con caligrafía muy pulcra, en un tarjetón expuesto en la puerta del supermercado: «Esposa de profesor universitario, responsable y cariñosa, me ofrezco para cuidar niños en casa.» La madre de Eliot habló con ella por teléfono y le dijo que las anteriores niñeras se desplazaban a su casa. «Eliot tiene once años. Puede comer y entretenerse solo; únicamente necesito que haya un adulto en casa por si pasa algo.» Pero la señora Sen no sabía conducir.

. . .

«Como puede comprobar, nuestra casa está limpia y libre de peligros para su hijo», había dicho la señora Sen cuando la madre de Eliot fue a entrevistarse con ella. Era un apartamento universitario situado en las afueras del campus. En el portal, el suelo era de baldosas marrones y feas y había una fila de buzones marcados con cinta adhesiva o etiquetas blancas. Dentro del apartamento, las señales del aspirador formaban intersecciones en la superficie de una mullida moqueta de color pera. Delante del sofá y de las butacas había restos de moquetas de distintos colores, como si fueran esterillas individuales que anticipaban dónde pondrían los pies las personas que se sentarían en ellos. Las pantallas blancas y con forma de tambor de las lámparas que flanqueaban el sofá estaban todavía envueltas en el plástico con el que habían salido de la fábrica. El televisor y el teléfono estaban cubiertos con unas fundas de tela amarilla con los bordes festoneados, y en la mesilla había una bandeja con una tetera alta y gris, varias tazas y galletas de mantequilla. El señor Sen, un individuo robusto de escasa estatura, con los ojos un tanto saltones y unas gafas con montura negra rectangular, también estaba allí. Cruzaba las piernas con cierto esfuerzo y sujetaba la taza muy cerca de los labios con ambas manos aun cuando no bebía. El señor y la señora Sen no llevaban zapatos; Eliot se fijó en que había varios pares de zapatos puestos en fila en los estantes de un mueble pequeño, junto a la puerta de entrada. Llevaban chanclas. «El señor Sen es profesor de matemáticas en la universidad», había explicado la señora Sen a modo de presentación, como si sólo fueran parientes lejanos.

Ella debía de tener unos treinta años. Tenía los incisivos un poco separados y marcas de viruela ya desvaídas en la barbilla. Sus ojos, sin embargo, eran muy bonitos, con unas cejas largas y espesas y unas sombras de color que se prolongaban más allá del límite natural de los párpados. Vestía un sari de tela brillante con estampado de cachemira naranja, más adecuado para salir de noche que para una tarde de agosto tranquila y un poco lluviosa. Llevaba los labios pintados a juego, con un brillo de color coral que se había extendido un poco más allá del contorno.

Y, sin embargo, en aquel momento Eliot había pensado que era su madre la que parecía fuera de lugar allí, con sus pantalones cortos de color beige y las alpargatas de suela de esparto. Su pelo, muy corto y de un color similar al de sus pantalones, era demasiado soso y funcional, y en aquella habitación donde todo estaba cuidadosamente cubierto, sus rodillas y sus muslos bien depilados parecían demasiado expuestos. Rechazó coger una galleta cada vez que la señora Sen le acercó el plato. Se limitó a hacer una larga serie de preguntas y a anotar las respuestas en una libretita. ¿Habría otros niños en el apartamento? ¿Tenía la señora Sen experiencia cuidando niños? ¿Cuánto tiempo hacía que vivía en el país? Lo que más la preocupaba era que la señora Sen no supiera conducir. Ella trabajaba en una oficina a ochenta kilómetros de allí, y lo último que sabía del padre de Eliot era que vivía a más de tres mil kilómetros, en el oeste del país.

—En realidad le estoy dando clases —aclaró el señor Sen antes de dejar su taza encima de la mesita. Era la primera vez que hablaba—. Calculo que la señora Sen debería obtener el carnet de conducir a principios de diciembre.

—¿Ah, sí?

La madre de Eliot anotó aquella información en su libreta.

—Sí, estoy aprendiendo —confirmó la señora Sen—. Pero me lo tomo con calma. Verá, en casa ya tenemos un conductor.

—¿Se refiere a un chófer?

La señora Sen miró a su marido, quien hizo un gesto afirmativo.

La madre de Eliot también asintió y echó un vistazo a la habitación.

—¿Y todo eso... en la India?

—Sí —respondió la señora Sen.

Fue como si, al oír la palabra «India», algo se liberara en su interior. Alisó el borde de la parte del sari que le cruzaba el pecho y también ella paseó la mirada por la habitación, como si viera en las pantallas de las lámparas, en la tetera y en las marcas congeladas sobre la moqueta algo que los demás no podían ver.

—Está todo allí.

A Eliot no le importaba ir a casa de la señora Sen después de la escuela. Cuando llegaba septiembre, en la casita de la playa donde su madre y él vivían todo el año ya hacía frío, así que tenían que ir arrastrando la estufa portátil cada vez que pasaban de una habitación a otra y sellar las ventanas con láminas de plástico y un secador de pelo. La playa se volvía un lugar inhóspito y Eliot se aburría jugando solo; los únicos vecinos que se quedaban allí pasada la primera semana de septiembre, después del Día del Trabajo, un matrimonio joven, no tenían hijos, y a Eliot ya no lo entretenía recoger trozos de conchas en un cubo, ni acariciar las algas marinas esparcidas por la arena, que parecían placas de lasaña verde esmeralda. En el apartamento de la señora Sen, sin embargo, la temperatura era agradable, a veces incluso demasiado calurosa; los radiadores emitían un silbido constante, como una olla a presión. Eliot aprendió a quitarse las zapatillas de deporte nada más entrar por la puerta y a ponerlas en la estantería junto a los pares de chanclas de la señora Sen, todos de diferente color, con las suelas tan planas como un cartón y una tira de cuero en forma de aro para sujetarle el dedo gordo.

Lo que más le gustaba era observar a la señora Sen mientras ella, sentada encima de unos periódicos en el suelo del salón, troceaba alimentos. En lugar de un cuchillo, utilizaba una gran cuchilla con un extremo curvado como la proa de un barco vikingo que se dirigía a la batalla surcando mares lejanos. El otro extremo de la cuchilla estaba conectado mediante una charnela a una base estrecha de madera. El metal, más negro que plateado, no estaba uniformemente pulido y tenía una cresta dentada que, como la señora Sen explicó a Eliot, servía para rayar. Todas las tardes, la señora Sen ponía la cuchilla hacia arriba y la fijaba de modo que formara cierto ángulo con la base. Sentada frente al borde afilado de la cuchilla, y sin tocarla, cogía hortalizas enteras con las dos manos y las iba troceando: coliflores, coles, calabazas. Las partía por la mitad, luego en cuartos, y rápidamente obtenía cogollitos, dados, rodajas o tiras. Pelar una patata sólo le llevaba unos segundos. A veces se sentaba con las piernas cruzadas y a veces con las piernas estiradas, rodeada de todo un despliegue de coladores y cuencos con agua en los que iba sumergiendo los ingredientes ya cortados.

Mientras trabajaba, echaba algún que otro vistazo a la televisión y, al mismo tiempo, vigilaba a Eliot. En cambio, nunca parecía mirar la cuchilla. A pesar de su habilidad, no quería que Eliot se moviera cuando ella estaba cortando. «Quédate sentado, por favor, sólo tardaré un par de minutos más», decía señalando el sofá, que siempre estaba cubierto con una colcha de cama verde y negra por la que desfilaban un sinfín de elefantes con palanquines en el lomo. Aquel procedimiento cotidiano duraba cerca de una hora. Para que Eliot estuviera ocupado, la señora Sen le daba la página de las viñetas del periódico y galletas con mantequilla de cacahuete, y a veces un polo o palitos de zanahoria que esculpía con su cuchilla. Si hubiera podido, incluso habría acordonado la zona. Sin embargo, un día ella misma infringió las normas; como necesitaba más materia prima y no quería levantarse de aquel escenario catastrófico en el que estaba atrincherada, pidió a Eliot que fuera a buscarle algo a la cocina. «Si no te importa, en el armario hay un tazón de plástico, lo bastante grande para poner estas espinacas, al lado de la nevera. Ten cuidado, hijo, ten cuidado —lo previno cuando Eliot volvió—. Déjalo en la mesita, gracias, ya lo cojo yo.»

Se había llevado aquella cuchilla de la India, donde al parecer había por lo menos una en todas las casas. «Cuando hay una boda en la familia —explicó a Eliot un día—, o cualquier otra celebración importante, mi madre avisa por la tarde a las mujeres de todo el barrio para que vayan con una cuchilla como ésta, y entonces se sientan formando un gran círculo en la azotea del edificio y se pasan toda la noche riendo y chismorreando mientras cortan cincuenta kilos de hortalizas.» Su cuerpo se cernía, protector, sobre su obra, un confeti de pepinos, berenjenas y pieles de cebolla amontonado a su alrededor. «En esas noches es imposible dormir con tanto bullicio. —Hizo una pausa y dirigió la mirada hacia el pino enmarcado en la ventana del salón—. Aquí, en este sitio al que me ha traído el señor Sen, a veces es el silencio lo que no me deja dormir.»

Otro día se sentó y empezó a arrancar la grasa amarilla de unos trozos de pollo, y luego separó las patas de los muslos. Iba cortando los huesos con la cuchilla y sus brazaletes dorados se agitaban; le brillaba la piel de los antebrazos y hacía mucho ruido al expulsar el aire por la nariz. Al cabo de un rato descansó, agarró el pollo con ambas manos y miró por la ventana. Tenía trozos de grasa y nervio adheridos a los dedos.

—Eliot, si me pusiera a gritar ahora mismo a pleno pulmón, ¿vendría alguien?

—¿Qué pasa señora Sen?

—Nada. Sólo pregunto si vendría alguien.

—A lo mejor sí —contestó Eliot, encogiéndose de hombros.

—En casa es lo único que tienes que hacer. No todo el mundo tiene teléfono, pero si levantas un poco la voz o expresas pena o alegría de algún tipo, todo tu barrio y parte del otro vienen a que compartas la noticia con ellos y a ayudar con lo que haya que hacer.

A aquellas alturas, Eliot ya había entendido que cuando la señora Sen decía «casa» se refería a la India, y no al apartamento donde se sentaba a trocear hortalizas. Él pensaba en su casa de la playa, a sólo ocho kilómetros de allí, y en el matrimonio joven que de vez en cuando lo saludaba con la mano cuando salía a correr por la orilla del mar al anochecer. El último Día del Trabajo habían celebrado una fiesta. Había un montón de gente comiendo y bebiendo en la terraza, y el sonido de sus risas se elevaba por encima de los suspiros cansados de las olas. A Eliot y a su madre no los invitaron. Aquél era uno de los pocos días en que su madre no tenía que ir a trabajar, pero no fueron a ningún sitio. Ella hizo la colada y repasó las cuentas, y luego, con ayuda de Eliot, limpió el coche por dentro con el aspirador. Él había propuesto que fueran al túnel de lavado que había unos kilómetros más allá, en la carretera, como hacían de vez en cuando, para poder sentarse dentro, secos y a salvo, mientras el agua y el jabón y un rulo gigantesco de tiras de lona golpeaban el parabrisas; pero su madre dijo que estaba demasiado cansada, y que prefería lavar el coche con la manguera. Por la noche, cuando la gente que estaba en la terraza de los vecinos empezó a bailar, su madre buscó su número en la guía telefónica y les pidió que bajaran la música.

—A lo mejor la llamarían por teléfono —le dijo entonces Eliot a la señora Sen—. Pero tal vez para quejarse de que estaba haciendo demasiado ruido.

Desde el sofá donde estaba sentado, Eliot percibía el peculiar olor a comino y bolas de naftalina de la señora Sen y veía la raya perfectamente centrada de su pelo, recogido en una trenza; la llevaba teñida con bermellón en polvo, así que parecía que tuviera la piel enrojecida. Al principio, Eliot se había preguntado si la señora Sen se habría hecho un corte en el cuero cabelludo o si le habría picado algún bicho. Pero un día la vio ante el espejo del cuarto de baño aplicándose ceremoniosamente —con la cabeza de una especie de chincheta— una nueva pincelada de aquel polvo rojo que guardaba en un tarrito de mermelada. También le cayeron unos cuantos granos de polvo en el puente de la nariz cuando utilizó la chincheta para estamparse un punto en la frente.

—Mientras esté casada, tengo que ponerme este polvo todos los días —explicó cuando Eliot le preguntó para qué era.

—Entonces, ¿es como una alianza?

—Exacto, Eliot. Es exactamente como una alianza. Sólo que esto no lo puedes perder lavando los platos.

Para cuando la madre de Eliot llegaba a las seis y veinte, la señora Sen ya se había asegurado de que toda evidencia de haber estado troceando hortalizas hubiera desaparecido. Limpiaba, enjuagaba, secaba y doblaba la cuchilla y la guardaba en un armario con la ayuda de una escalerilla de mano. Eliot recogía los periódicos envolviendo todas las pieles, semillas y cáscaras dentro. Luego la señora Sen ponía los coladores y los cuencos en fila en la encimera, pesaba y mezclaba especias y pastas y, a continuación, ponía una serie de caldos a hervir a fuego lento sobre las llamas color vincapervinca de los fogones. Nunca lo hacía con motivo de una ocasión especial, ni porque esperara a algún invitado. Era, sencillamente, la cena para ella y el señor Sen, como indicaban los dos platos y los dos vasos que colocaba, sin servilletas ni cubiertos, en la mesa de formica cuadrada del fondo del salón.

Mientras hundía un poco más los periódicos en el cubo de basura, Eliot tenía la impresión de que la señora Sen y él estaban desobedeciendo alguna regla tácita. Quizá se debiera a la premura con que la señora Sen realizaba todo aquello: coger pellizcos de sal y azúcar con las uñas, lavar las lentejas, pasar el estropajo por todas las superficies a su alcance, cerrar las puertas de los armarios con una serie de «clics» idénticos. Siempre lo sorprendía un poco ver aparecer a su madre de pronto, con las medias transparentes y los trajes de chaqueta con hombreras que se ponía para ir al trabajo, escudriñando los rincones del apartamento de la señora Sen. Intentaba no pasar del umbral y le decía a Eliot que se pusiera las zapatillas y recogiera sus cosas, pero la señora Sen se empeñaba siempre en hacerla entrar y sentarse en el sofá, y todas las tardes le servía algo de comer: un vaso de yogur con jarabe de rosa, tartaletas de carne picada con pasas, un cuenco de *halva* de semolina.

—De verdad, señora Sen, almuerzo muy tarde. No se moleste.

—No es ninguna molestia. Igual que cuidar de Eliot. Todo lo contrario.

Su madre probaba las creaciones culinarias de la señora Sen mirando hacia el techo, como si allí fuera a revelársele una opinión. Mantenía las rodillas juntas y los zapatos de tacón, que nunca se quitaba, clavados en la moqueta de color pera. «Está delicioso», concluía, y bajaba el plato cuando sólo había dado un par de mordiscos o cucharadas. Eliot sabía que a su madre no le gustaban aquellas comidas; se lo había dicho una vez en el coche. También sabía que en el trabajo no almorzaba, porque lo primero que hacía cuando llegaban a la casita de la playa era servirse una copa de vino y comer pan con queso. A veces comía tanto que ya no tenía hambre cuando les llevaban la pizza que solían encargar para cenar. Mientras Eliot comía, ella, sentada con él a la mesa, bebía más vino y le preguntaba cómo le había ido el día. Luego salía a la terraza a fumar un cigarrillo y dejaba que él recogiera las sobras.

Todas las tardes, la señora Sen iba al bosquecillo de pinos que había junto a la carretera principal, donde el autobús escolar dejaba a Eliot y a otros dos o tres niños que vivían por allí cerca. Eliot siempre tenía la impresión de que la señora Sen ya llevaba un rato esperando, como si estuviera impaciente por recibir a alguien a quien no veía desde hacía años. El viento le agitaba unos mechones sueltos de las sienes, y llevaba la raya del pelo recién pintada con bermellón. Siempre se ponía unas gafas de sol azul marino demasiado grandes para el tamaño de su cara. Su sari, diferente todos los días, ondeaba más allá del bajo de una chaqueta a cuadros de entretiempo. Había bellotas y orugas por la calzada de asfalto que rodeaba el complejo de unos doce edificios de ladrillo visto, todos idénticos, que se erigía en medio de una parcela comunal rodeada de trozos de corteza de pino decorativa. Cuando se iban de la parada del autobús, ella se sacaba del bolsillo una bolsa con un sándwich y le ofrecía a Eliot unos gajos de naranja ya mondada o un puñado de cacahuetes salados que ella había pelado previamente.

Subían al coche y entonces la señora Sen practicaba durante veinte minutos. Era un sedán de color café con leche, con asientos de vinilo. Llevaba incorporada una radio de onda media con botones cromados, y en la bandeja de detrás del asiento trasero había una caja de Kleenex y un rascador de hielo. La señora Sen le había dicho a Eliot que no le parecía bien dejarlo solo en el piso, pero Eliot sabía que prefería que él fuera sentado a su lado porque tenía miedo. La asustaba el rugido del motor al encenderlo, y se tapaba los oídos para no oírlo en el momento de pisar el acelerador con la chancla, cuando el coche todavía estaba en punto muerto.

—El señor Sen dice que cuando me saque el carnet de conducir todo irá mucho mejor. ¿Tú qué crees, Eliot? ¿Irá todo mucho mejor?

—Podrá ir a muchos sitios —explicó Eliot—. Podrá ir a donde quiera.

—¿Podré ir en coche hasta Calcuta? ¿Cuánto tardaría en llegar, Eliot? ¿Cuánto tardaría en recorrer dieciséis mil kilómetros a ochenta kilómetros por hora?

Eliot no sabía calcularlo. Observaba a la señora Sen mientras ella ajustaba el asiento del conductor y el espejo retrovisor, se colocaba las gafas de sol encima de la cabeza y buscaba una emisora de radio en la que ponían música clásica. «¿Esto es de Beethoven?», le preguntó un día, y en lugar de pronunciar la primera parte del nombre del compositor como «be» dijo «bi», como *bee*, «abeja». Bajaba la ventanilla de su lado y le pedía a Eliot que hiciera lo mismo con la suya.

Entonces pisaba el pedal del freno, manipulaba el cambio de marchas automático como si fuera una gran pluma estilográfica que goteaba y salía marcha atrás, muy despacio, de la plaza de aparcamiento. Luego daba una vuelta al complejo de viviendas, y otra más, y otra...

—¿Cómo lo hago, Eliot? ¿Crees que aprobaré?

Se distraía a cada momento. Detenía el coche sin avisar para escuchar algo que decían por la radio o para mirar cualquier cosa que hubiera visto en la calzada. Si pasaba al lado de una persona, la saludaba con la mano. Si veía un pájaro posado en la calzada seis metros más allá, tocaba la bocina con el dedo índice y esperaba a que echara a volar. En la India, decía, el conductor iba sentado a la derecha, no a la izquierda. Pasaban muy despacio por delante de los columpios, del edificio de la lavandería, de los contenedores de basura verde oscuro, de las hileras de coches aparcados. Cada vez que se acercaban al bosquecillo de pinos, donde la calzada de asfalto conectaba con la carretera principal, la señora Sen se inclinaba hacia delante, cargaba todo el peso del cuerpo en el freno y se quedaba allí mientras los otros coches circulaban a toda velocidad. Era una carretera estrecha, de doble sentido, con una línea continua amarilla pintada en el centro para separar los dos carriles.

—Es imposible, Eliot. ¿Cómo voy a meterme ahí?

—Tiene que esperar hasta que no venga nadie.

—¿Por qué los otros coches no reducen la velocidad?

—Ahora no viene nadie.

—Pero ¿y ese coche de la derecha? ¿No lo ves? Y mira, detrás viene un camión. Además, no estoy autorizada a circular por la carretera principal sin el señor Sen.

—Tiene que girar el volante y acelerar enseguida —explicó Eliot.

Así era como lo hacía su madre, como si no lo pensara. Parecía muy fácil cuando Eliot iba sentado a su lado, por la noche, de regreso a la casita de la playa. Entonces la carretera era sólo eso, una carretera por la que se deslizaban, y los otros coches eran simples elementos del paisaje. Sin embargo, cuando iba sentado al lado de la señora Sen, bajo el sol otoñal que brillaba a través de los árboles pero no calentaba, aquel mismo tráfico de coches hacía que a ella se le pusieran los nudillos blancos, le temblaran las muñecas y le fallara el inglés.

—Todos, esta gente, demasiado en su mundo.

Eliot descubrió dos cosas que hacían feliz a la señora Sen. Una era la llegada de una carta de su familia. Tenía la costumbre de revisar el buzón después de practicar con el coche. Abría la cajita con su llave, le pedía a Eliot que metiera la mano dentro, y le decía qué era lo que tenía que buscar. Entonces cerraba los ojos y se los tapaba con las manos, mientras él buscaba entre las facturas y las revistas que llegaban a nombre del señor Sen. Al principio, Eliot no entendía la ansiedad de la señora Sen; su madre tenía un apartado de correos en la ciudad, pero iba a recoger las cartas con tan poca frecuencia que una vez les cortaron la luz durante tres días. En casa de la señora Sen pasaron semanas hasta que Eliot encontró un aerograma azul. El papel era un tanto áspero, con muchos sellos en los que aparecía un hombre calvo sentado ante una rueca, y con varios matasellos negros.

—¿Es esto, señora Sen?

Ella lo abrazó por primera vez: le hundió la cara en su sari y lo envolvió con su olor a comino y bolas de naftalina. Luego cogió la carta que Eliot tenía en las manos.

Nada más entrar en el piso, se quitó las chanclas lanzándolas una en cada dirección, cogió una horquilla que llevaba en el pelo y rasgó la parte superior y ambos lados del aerograma. Mientras leía, sus ojos se movían a toda velocidad. En cuanto terminó, retiró la funda que cubría el teléfono, marcó un número y preguntó: «Sí, hola, ¿puedo hablar con el señor Sen, por favor? Soy la señora Sen. Se trata de algo muy importante.»

A continuación habló en su idioma, y a Eliot le pareció que lo hacía muy rápido y de un modo muy embrollado; era evidente que estaba leyendo el texto de la carta, palabra por palabra. A medida que leía, su voz iba cambiando de tonalidad y subiendo de volumen. Aunque estaba allí, delante de él, Eliot tuvo la impresión de que la señora Sen ya no se encontraba en aquella habitación con la moqueta de color pera.

Después, el apartamento se hizo de repente demasiado pequeño para contener a la señora Sen. Cruzaron la carretera principal y fueron a pie hasta el patio de la universidad, que no quedaba lejos; allí, las campanas de una torre de piedra repicaban dando la hora. Deambularon por la asociación estudiantil y arrastraron juntos una bandeja por el mostrador de la cafetería. Comieron patatas fritas servidas en un recipiente de cartón rodeados de estudiantes que charlaban sentados a unas mesas redondas. Eliot se bebió un refresco en un vaso de papel, y la señora Sen un té con azúcar y leche condensada. Después de comer, exploraron el edificio de Bellas Artes contemplando esculturas y serigrafías expuestas en unos pasillos en los que hacía frío y olía a pintura y arcilla húmedas. Luego pasaron por delante del edificio de Matemáticas, donde el señor Sen impartía sus clases.

Acabaron en una zona ruidosa y con olor a cloro del edificio de Educación Física, donde, a través del gran ventanal del cuarto piso, miraron a los nadadores que iban de una punta a otra de las piscinas de un azul turquesa deslumbrante. La señora Sen sacó de su bolso el aerograma que había recibido de la India y lo examinó por ambas caras. Luego lo desplegó y lo releyó en silencio, suspirando de vez en cuando. Cuando terminó, se quedó un rato mirando de nuevo a los nadadores.

—Mi hermana ha tenido una hija. Cuando la vea, dependiendo de si el señor Sen consigue su puesto permanente en la universidad, la niña tendrá tres años. Su propia tía será una desconocida para ella. Si nos sentamos juntas en un tren, ni siquiera reconocerá mi cara. —Dejó la carta y puso una mano en la cabeza de Eliot—. ¿Tú echas de menos a tu madre, Eliot, estas tardes que pasas conmigo?

Al niño nunca se le había ocurrido pensarlo.

—Seguro que la echas de menos. Cuando pienso en ti, en lo pequeño que eres y en las horas que pasas separado de tu madre todos los días, me da mucha pena.

—La veo por la noche.

—Cuando yo tenía tu edad, ignoraba que un día viviría tan lejos de los míos. Tú sabes más, Eliot. Tú ya sabes cómo serán las cosas.

La otra cosa que hacía feliz a la señora Sen era el pescado fresco. Ella siempre quería un pescado entero: nada de marisco ni de filetes como los que la madre de Eliot había asado a la parrilla una noche, unos meses atrás, cuando invitó a cenar a un compañero de trabajo; un compañero de trabajo que se quedó a dormir en la habitación de su madre, pero a quien Eliot no había vuelto a ver. Una tarde, cuando la madre de Eliot fue a recogerlo, la señora Sen le ofreció una croqueta de atún y le explicó que en realidad debería estar hecha con un pescado llamado *bhetki*. «Es muy frustrante —se disculpó la señora Sen, poniendo énfasis en la segunda sílaba de la palabra—. Vivir tan cerca del mar y tener tan poco pescado.» Les contó que en verano le gustaba ir a una pescadería de la playa, y añadió que, si bien el pescado de allí no podía compararse con el de la India, por lo menos era fresco. Pero ahora que empezaba a hacer frío y los barcos ya no salían a faenar con regularidad, a veces pasaba semanas sin poder comprar pescado fresco.

—¿Por qué no prueba en el supermercado? —sugirió la madre de Eliot.

La señora Sen negó con la cabeza.

—En el supermercado puedo elegir entre treinta y dos latas para dar de comer treinta y dos veces a un gato, pero nunca encuentro ni un solo pescado que me guste, ni uno solo.

La señora Sen les contó que, de pequeña, comía pescado dos veces al día. Añadió que en Calcuta era habitual comer pescado a primera hora de la mañana y a última de la noche, antes de acostarse, y, si había suerte, también para merendar al volver de la escuela. Allí se comían la cola, las huevas, incluso la cabeza. Podías comprar pescado en cualquier mercado, a cualquier hora, desde el amanecer hasta la medianoche.

—Basta con salir de casa y caminar un poco, y allí lo tienes.

Cada pocos días, la señora Sen abría las páginas amarillas, marcaba un número que había subrayado y preguntaba si tenían algún pescado entero. Si le contestaban que sí, pedía que se lo guardaran. «A nombre de Sen. Sí, ese de Sam y ene de Nueva York. El señor Sen pasará a recogerlo.» A continuación llamaba al señor Sen a la universidad. Unos minutos más tarde, el señor Sen llegaba al apartamento y le daba unas palmaditas en la cabeza a Eliot, pero nunca le daba un beso a la señora Sen. Revisaba el correo junto a la mesa de formica y se tomaba una taza de té antes de salir. Luego regresaba al cabo de media hora con una bolsa de papel que llevaba dibujada una langosta sonriente, se la daba a la señora Sen y volvía a la universidad a dar su última clase. Un día, cuando le entregó la bolsa de papel a la señora Sen, dijo: «No encargues más pescado durante un tiempo. Haz el pollo que hay en el congelador. Tengo que empezar a ofrecer horas de despacho.»

Así que, durante unos días, en lugar de llamar a la pescadería, la señora Sen descongeló patas de pollo en el fregadero de la cocina y las troceó con su cuchilla. Un día preparó un guiso con judías verdes y sardinas en lata. Pero a la semana siguiente, el dueño de la pescadería llamó a la señora Sen por teléfono; suponía que querría un pescado y dijo que se lo guardaría hasta última hora a su nombre. Ella se sintió halagada. «Qué amable, ¿verdad, Eliot? Dice que ha buscado nuestro número de teléfono en el listín. Dice que sólo hay unos Sen. ¿Sabes cuántos Sen hay en el listín telefónico de Calcuta?»

Le dijo a Eliot que se calzara y se pusiera la chaqueta, y entonces llamó al señor Sen a la universidad. Eliot se ató los cordones de las zapatillas de deporte junto a la estantería y esperó a que la señora Sen se acercara a elegir un par de chanclas. Al cabo de unos minutos la llamó. Como la señora Sen no contestaba, se desató los cordones y volvió al salón, donde la encontró llorando sentada en el sofá. Se tapaba la cara con las manos y las lágrimas se le colaban entre los dedos. Sin descubrirse el rostro, murmuró algo de que el señor Sen tenía que asistir a una reunión. Se levantó despacio y volvió a tapar el teléfono con su funda. Eliot la siguió, caminando por primera vez con las zapatillas de deporte puestas por la moqueta de color pera. Ella se quedó mirándolo. Sus párpados hinchados formaban dos finas crestas rosadas. «Dime, Eliot. ¿Crees que es pedir demasiado?»

Antes de que él pudiera contestar, la señora Sen lo tomó de la mano y lo llevó al dormitorio, cuya puerta normalmente estaba cerrada. Lo único que había allí, aparte de la cama sin cabecero, era una mesilla de noche con un teléfono, una tabla de planchar y una cómoda. La señora Sen abrió los cajones de la cómoda y la puerta del armario, lleno de saris de todos los tejidos y colores imaginables, con brocados de hilo de oro y plata. Algunos eran finos como el papel de seda, casi transparentes, y otros tan gruesos como cortinas, con borlas a lo largo de los bordes. Los del armario estaban colgados en perchas; los de los cajones estaban doblados o un poco enrollados como pergaminos voluminosos. Ella se puso a revolver en los cajones y a desparramar los saris. «¿Cuándo me he puesto éste? ¿Y éste? ¿Y éste?» Sacaba los saris uno a uno y los lanzaba por la habitación; también descolgó unos cuantos de las perchas. Iban cayendo y formando un montón de tela enredada encima de la cama. Un intenso olor a bolas de naftalina inundaba la habitación.

«"Envíanos fotos" —me escriben—. "Envíanos fotos de tu nueva vida." ¿Qué foto voy a mandar?» Se sentó, agotada, en el borde de la cama, donde ya casi no quedaba sitio para ella. «Creen que vivo como una reina, Eliot. —Echó un vistazo a las paredes vacías de la habitación—. Creen que aprieto un botón y la casa se limpia sola. Creen que vivo en un palacio.»

Sonó el teléfono. La señora Sen lo dejó sonar varias veces y entonces contestó por el supletorio de la mesita de noche. Mientras duró la conversación, se limitó a contestar preguntas y a secarse las lágrimas con el extremo de uno de los saris. Cuando colgó el auricular, metió los saris en los cajones, sin doblarlos, y luego se puso las chanclas y ambos fueron al coche, donde esperaron a que el señor Sen se reuniera con ellos.

—¿Por qué no conduces tú hoy? —preguntó el señor Sen cuando llegó, y dio unos golpecitos con los nudillos en el techo del coche.

Siempre hablaban en inglés entre ellos si Eliot estaba presente.

—Hoy no. Otro día.

—¿Cómo piensas aprobar el examen si te niegas a conducir por la carretera con otros coches?

—Hoy está Eliot.

—Eliot está todos los días. Es por tu propio bien. Eliot, dile a la señora Sen que es por su propio bien.

Pero ella se negó.

En silencio, recorrieron la misma carretera que Eliot y su madre tomaban para volver a la casita de la playa todas las noches. Sin embargo, desde el asiento trasero del señor y la señora Sen, el trayecto parecía diferente y duró más de lo normal. Las gaviotas, cuyos tediosos gritos lo despertaban todas las mañanas, ahora lo asustaban cuando aleteaban en el cielo y descendían en picado. Dejaron atrás una playa tras otra, y las barracas, ya cerradas, donde vendían granizado de limón y almejas en verano. Sólo una de ellas estaba abierta. Era la pescadería.

La señora Sen abrió la puerta y miró al señor Sen; él aún no se había desabrochado el cinturón de seguridad.

—¿Vienes?

El señor Sen le dio unos billetes que sacó de su cartera.

—Tengo una reunión dentro de veinte minutos —contestó sin apartar la vista del salpicadero—. No te entretengas, por favor.

Eliot la acompañó al interior de aquella tiendecita fría y húmeda, cuyas paredes estaban adornadas con redes, estrellas de mar y boyas. Había un grupo de turistas con cámaras colgadas del cuello apiñados junto al mostrador; algunos escogían almejas rellenas y otros señalaban un gran letrero con ilustraciones de cincuenta clases diferentes de peces del Atlántico Norte. La señora Sen cogió un tíquet de la máquina del mostrador y esperó su turno. Eliot se fijó en las langostas, que trepaban unas encima de otras en el tanque de agua turbia. Llevaban las pinzas atadas con gomas elásticas amarillas. Cuando le llegó el turno a la señora Sen, la vio bromear y reír con un hombre de rostro muy colorado y dientes amarillos que llevaba puesto un delantal de plástico negro y sujetaba por la cola una caballa en cada mano.

—¿Seguro que son frescas?

—Si fueran un poco más frescas, le contestarían ellas mismas.

La aguja de la balanza avanzó, temblorosa, hacia su veredicto.

—¿Quiere que se las limpie, señora Sen?

Ella asintió.

—No corte las cabezas, por favor.

—¿Tiene gatos en casa?

—No, gatos no. Sólo un marido.

Más tarde, ya en el apartamento, la señora Sen sacó la cuchilla del armario, extendió periódicos sobre la moqueta y examinó sus tesoros. Los sacó uno a uno del envoltorio de papel, arrugado y manchado de sangre. Les acarició la cola, les palpó la ventresca y examinó las escamas. Luego les cortó

146

las aletas con unas tijeras y metió un dedo por debajo de las branquias, de un rojo tan intenso que, a su lado, el bermellón de su pelo parecía pálido. Agarró por los extremos uno de los pescados, surcado por listas negras, y, apretándolo contra la cuchilla, le hizo unas muescas espaciadas.

—¿Para qué hace eso? —preguntó Eliot.

—Para ver cuántos trozos salen. Si lo corto bien, con este pescado puedo preparar tres comidas.

Le cortó la cabeza y la puso en una bandeja para el horno.

En noviembre, durante varios días, la señora Sen se negó a practicar con el coche. La cuchilla nunca salía del armario y no había periódicos esparcidos por el suelo. No llamaba a la pescadería ni descongelaba pollo. Le preparaba galletas con mantequilla de cacahuete a Eliot, en silencio, y luego se sentaba a leer los aerogramas antiguos que guardaba en una caja de zapatos. Cuando la madre de Eliot iba a buscarlo, la señora Sen se limitaba a recoger las cosas del niño y no la invitaba a sentarse en el sofá a comer algo. Un día, en el coche, su madre le preguntó a Eliot si había notado un cambio de comportamiento en la señora Sen, pero él dijo que no. No le contó que la señora Sen se paseaba por el piso mirando las pantallas protegidas con plásticos de las lámparas como si las viera por primera vez. Y tampoco que encendía el televisor pero no lo miraba, y que se preparaba té pero dejaba que se enfriara en la mesita del salón. Un día la señora Sen puso una cinta de una pieza que llamó un *raga*; sonaba como si alguien punteara muy despacio, y luego muy deprisa, las cuerdas de un violín, y la señora Sen dijo que se suponía que tenía que escucharse a última hora de la tarde, cuando se ponía el sol. Mientras sonaba aquella música, durante casi una hora, se quedó sentada en el sofá con los ojos cerrados. Después dijo: «Es aún más triste que vuestro Beethoven, ¿verdad?» Otro día puso una cinta de gente que hablaba en su idioma; le explicó a Eliot que era un regalo de despedida que le había hecho su familia. A medida que las diferentes voces, entre risas, recitaban su parte, la señora Sen iba identificando a la persona que hablaba. «Mi tercera tía, mi prima, mi padre, mi abuelo.» Uno cantaba una canción. Otro recitaba un poema. La última voz de la cinta era la de la madre de la señora Sen. Era más serena y más seria que las otras. Había una pausa entre cada frase, y durante esas pausas la señora Sen traducía para Eliot: «El precio del cabrito ha subido dos rupias. Los mangos del mercado no están muy dulces. Se ha inundado la calle College.» Apagó el reproductor. «Son cosas que pasaron el día que me marché de la India.» Al día siguiente volvió a poner la misma cinta, pero cuando empezó a hablar su abuelo detuvo la reproducción. Le dijo a Eliot que el fin de semana anterior había recibido una carta. Su abuelo había fallecido.

Una semana más tarde, la señora Sen empezó a cocinar de nuevo. Un día, mientras estaba sentada en el suelo del salón cortando col, llamó el señor Sen. Quería llevar a Eliot y a la señora Sen a la playa. La señora Sen se arregló para la ocasión: se puso un sari rojo y se pintó los labios también de rojo; se aplicó un poco más de bermellón en la raya del pelo y volvió a trenzárselo. Se anudó un pañuelo al cuello, se colocó las gafas de sol en lo alto de la cabeza y metió una pequeña cámara fotográfica en su bolso. Cuando el señor Sen dio marcha atrás para salir de la plaza de aparcamiento, extendió un brazo sobre el respaldo del asiento delantero y pareció que estuviera abrazando a la señora Sen. «Empieza a hacer demasiado frío para que vayas con esa chaqueta —le dijo a su mujer—. Tendríamos que comprarte algo que abrigue más.» Fueron a la pescadería y compraron caballa, palometa y lubina. En aquella ocasión, el señor Sen entró en la tienda con ellos y fue él quien preguntó si el pescado era fresco y quien dijo cómo tenían que cortarlo. Compraron tanto pescado que Eliot tuvo que llevar una de las bolsas. Después de meterlas en el maletero, el señor Sen dijo que tenía hambre, y la señora Sen aseguró que ella también, así que cruzaron la calle y fueron a un restaurante de comida para llevar que todavía estaba abierto. Se sentaron fuera, a una mesa de pícnic, y se comieron dos bandejas de pastelitos de almeja. La señora Sen les echó a los suyos gran cantidad de salsa Tabasco y pimienta negra. «Parecen *pakoras*, ¿verdad?» Tenía las mejillas coloradas, se le había ido el carmín de los labios y se reía de todo lo que decía el señor Sen.

Detrás del restaurante había una playa pequeña, y cuando acabaron de comer pasearon un rato por la orilla. Hacía tanto viento que tenían que caminar de espaldas. La señora Sen señaló el agua y dijo que en un cierto momento cada ola parecía un sari secándose en una cuerda de tender. «¡Esto es imposible! —gritó por fin al darse la vuelta, riendo y con los ojos llorosos—. ¡No puedo moverme!» Decidió fotografiar a Eliot y al señor Sen, de pie en la arena. «Ahora, una de nosotros dos», dijo al tiempo que abrazaba a Eliot contra su chaqueta a cuadros y le daba la cámara al señor Sen. Por último, le dieron la cámara a Eliot. «¡Sujétala bien!», gritó el señor Sen. Eliot miró por el pequeño visor de la cámara y esperó a que el señor y la señora Sen se acercaran más el uno al otro, pero no lo hicieron. No se dieron la mano, ni siquiera se abrazaron por la cintura. Ambos sonreían sin despegar los labios, con los ojos entornados contra el viento, mientras el sari rojo de la señora Sen se agitaba como las llamas del fuego bajo su chaqueta.

Ya en el coche, protegidos del frío y agotados por el viento y los pastelitos de almeja, admiraron las dunas, los barcos que veían a lo lejos, la esbelta silueta del faro, el cielo morado y naranja. Al cabo de un rato, el señor Sen redujo la velocidad hasta detenerse en el arcén.

—¿Qué pasa? —preguntó la señora Sen.

—Hoy vas a conducir tú hasta casa.

—No, hoy no.

—Sí, hoy sí.

El señor Sen salió del coche y abrió la puerta de la señora Sen. Una fuerte ráfaga de viento entró en el vehículo, acompañada del sonido de las olas que rompían contra la orilla. Al final, la señora Sen pasó al lado del conductor, pero estuvo mucho rato colocándose bien el sari y las gafas de sol. Eliot se dio la vuelta y miró por la luna trasera. La carretera estaba vacía. La señora Sen encendió la radio, y el coche se llenó de música de violín.

—No hace falta —dijo el señor Sen, y la apagó.

—Me ayuda a concentrarme —replicó la señora Sen, y volvió a encender la radio.

—Pon el intermitente —dijo él.

—Ya sé qué tengo que hacer.

Durante un par de kilómetros lo hizo bastante bien, aunque iba mucho más despacio que los coches que la adelantaban. Pero cuando ya se acercaban a la ciudad y empezaron a verse los semáforos colgados de los cables a lo lejos, aminoró aún más.

—Cambia de carril —dijo el señor Sen—. En la rotonda tendrás que torcer a la izquierda.

La señora Sen no lo hizo.

—Te he dicho que cambies de carril. —Apagó la radio—. ¿Me estás escuchando?

Un coche tocó la bocina, y luego otro. La señora Sen los imitó, desafiante; luego dio un frenazo y, sin señalizar la maniobra, se detuvo en el arcén.

—Basta —dijo, y apoyó la frente en la parte superior del volante—. Lo odio. Odio conducir. No pienso seguir haciéndolo.

Después de aquel día no volvió a conducir. Cuando llamaron de nuevo de la pescadería, no llamó al señor Sen a su despacho. Había decidido probar otra cosa. Había un autobús urbano que realizaba el trayecto entre la universidad y la playa cada hora. Después de la universidad, hacía dos paradas: la primera en una residencia de ancianos y la otra en un centro comercial sin nombre que consistía en una librería, una zapatería, una farmacia, una tienda de animales y otra de discos. En los bancos bajo el pórtico, las ancianas de la residencia, sentadas de dos en dos y vestidas con enormes abrigos que les llegaban más allá de las rodillas, chupaban pastillas para la tos.

—Eliot, ¿cuando tu madre sea vieja, la llevarás a una residencia de ancianos? —preguntó la señora Sen sentada a su lado en el autobús.

—A lo mejor sí —contestó el niño—. Pero iré a visitarla todos los días.

—Eso lo dices ahora, pero ya verás, cuando seas un hombre, la vida te llevará a lugares que ahora no puedes imaginar. —Se ayudó con los dedos para ir contando—: Tendrás una esposa e hijos, y todos querrán que los lleves a sitios diferentes al mismo tiempo. Por muy buenos que sean, un día dirán que no quieren ir a visitar a su abuela, y tú también te cansarás de ir, Eliot. Fallarás un día, y luego otro, y ella se verá obligada a arrastrarse hasta un autobús para ir a comprarse una bolsa de pastillas para la tos.

En la pescadería, las cajas de hielo estaban casi vacías, igual que los tanques de las langostas, en los que se apreciaban manchas de color herrumbre. Un letrero anunciaba que la tienda cerraría a final de mes para todo el invierno. Sólo había un empleado detrás del mostrador, un joven que no reconoció a la señora Sen cuando le entregó la bolsa reservada a su nombre.

—¿Está limpio y escamado? —preguntó la señora Sen.

El chico se encogió de hombros y contestó:

—Mi jefe se ha marchado pronto. Sólo me ha dicho que le entregue esta bolsa.

En la parada del autobús, la señora Sen consultó el horario. Faltaban tres cuartos de hora para que pasara el siguiente, así que cruzaron la calle y compraron pastelitos de almeja en el mismo restaurante al que habían ido la otra vez. Pero ya no había sitio para sentarse. Los bancos estaban colocados boca abajo encima de las mesas de pícnic y atados con cadenas.

Ya en el autobús, de regreso a casa, una anciana los observaba constantemente; su mirada iba de la señora Sen a Eliot, y de Eliot a la bolsa con manchas de sangre que habían dejado entre sus pies. Llevaba un abrigo negro y sujetaba en el regazo, con sus manos pálidas y nudosas, una bolsa impoluta de la farmacia. Sólo había dos pasajeros más: dos estudiantes universitarios, chico y chica, con una sudadera a juego y las manos entrelazadas, repantigados en el asiento trasero. Eliot y la señora Sen comían en silencio los últimos pastelitos de almeja de la bolsa. La señora Sen había olvidado coger servilletas, y tenía restos de rebozado en las comisuras. Cuando llegaron a la residencia, la anciana del abrigo se levantó, le dijo algo al conductor y se apeó del autobús. El conductor volvió la cabeza, miró a la señora Sen y le preguntó:

—¿Qué lleva en esa bolsa?

La señora Sen se sobresaltó y levantó la cabeza.

—¿Habla inglés?

El conductor arrancó y miró a la señora Sen y a Eliot por el enorme espejo retrovisor.

—Sí, sé hablar inglés.

—¿Qué lleva en esa bolsa?

—Pescado fresco —contestó ella.

—Se ve que el olor molesta a los demás pasajeros. Chico, ¿por qué no abres la ventanilla o haces algo?

Una tarde, pasados unos días, sonó el teléfono. Los barcos habían regresado de fanear y en la pescadería tenían unos fletanes excelentes. ¿Quería la señora Sen que le guardaran alguno? Llamó a su marido, pero él no estaba en su despacho en ese momento. Llamó otra vez, y luego otra. Al final fue a la cocina y volvió al salón con la cuchilla, una berenjena y los periódicos. Sin necesidad de que ella le dijera nada, Eliot se sentó en el sofá y la observó quitar el tallo de la berenjena. A continuación la cortó en tiras finas y alargadas, y luego en dados cada vez más pequeños, del tamaño de terrones de azúcar.

—La voy a usar para preparar un guiso muy sabroso de pescado y plátanos verdes —anunció—. Lo que pasa es que tendré que hacerlo sin los plátanos verdes.

—¿Vamos a ir a buscar el pescado?

—Sí, vamos a ir a buscar el pescado.

—¿Va a llevarnos el señor Sen?

—Ponte los zapatos.

Salieron del piso sin recoger. Fuera hacía tanto frío que a Eliot le dolían los dientes. Subieron al coche y la señora Sen dio varias vueltas por la calzada que rodeaba los edificios. Cada vez que llegaba al bosquecillo de pinos, se detenía y observaba el tráfico de la carretera principal. Eliot imaginó que sólo estaba practicando mientras esperaban a que llegara el señor Sen. Pero entonces la mujer puso el intermitente y giró el volante.

El accidente se produjo muy deprisa. Cuando llevaban circulando poco más de un kilómetro, la señora Sen torció a la izquierda antes de tiempo y, aunque el coche que venía en sentido contrario consiguió apartarse de su camino, el bocinazo que dio la asustó tanto que perdió el control del volante y fue a dar contra un poste de teléfonos de la esquina opuesta. Poco después apareció un policía y le pidió que le enseñara el carnet de conducir, pero ella no tenía nada que enseñarle. «El señor Sen es profesor de matemáticas en la universidad», fue lo único que atinó a decir a modo de explicación.

Los daños fueron leves. La señora Sen se hizo un corte en el labio, Eliot se quejó de que le dolían las costillas, y tendrían que enderezar el parachoques del coche. El policía creyó que la señora Sen también se había hecho una herida en el cuero cabelludo, pero sólo era el bermellón. Cuando llegó el señor Sen, a quien uno de sus colegas acompañó en su coche, estuvo hablando mucho rato con el policía mientras rellenaba unos formularios, pero no le dijo nada a la señora Sen en todo el trayecto de vuelta al apartamento. Cuando salieron del coche, el señor Sen le dio unas palmaditas en la cabeza a Eliot. «El policía ha dicho que has tenido suerte. Has tenido mucha suerte de salir sin un rasguño.»

Tras quitarse las chanclas y ponerlas en la estantería, la señora Sen guardó la cuchilla que había dejado en el suelo del salón y luego tiró los dados de berenjena y los periódicos al cubo de la basura. Preparó un plato de galletas con mantequilla de cacahuete, lo puso en la mesita del salón y encendió el televisor por si Eliot quería ver algo. «Si se queda con hambre, dale un polo del congelador», le dijo al señor Sen, que estaba revisando el correo sentado a la mesa de formica. Entonces se retiró a su dormitorio y cerró la puerta. A las seis menos cuarto, cuando llegó la madre de Eliot, el señor Sen le contó los detalles del accidente y le ofreció un cheque para reembolsarle el pago del mes de noviembre. Mientras extendía el cheque, se disculpó en nombre de la señora Sen. Le dijo que estaba descansando, aunque cuando Eliot había ido al cuarto de baño la había oído llorar. La madre de Eliot quedó satisfecha con el reembolso, pero en el coche, de regreso a la casita de la playa, le confesó a su hijo que, de alguna manera, se sentía aliviada. Fue la última tarde que Eliot pasó con la señora Sen, o con cualquier otra niñera. A partir de aquel día, su madre le dio una llave que él llevaba colgada del cuello con un cordel. Si pasaba algo tenía que avisar a los vecinos, y después de la escuela tenía que volver solo a la casita de la playa. El primer día, cuando estaba quitándose el abrigo, sonó el teléfono. Era su madre, que llamaba desde la oficina. «Ahora ya eres mayor, Eliot —le dijo—. ¿Estás bien?» Eliot miró por la ventana de la cocina, vio las olas grises que se retiraban de la orilla y contestó que estaba bien.

Esta bendita casa

Encontraron la primera en un armario de la cocina, junto a una botella de vinagre de malta sin abrir.

—Mira lo que he encontrado.

Twinkle entró en el salón, lleno de punta a punta de cajas de embalaje cerradas con cinta adhesiva, agitando el vinagre en una mano y una efigie de Jesucristo, de porcelana blanca y más o menos del mismo tamaño que la botella de vinagre, en la otra.

Sanjeev levantó la cabeza. Estaba arrodillado en el suelo, marcando con trocitos de post-it las partes del zócalo donde había que retocar la pintura.

—Tíralo.

—¿El vinagre o la figura?

—Las dos cosas.

—Podría cocinar algo con el vinagre. Todavía conserva el precinto.

—Nunca has cocinado nada con vinagre.

—Ya encontraré algo. En alguno de esos libros que nos regalaron por la boda.

Sanjeev se volvió hacia el zócalo para pegar de nuevo un trozo de post-it que se había caído al suelo.

—Mira la fecha de caducidad. Y al menos deshazte de esa absurda estatuilla.

—Pero podría tener algún valor, ¿quién sabe? —Le dio la vuelta y acarició con el dedo índice los minúsculos y duros pliegues de la túnica—. Es bonita.

—No somos cristianos —le recordó Sanjeev.

Se había fijado en que, últimamente, tenía que explicarle a Twinkle cosas que eran obvias. El día anterior había tenido que decirle que si arrastraba su extremo de la cómoda, en lugar de levantarlo, rayaría el parquet.

—No, no somos cristianos —concedió ella, encogiéndose de hombros—. Somos hindúes buenos y obedientes.

Le plantó un beso en la coronilla a Jesucristo y a continuación colocó la figura en la repisa de la chimenea, que, según observó Sanjeev, tenía un dedo de polvo.

A finales de aquella semana, la repisa de la chimenea seguía sin limpiar, sin embargo, se había convertido en el expositor de una colección considerable de parafernalia cristiana. Había una estampa en tres dimensiones y a cuatro colores de san Francisco —Twinkle la había encontrado pegada con celo en el fondo del botiquín— y un llavero con una cruz de madera que Sanjeev había pisado, descalzo, cuando instalaba unos estantes en el estudio de Twinkle. Había una ilustración para pintar a los tres Reyes Magos, sobre un fondo de terciopelo negro, uniendo los números; estaba enmarcada y había aparecido en el armario de la ropa blanca. También había un salvamanteles de cerámica que representaba a Jesucristo, rubio y sin barba, dando un sermón en la cima de una colina; la habían olvidado en uno de los cajones de la alacena del comedor.

—¿Crees que los anteriores propietarios eran cristianos renacidos? —preguntó al día siguiente Twinkle mientras hacía sitio para poner una pequeña bola de plástico llena de nieve que contenía un nacimiento en miniatura; la había encontrado detrás de las tuberías del fregadero de la cocina.

Sanjeev estaba colocando sus libros de ingeniería del MIT por orden alfabético pese a que ya hacía años que no necesitaba consultarlos. Después de licenciarse, se había trasladado de Boston a Connecticut para trabajar en una empresa cercana a Hartford, y hacía poco que se había enterado de que se estaban planteando ascenderlo a vicepresidente.

Con sólo treinta y tres años ya tenía secretaria personal y doce personas trabajaban bajo su supervisión y le proporcionaban de buen grado cualquier información que necesitara. Sin embargo, la presencia de sus libros de la universidad en la habitación evocaba una época de su vida que él recordaba con cariño, cuando todas las tardes atravesaba a pie el puente de la avenida Massachusetts para ir a comer pollo *mughlai* con espinacas a su restaurante indio favorito de la otra orilla del río Charles y volvía a la residencia a pasar a limpio sus ejercicios.

—A lo mejor pretendían convertir a más gente —especuló Twinkle.

—Pues es evidente que en tu caso el plan ha surtido efecto.

Ella ignoró el comentario y sacudió la bola de plástico, con lo que la nieve del interior se arremolinó sobre el pesebre.

Sanjeev examinó los objetos colocados en la repisa. Lo desconcertaba que fueran todos tan absurdos. Estaba claro que carecían de carácter sagrado. Pero aún lo desconcertaba más que Twinkle, que normalmente tenía buen gusto, estuviera tan encantada de haberlos encontrado. Aquellos objetos significaban algo para Twinkle, pero no para él. Le resultaban irritantes.

—Deberíamos llamar a la agencia inmobiliaria y decirles que se han dejado aquí todas esas chorradas. Pedirles que vengan a recogerlas.

—Oh, Sanj —gimoteó Twinkle—. Por favor. Me sentiría muy mal si nos deshiciéramos de ellas. Es obvio que eran importantes para la gente que vivía antes aquí. Sería... no sé, un sacrilegio o algo así.

—Si tan valiosas son, ¿por qué estaban escondidas por toda la casa? ¿Por qué no se las llevaron?

—Tiene que haber más —dedujo Twinkle.

Paseó la mirada por las desnudas paredes color hueso de la habitación, como si hubiera más cosas ocultas tras el yeso.

—¿Qué más crees que encontraremos?

Sin embargo, mientras abrían las cajas y colgaban la ropa de invierno y las pinturas sobre seda de procesiones de elefantes que habían comprado durante su luna de miel en Jaipur, Twinkle, con gran disgusto, no encontró nada más. Pasó casi una semana antes de que, un sábado por la tarde, descubrieran un póster enorme que reproducía una acuarela de Jesucristo derramando lágrimas transparentes del tamaño de cacahuetes y con una corona de espino en la cabeza; estaba detrás de un radiador del dormitorio de invitados. Sanjeev lo había confundido con un estor enrollado.

—¡Tenemos que colgarlo! ¡Es espectacular!

Twinkle encendió un cigarrillo y se puso a fumar con deleite, agitándolo alrededor de la cabeza de Sanjeev como si fuera la batuta de un director de orquesta mientras en el equipo de música de la planta baja sonaba la Quinta Sinfonía de Mahler a todo volumen.

—Mira, de momento estoy dispuesto a tolerar tu pequeña colección de figuras bíblicas del salón, pero me niego a colgar esto —contestó él, dando un capirotazo en una de aquellas lágrimas de cacahuete— en nuestra casa.

Twinkle se quedó mirándolo mientras exhalaba con placer el humo del cigarrillo, que le salía por los orificios nasales en dos finas nubes azuladas. Enrolló el póster despacio y lo ató con una de las gomas elásticas que siempre llevaba en la muñeca para recogerse el pelo, tupido, rebelde y con algunas mechas de jena.

—Lo pondré en mi estudio —anunció—. Así no tendrás que verlo.

—¿Y la fiesta de inauguración? Querrán ver todas las habitaciones. Y he invitado a compañeros del trabajo.

Ella puso gesto de hastío. Sanjeev reparó en que la sinfonía, que ya iba por el tercer movimiento, había alcanzado un *crescendo* marcado por el estruendo de los címbalos.

—Lo colgaré detrás de la puerta —concedió Twinkle—. Así no lo verán cuando se asomen. ¿Estás contento?

Sanjeev la vio salir de la habitación con su póster y su cigarrillo; había un poco de ceniza en el suelo, justo donde había estado Twinkle. Se agachó, la recogió con cuidado y la depositó en su mano ahuecada. Empezó a sonar el cuarto movimiento, el *adagietto*. Mientras desayunaba, Sanjeev había leído en la carátula del disco que Mahler le había propuesto matrimonio a su esposa enviándole el manuscrito de aquel fragmento de la partitura. También había leído que, si bien la Quinta Sinfonía contenía elementos de tragedia y lucha, se trataba básicamente de música que ensalzaba el amor y la felicidad.

Oyó la cisterna del váter.

—¡Por cierto —gritó Twinkle—, si quieres impresionar a la gente, yo no pondría esta música! A mí me da ganas de dormir.

Sanjeev fue al cuarto de baño a tirar la ceniza. La colilla del cigarrillo todavía flotaba en la taza del váter, pero la cisterna aún estaba llenándose, así que tuvo que esperar un momento antes de poder descargarla de nuevo. Se examinó las largas pestañas en el espejo del botiquín; Twinkle siempre se burlaba de él diciéndole que parecían de chica. Pese a ser de constitución media, tenía las mejillas rellenitas; eso, junto con las pestañas, restaba atractivo, se temía, a lo que él consideraba un perfil distinguido. Su estatura también era media y desde que había dejado de crecer siempre había lamentado no ser un par de centímetros más alto. Por eso le fastidiaba que Twinkle se empeñara en ponerse zapatos de tacón, como había hecho la otra noche cuando habían ido a cenar a Manhattan. Fue el primer fin de semana después de mudarse a la casa nueva; para entonces, la repisa de la chimenea estaba considerablemente llena, y en el coche, camino del restaurante, aquello había dado pie a una discusión. Pero luego Twinkle se bebió cuatro whiskys en un bar de Alphabet City en el que nunca habían estado y se olvidó por completo del asunto. Lo arrastró hasta una librería diminuta de Saint Mark's Place, donde se pasó casi una hora curioseando, y cuando salieron se empeñó en bailar un tango en la acera delante de un montón de desconocidos.

Después, Twinkle caminó tambaleándose cogida del brazo de Sanjeev. Llevaba unos zapatos de ante con estampado de leopardo y tacón de ocho centímetros, así que su cabeza descollaba un poco por encima de la de él. Y así recorrieron las interminables manzanas hasta el aparcamiento público de Washington Square, porque Sanjeev había oído demasiadas historias sobre las cosas terribles que les hacían a los coches en Manhattan. «Es que me paso todo el día sentada a mi mesa —se lamentó ella camino de casa, después de que él mencionara que aquellos zapatos parecían muy incómodos e insinuara que tal vez no debería ponérselos—. No querrás que me ponga tacones para teclear.» Sanjeev no siguió discutiendo, pese a tener la certeza de que Twinkle no se pasaba todo el día sentada a su mesa; aquella misma tarde, cuando él había vuelto de correr, la había encontrado leyendo en la cama, algo inexplicable. Le había preguntado qué hacía allí en pleno día, y ella le había contestado que se aburría. A él le habría gustado decirle: «Podrías abrir unas cuantas cajas. Podrías barrer el desván. Podrías retocar la pintura del alféizar de la ventana del cuarto de baño, y después avisarme de que no dejara mi reloj encima.» Pero a ella no parecían importarle todas aquellas pequeñas tareas pendientes. Se conformaba con ponerse lo primero que encontraba en el armario, con la revista que tuviera más a mano, con cualquier canción que sonara en la radio; era conformista pero curiosa. Y ahora toda su curiosidad estaba concentrada en descubrir el siguiente tesoro.

Unos días más tarde, cuando Sanjeev volvió de la oficina, encontró a Twinkle al teléfono, fumando y hablando con una de sus amigas de California a pesar de que todavía no eran las cinco y, por lo tanto, la franja horaria de tarifa reducida para llamadas de larga distancia no había empezado. «Gente muy devota —decía, y de vez en cuando hacía una pausa y expulsaba el humo—. Es como jugar a la búsqueda del tesoro todos los días. En serio. ¡Ah, no te lo vas a creer! Las plaquitas de los interruptores de los dormitorios estaban decoradas con escenas de la Biblia. El arca de Noé y todo eso, ya sabes. Tres dormitorios, aunque en uno de ellos he instalado mi estudio. Sanjeev fue corriendo a la ferretería y las cambió. ¿Puedes creerlo? Las cambió todas, una por una.»

Luego le tocó hablar a la amiga. Sentada en el suelo delante de la nevera, con unas mallas negras y una sudadera amarilla de felpa, Twinkle asentía con la cabeza mientras buscaba a tientas su encendedor. A Sanjeev le llegó el aroma de algo que se cocía en los fogones; con cuidado, pasó por encima del larguísimo cordón del teléfono, enredado sobre las baldosas mexicanas de terracota, y levantó la tapa de una olla donde hervía, furiosa, una salsa de color marrón rojizo que empezaba a desbordarse.

—Es un guiso de pescado. Le he puesto el vinagre —dijo Twinkle, interrumpiendo a su amiga y cruzando los dedos—. Perdona, ¿qué decías?

Ella era así: se emocionaba y entusiasmaba con pequeñas cosas, cruzaba los dedos ante cualquier suceso, por muy remotamente impredecible que fuera, como probar un helado de un sabor nuevo o echar una carta al buzón. Era una actitud que Sanjeev no entendía. Lo hacía sentirse estúpido, como si el mundo contuviera maravillas ocultas que él no supiese prever ni apreciar. Miró a su mujer y, de pronto, reparó en que aún tenía cara de niña: los ojos tranquilos, las agradables facciones sin consolidar, como si todavía tuvieran que alcanzar su expresión definitiva. Su apodo provenía de una canción de cuna, y aún tenía que desprenderse de aquella especie de ternura infantil. Llevaban dos meses casados y

161

había ciertas cosas que lo molestaban: que a veces escupiera un poco al hablar, o que por la noche, cuando se quitaba la ropa interior, la dejara a los pies de la cama en vez de depositarla en el cesto de la ropa sucia.

Sólo hacía cuatro meses que se conocían. Los padres de Twinkle, que vivían en California, y los de Sanjeev, que todavía vivían en Calcuta, eran viejos amigos; las dos familias, cada una desde su continente, habían organizado un encuentro para que los dos jóvenes se conocieran —la excusa fue la fiesta del decimosexto cumpleaños de la hija de otros conocidos suyos—, aprovechando que Sanjeev había ido a Palo Alto en un viaje de negocios. En el restaurante los sentaron juntos a una mesa redonda con un enorme plato giratorio lleno de costillas, rollitos de primavera y alitas de pollo, y los dos estuvieron de acuerdo en que toda la comida sabía igual. También coincidieron en su afición adolescente, que todavía persistía, a las novelas de Wodehouse, y en la manía que le tenían al sitar. Más tarde Twinkle confesó que le había encantado la caballerosidad con que Sanjeev iba sirviéndole té mientras conversaban.

Luego empezaron las llamadas telefónicas, que cada vez se alargaban más, y a continuación las visitas: primero las de él a Stanford y luego las de ella a Connecticut, después de las cuales Sanjeev guardaba en un cenicero que dejaba en el balcón las colillas de los cigarrillos que Twinkle se había fumado durante el fin de semana; es decir, que las dejaba allí hasta el siguiente fin de semana que ella iba a visitarlo, cuando pasaba el aspirador por el piso, lavaba las sábanas e incluso quitaba el polvo de las hojas de las plantas por ella. Twinkle tenía veintisiete años y hacía poco que la había abandonado un estadounidense que aspiraba a ser actor y había fracasado; Sanjeev estaba solo, tenía unos ingresos muy elevados para tratarse de un hombre soltero y nunca se había enamorado. Ante la insistencia de sus familias, se casaron en la India, rodeados de cientos de invitados a los que él apenas recordaba de su infancia, con la lluvia incesante de agosto y bajo una carpa roja y naranja adornada con luces de Navidad en la calle Mandeville.

—¿Has barrido el desván? —le preguntó más tarde Sanjeev mientras ella doblaba las servilletas de papel y las colocaba junto a los platos.

El desván era la única parte de la casa donde aún no habían hecho la limpieza inicial.

—Todavía no, pero te prometo que lo haré. Espero que esto haya quedado bueno —contestó ella, y puso la olla humeante encima del salvamanteles con el retrato de Jesús.

Había una barra de pan italiano en una cestita, y una ensalada de lechuga iceberg y zanahoria rallada aliñada con aderezo de bote y picatostes, y dos copas de vino tinto. Twinkle no era demasiado ambiciosa en la cocina. Compraba pollos precocinados en el supermercado y los servía con ensalada de patata preparada no se sabía cuándo y envasada en recipientes de plástico. Se quejaba de que preparar la comida india era muy engorroso; detestaba picar ajos y pelar jengibre, y no sabía utilizar la batidora, de modo que era Sanjeev quien aderezaba el aceite de mostaza con canela en rama y clavos de olor para preparar un curry decente los fines de semana.

Sin embargo, en aquella ocasión Sanjeev tuvo que admitir que, fuera lo que fuese lo que Twinkle había cocinado ese día, había quedado inusualmente sabroso, incluso atractivo, con dados de pescado de un blanco reluciente, hojas de perejil y trozos de tomate fresco que brillaban entre el caldo marrón rojizo.

—¿Cómo lo has hecho?

—Me lo he inventado.

—¿Qué has hecho?

—He metido unas cuantas cosas en la olla y al final he añadido el vinagre de malta.

—¿Cuánto vinagre has echado?

Ella se encogió de hombros, arrancó un trozo de pan y lo metió en su cuenco.

—¿No lo sabes? Deberías anotarlo. ¿Y si necesitas prepararlo otra vez, para una fiesta o algo así?

—Ya me acordaré.

Twinkle tapó la cestita del pan con un trapo que, Sanjeev se dio cuenta entonces, estaba decorado con los diez mandamientos. Twinkle le sonrió y le dio un apretoncito en la rodilla por debajo de la mesa.

—Reconócelo. Esta casa está bendita.

La fiesta de inauguración de la casa estaba programada para el último sábado de octubre, y habían invitado a unas treinta personas. Todos eran conocidos de Sanjeev: compañeros de la oficina y algunas parejas indias de la zona de Connecticut, a muchas de las cuales Sanjeev apenas conocía, pero que cuando él estaba soltero lo habían invitado a menudo a cenar a sus casas los sábados. Sanjeev se preguntaba con frecuencia por qué lo incluían en su círculo. Tenía muy pocas cosas en común con ellos, pero siempre asistía a aquellas reuniones, a comer garbanzos con especias y croquetas de gambas, y a chismorrear y hablar de política, porque casi nunca tenía otros planes. Ellos no conocían a Twinkle; cuando eran novios, Sanjeev no quería malgastar los breves fines de semana que pasaban juntos con personas a las que asociaba con la soledad. Aparte de Sanjeev y un ex novio que Twinkle creía que trabajaba en un taller de cerámica de Brookfield, ella no conocía a nadie en el estado de Connecticut. Estaba terminando su tesis doctoral en Stanford, un ensayo sobre un poeta irlandés del que Sanjeev nunca había oído hablar.

Él había buscado aquella casa solo, antes de viajar a la India para casarse; la había conseguido por un buen precio, y estaba en un barrio con buenos colegios. Lo habían impresionado la elegante escalera curva, con su pasamanos de hierro forjado, el revestimiento de paneles de madera oscura, el solárium con vistas a las matas de rododendros, y el impresionante y macizo número 22 de bronce, que casualmente era la fecha de su nacimiento, clavado en la fachada de vagas reminiscencias Tudor. Había dos chimeneas operativas, un garaje para dos coches y un desván que podía convertirse en dos dormitorios más si, como mencionó el agente inmobiliario, surgía la necesidad. Para entonces, Sanjeev ya había tomado una decisión, estaba convencido de que Twinkle y él vivirían juntos allí para siempre, y por eso ni siquiera se fijó en las plaquitas de los interruptores, cubiertas de adhesivos con motivos bíblicos, ni en la calcomanía de la Virgen sobre media concha, como a Twinkle le gustaba llamarla, pegada en la ventana del dormitorio principal. Cuando, después de instalarse, Sanjeev intentó arrancarla, rayó el cristal.

El fin de semana anterior a la fiesta, ambos estaban rastrillando el jardín cuando Sanjeev oyó chillar a Twinkle. Fue corriendo hacia ella, con el rastrillo bien sujeto en una mano, preocupado por si su mujer había descubierto un animal muerto o una serpiente. Notó que el fresco viento de octubre le aguijoneaba la punta de las orejas mientras sus zapatillas de deporte hacían crujir las hojas marrones y amarillas. Cuando llegó junto a Twinkle, la encontró tumbada en el césped, riendo sin hacer apenas ruido. Detrás de una mata de campanillas chinas muy crecida, había una escultura de yeso de la Virgen María que le llegaba por la cintura, con un manto pintado de azul cubriéndole la cabeza, como si fuera una novia india. Con el borde de su camiseta, Twinkle empezó a limpiar la tierra adherida a la frente de la estatua.

—Supongo que querrás ponerla a los pies de nuestra cama —comentó Sanjeev.

Twinkle lo miró con gesto de sorpresa. Se le veía la barriga, y Sanjeev se fijó en que tenía la piel de gallina alrededor del ombligo.

—¿Cómo se te ocurre? No podemos poner esto en nuestro dormitorio.

—¿Ah, no?

—No, Sanj. No digas tonterías. Es una estatua de exterior. Para el jardín.

—Oh, por Dios, Twinkle. Ni hablar.

—Claro que sí. Si no la ponemos, nos traerá mala suerte.

—Todos los vecinos la verán. Creerán que estamos locos.

—¿Por qué? ¿Por poner una estatua de la Virgen María en nuestro jardín? En este barrio, casi todos los vecinos tienen una estatua de la Virgen en el jardín. Así nos integraremos más.

—No somos cristianos.

—Ya lo sé, no dejas de recordármelo.

Se escupió en la yema de un dedo y empezó a frotar con energía una mancha en la barbilla de la Virgen que parecía especialmente difícil de quitar.

—¿Qué crees que es esto? ¿Tierra o algún tipo de hongo?

Aquello no iba a llevarle a ningún sitio con ella, con la mujer a la que sólo hacía cuatro meses que conocía y con la que se había casado, la mujer con la que ahora compartía su vida. Pensó, con una pizca de pesar, en las fotografías que su madre solía enviarle desde Calcuta: retratos de jóvenes solteras que sabían cantar y coser y aderezar las lentejas sin necesidad de consultar un libro de cocina. Sanjeev se había planteado casarse con alguna de aquellas mujeres, incluso las había clasificado por orden de preferencia, pero entonces había conocido a Twinkle.

—Twinkle, no puedo permitir que mis compañeros de trabajo vean esta estatua en mi jardín.

—No pueden despedirte por ser creyente. Eso sería discriminación.

—No se trata de eso.

—¿Por qué te preocupa tanto lo que piensen los demás?

—Por favor, Twinkle.

Estaba cansado. Apoyó el peso del cuerpo en el rastrillo y ella empezó a arrastrar la estatua hacia un parterre ovalado de arrayán, junto a la farola que flanqueaba el sendero enladrillado.

—Mírala, Sanj. Es preciosa.

Sanjeev volvió junto a su montón de hojas y empezó a depositarlas a puñados en una bolsa de basura. El cielo estaba despejado y azul. Uno de los árboles del jardín todavía estaba lleno de hojas rojas y naranjas, como la carpa bajo la que se había casado con Twinkle.

No sabía si la amaba. Dijo que sí la primera vez que ella se lo preguntó, una tarde en Palo Alto, sentados en un cine oscuro y casi vacío. Antes de que empezara la película, una de las favoritas de Twinkle, un film alemán que él encontró sumamente deprimente, ella le apoyó la punta de la nariz en la suya hasta que Sanjeev notó las cosquillas de sus pestañas embellecidas con rímel. Aquella tarde había contestado que sí, que la amaba, y ella se había puesto muy contenta y le había metido una palomita en la boca dejando que su dedo se demorara un instante entre sus labios, como si aquélla fuera su recompensa por haber dado la respuesta correcta.

Aunque ella no lo dijo, Sanjeev dio por hecho entonces que Twinkle también lo amaba, pero ya no estaba tan seguro. En realidad, él no sabía lo que era el amor, sólo creía saber lo que no era. Decidió que no era volver a un piso enmoquetado y vacío todas las noches, ni utilizar sólo el primer tenedor del cajón de los cubiertos, ni marcharse con educación de las cenas de los fines de semana, donde los otros hombres, al final, abrazaban por la cintura a sus esposas y sus novias, y se inclinaban de vez en cuando para besarlas en el hombro o en el cuello. No era comprar discos de música clásica por correo repasando por sistema la lista de grandes compositores que recomendaba el catálogo, ni pagar siempre las facturas a tiempo. Sanjeev había empezado a darse cuenta de eso unos meses antes de conocer a Twinkle. «Tienes suficiente dinero en el banco para mantener a tres familias —le recordaba su madre cuando hablaban por teléfono a primeros de cada mes—. Necesitas una esposa a la que amar y cuidar.» Ya tenía una esposa, guapa, de una casta adecuadamente elevada y que pronto se sacaría el doctorado. ¿Cómo no iba a amarla?

Aquella noche, Sanjeev se preparó un gin-tonic y se lo tomó, junto con la mayor parte de otro, mientras veía las noticias. Después fue a buscar a Twinkle, que estaba dándose un baño de espuma, pues le había comentado que le dolían los brazos de rastrillar el jardín, algo que nunca había hecho. No llamó a la puerta. Twinkle se había aplicado una mascarilla azul en la cara y fumaba y daba sorbitos de un bourbon con hielo mientras hojeaba un grueso libro en rústica cuyas páginas se habían combado y se habían puesto grisáceas por el efecto de la humedad. Sanjeev echó un vistazo a la cubierta; lo único que había escrito en ella era la palabra «Sonetos» con letras de color rojo oscuro. Respiró profundamente y a continuación informó a su mujer, con mucha calma, de que cuando se terminara la bebida se calzaría y saldría a quitar aquella Virgen del jardín delantero.

—¿Y dónde vas a ponerla? —preguntó ella, amodorrada, con los ojos cerrados.

Una pierna emergió, desplegándose con elegancia, de la capa de espuma. Flexionó varias veces los dedos del pie.

—De momento, en el garaje. Y mañana por la mañana, cuando vaya a trabajar, la llevaré al vertedero.

—Ni se te ocurra —contestó. Se levantó y dejó caer el libro al agua; por sus muslos resbalaban burbujas de espuma—. Te odio —dijo, entornando los ojos.

Cogió el albornoz, se lo puso y se ató el cinturón con fuerza, y entonces bajó por la escalera curva, dejando huellas mojadas por el suelo de parquet. Cuando llegó al recibidor, Sanjeev dijo:

—¿Piensas salir así a la calle?

Notaba un latido en las sienes, y su voz mostraba una agresividad a la que no estaba acostumbrado.

—¿Qué más da? ¿A quién le importa cómo salga a la calle?

—¿Adónde piensas ir a estas horas?

—No puedes tirar esa estatua. No lo permitiré.

La mascarilla, que ya se había secado, había adquirido ahora un color grisáceo, y el agua le goteaba del pelo y resbalaba por las ondulaciones de la costra que le recubría la cara.

—Sí puedo. Y es lo que voy a hacer.

—No —dijo Twinkle, bajando el tono de voz—. Ésta es nuestra casa. Es de los dos. La estatua forma parte de nuestra propiedad.

Había empezado a temblar. Alrededor de sus pies estaba formándose un pequeño charco de agua. Sanjeev fue a cerrar una ventana por miedo a que se enfriara. Entonces se dio cuenta de que parte del agua que resbalaba por su rostro, duro y azul, eran lágrimas.

—Por favor, Twinkle, perdóname...

Nunca la había visto llorar, nunca había visto tanta tristeza en sus ojos. Ella no se dio la vuelta ni trató de contener las lágrimas; curiosamente, parecía muy serena. Cerró un momento los párpados, frágiles y pálidos en comparación con el azul del resto de su cara. Sanjeev se sintió indispuesto, como si hubiera comido demasiado o demasiado poco.

Ella se le acercó y le rodeó el cuello con los brazos, con las mangas del albornoz mojadas, y lloró con la cabeza sobre su pecho, de modo que le empapó la camisa. Las escamas azules de la mascarilla cayeron sobre los hombros de Sanjeev.

Al final llegaron a un acuerdo: colocarían la estatua en un hueco de uno de los lados de la casa, de modo que nadie pudiera verla desde la calle, pero sí cualquiera que entrara en el jardín.

• • •

El menú de la fiesta sería muy sencillo: habría una caja de champán, y samosas de un restaurante indio de Hartford, y grandes bandejas de arroz con pollo y almendras y piel de naranja que Sanjeev se había pasado toda la mañana y parte de la tarde preparando. Era la primera vez que recibía a tantos invitados y, preocupado por si no había bebida suficiente, salió a comprar otra caja de champán por si acaso. Por ese motivo se le quemó una de las bandejas de arroz y tuvo que volver a empezar. Twinkle barrió el suelo y se ofreció a ir a recoger las samosas; de todas formas, tenía hora para hacerse la manicura y la pedicura por la zona y le venía de paso. Sanjeev tenía pensado preguntarle si se había planteado retirar la colección de adornos de la repisa de la chimenea, aunque sólo fuera para la fiesta, pero Twinkle se marchó cuando él estaba en la ducha. Tardó tres horas en volver, de modo que fue Sanjeev quien acabó de limpiar la casa. A las cinco y media todo estaba reluciente. Unas velas aromatizadas que Twinkle había comprado en Hartford iluminaban los objetos de la repisa, y, clavadas en la tierra de las macetas, había varillas de incienso encendidas. Sanjeev ponía una mueca de dolor cada vez que pasaba al lado de la repisa de la chimenea y se imaginaba a sus invitados arqueando las cejas al ver aquella hilera de santos de cerámica iluminados por la luz parpadeante de las velas, y el salero y el pimentero que representaban a María y José. Sin embargo, confiaba en que quedaran impresionados por la gran escalera curva y los paneles de madera, mientras bebían champán y mojaban las samosas en *chutney*.

Douglas, uno de los nuevos asesores de la empresa, y su novia, Nora, fueron los primeros en llegar. Ambos eran altos y rubios, y llevaban gafas de montura metálica y largos abrigos negros. Nora iba tocada con un sombrero negro adornado con unas plumas finas y afiladas que hacían juego con sus facciones angulosas. Su mano izquierda se entrelazaba con la de Douglas. En la derecha llevaba una botella de coñac con un lazo rojo atado al cuello, y se la dio a Twinkle.

—Un jardín precioso, Sanjeev —observó Douglas—. Nosotros también deberíamos sacar el rastrillo un día de éstos, cariño. Y tú debes de ser...

—Mi mujer, Tanima.

—Podéis llamarme Twinkle.

—Qué nombre tan original —comentó Nora.

—No tanto —repuso ella—. En Bombay hay una actriz que se llama Dimple Kapadia. Y tiene una hermana que se llama Simple.

Douglas y Nora arquearon las cejas a la vez y asintieron lentamente, como si necesitaran tiempo para asimilar aquellos nombres tan absurdos.

—Encantada de conocerte, Twinkle.

—Servíos champán. Hay botellas para parar un tren.

—Si no es indiscreción... —dijo Douglas—, me he fijado en la estatua que hay fuera. ¿Sois cristianos? Creía que erais indios.

—Bueno, en la India hay cristianos —aclaró Sanjeev—, pero nosotros no lo somos.

—Me encanta tu conjunto, Twinkle —dijo Nora.

—Y a mí tu sombrero. ¿Queréis que os enseñe la casa?

Volvió a sonar el timbre, y luego otra vez, y otra. En cuestión de minutos, la casa se llenó de cuerpos, conversaciones y fragancias desconocidas. Las mujeres llevaban zapatos de tacón y medias muy finas, y vestidos cortos y negros de crepé y chifón. Le daban los chales y los abrigos a Sanjeev y él los colgaba con cuidado en las perchas del espacioso armario del recibidor pese a que Twinkle decía a los invitados que podían dejar sus cosas encima de las otomanas del solárium. Algunas de las mujeres indias llevaban sus mejores saris, con telas afiligranadas que formaban elegantes pliegues sobre sus hombros. Los hombres llevaban americana y corbata y olían a loción de afeitado con aromas cítricos. A medida que la gente pasaba de una habitación a otra, los regalos se amontonaban en la mesa de cerezo alargada que iba de punta a punta del pasillo de la planta baja.

A Sanjeev lo abrumaba que los invitados se hubiesen tomado tantas molestias por él, y por su casa, y por su mujer. No recordaba nada parecido, salvo el día de su boda, pero aquello era diferente, porque aquellas personas no eran parientes suyos, sino gente que sólo lo conocía de un par de veces y que, por así decirlo, no le debía nada. Todos lo felicitaban. Lester, otro compañero de trabajo, vaticinó que, como mucho, tardarían dos meses en ascender a Sanjeev a vicepresidente. La gente devoraba las samosas y admiraba con atención los techos y las paredes recién pintados, las plantas colgantes, los ventanales, las sedas pintadas de Jaipur. Pero sobre todo admiraban a Twinkle, y su *salwar-kameez* de brocado, de color caqui, con un gran escote en la espalda, y la sarta de pétalos de rosa blancos que se había enrollado con mucha habilidad alrededor de la cabeza, y la gargantilla de perlas con un zafiro en el centro que le adornaba el cuello. Mientras sonaba la animada música de jazz que Twinkle se encargaba de supervisar, todos reían con sus anécdotas y sus observaciones, formando un corro cada vez más amplio a su alrededor, mientras Sanjeev sacaba las samosas que iba calentando en el horno, e iba a buscar hielo para las copas, y descorchaba más botellas de champán con cierta dificultad, y explicaba por enésima vez que él no era cristiano. Era Twinkle quien los guiaba en pequeños grupos por la escalera curva, quien los llevaba a ver el jardín trasero, a asomarse a la escalera del sótano. «A tus amigos les encanta el póster de mi estudio», le susurró a Sanjeev, triunfante, poniéndole una mano en la parte baja de la espalda, cuando, en medio de todo el bullicio, se cruzaron un momento.

Sanjeev fue a la cocina, que estaba vacía, y, creyendo que nadie lo veía, se comió un trozo de pollo que cogió con los dedos directamente de la bandeja que estaba en la encimera. Se comió otro y lo acompañó con un trago de ginebra que bebió a morro de la botella.

—Una casa preciosa y un arroz delicioso.

Sunil, que trabajaba de anestesista, entró en la cocina comiendo de su plato de plástico.

—¿Hay más champán?

—Tu mujer es una preciosidad —añadió Prabal, que iba detrás.

Era profesor de física en Yale, soltero. Sanjeev se quedó mirándolo un momento sin saber qué decir, y entonces se sonrojó; en otra ocasión, en una cena, Prabal había declarado que Sophia Loren era «una preciosidad, igual que Audrey Hepburn».

—¿Tiene hermanas?

Sunil pescó una pasa de la bandeja del arroz.

—¿Cuál es su apellido de soltera? ¿Little Star, como en la nana *Twinkle Twinkle, little star*?

Los dos invitados rieron y siguieron comiendo arroz de la bandeja, abriendo surcos en él con sus cucharas de plástico. Sanjeev bajó al sótano a buscar más bebida. Se detuvo unos minutos en la escalera, en medio de aquel silencio frío y húmedo, con la segunda caja de champán en los brazos; mientras, arriba, la gente iba de un lado para otro. Subió y dejó los refuerzos en la mesa del comedor.

—Sí, lo hemos encontrado todo en la casa, en los lugares más insospechados —oyó decir a Twinkle en el salón—. De hecho, todavía seguimos encontrando cosas.

—¡No!

—¡Sí! ¡Todos los días! Es como jugar a la búsqueda del tesoro. Es genial. Sólo Dios sabe qué más vamos a encontrar, y no lo digo en sentido figurado.

Aquello fue lo que lo desencadenó todo. Como si hubieran hecho un pacto tácito, los invitados unieron sus fuerzas y empezaron a registrar cada una de las habitaciones: abrían armarios, miraban debajo de las butacas y los cojines, palpaban detrás de las cortinas, retiraban libros de las estanterías. Se formaron varios grupos que correteaban por la casa, riendo y tambaleándose al subir y bajar la escalera curva.

—Todavía no hemos explorado el desván —anunció Twinkle de pronto, y todos la siguieron.

—¿Cómo se sube?

—Hay una escalera plegable en el techo del pasillo, pero no sé exactamente dónde.

Resignado, Sanjeev siguió al grupo para indicar a sus invitados dónde estaba la escalera, pero Twinkle ya la había encontrado por su cuenta.

—¡Eureka! —la oyó gritar.

Douglas tiró de la cadena que accionaba el resorte. Estaba colorado y llevaba puesto el sombrero de plumas de Nora. Los invitados fueron desapareciendo uno a uno. Los hombres ayudaron a las mujeres mientras colocaban las sandalias de tacón en los estrechos peldaños de la escalerilla; las indias se recogían el extremo suelto de sus lujosos saris en la cinturilla de la enagua. Los hombres subieron detrás, y todos desaparecieron con rapidez, hasta que Sanjeev se quedó solo al final de la escalera curva. Por encima de su cabeza se oía un gran estruendo de pasos. Él no tenía ningunas ganas de subir al desván. Se preguntó si se derrumbaría el techo; imaginó por un instante que todos aquellos cuerpos tambaleantes, borrachos y perfumados caían, enredados, a su alrededor. Oyó un grito, y luego una oleada creciente de risas de tonos discordantes. Oyó caer algo, y luego otra cosa que se rompía. Después oyó que comentaban algo de un baúl. Por lo visto, intentaban abrirlo golpeándolo con frenesí.

Pensó que Twinkle le pediría ayuda, pero no lo llamaron. Recorrió el pasillo con la mirada hasta el rellano de abajo, y vio las copas de champán, las samosas a medio comer y las servilletas manchadas de carmín abandonadas por todos los rincones, en todas las superficies a la vista. Entonces se fijó en que Twinkle, con las prisas, se había dejado al pie de la escalera de mano los zapatos, unas chinelas de charol negro con unos tacones que parecían *tees* de golf, que dejaban los dedos al descubierto y con sendas etiquetas de seda en la plantilla, un poco sucias por el roce de las plantas de sus pies.

Los puso en la puerta del dormitorio principal, para que nadie tropezara con ellos al bajar.

Oyó crujir algo que se abría poco a poco. Las voces estridentes se habían reducido a un murmullo uniforme. Sanjeev se dio cuenta de que tenía toda la casa para él solo. La música había dejado de sonar y, si se concentraba, alcanzaba a oír el murmullo de la nevera, el susurro de las últimas hojas de los árboles del jardín y el golpeteo de las ramas contra los cristales de las ventanas. Con un tironcito de la mano, podía volver a recoger la escalera plegable, que se ocultaría en el techo, y ellos no podrían bajar del desván a menos que él tirara otra vez de la cadena. Pensó en todo lo que podría hacer sin que nadie lo molestara. Podría meter todos los adornos de Twinkle en una bolsa de basura, subirse al coche y llevarlos al vertedero, y romper el póster del Jesús lloroso, y, de paso, destrozar a martillazos la estatua de la Virgen María. Entonces volvería a la casa vacía. Sólo le llevaría una hora recoger los vasos y los platos, y podría prepararse un gin-tonic y comerse un plato de arroz y escuchar su nuevo CD de Bach mientras leía los comentarios de la carátula para entenderlo mejor. Empujó un poco la escalera, pero estaba firmemente plantada en el suelo. Moverla iba a requerir cierto esfuerzo.

—¡Dios mío, necesito un cigarrillo! —exclamó Twinkle en el desván.

Sanjeev notó que se le endurecían los músculos de la nuca y sintió un ligero mareo. Necesitaba tumbarse. Se dirigió hacia el dormitorio, pero se detuvo en seco al ver los zapatos de Twinkle en el umbral, apuntando hacia fuera. Se la imaginó poniéndoselos. Y en lugar de sentir fastidio, como siempre desde que se habían mudado a la casa, sintió anhelo al imaginársela bajando, tambaleante, por la escalera curva con aquellos zapatos, y rayando un poco el suelo con ellos. Su anhelo se intensificó cuando se la imaginó apresurándose a entrar en el cuarto de baño para retocarse el carmín, y a continuación apresurándose a devolverles sus abrigos a los invitados, y por último apresurándose hacia la mesa de cerezo en cuanto se hubieran marchado los últimos rezagados para empezar a abrir los regalos que les habían llevado. Era el mismo anhelo que sentía antes de casarse, cuando colgaba el teléfono después de hablar con ella, o cuando volvía en coche del aeropuerto y se preguntaba cuál de los aviones que veía despegar sería el de Twinkle.

—No te lo vas a creer, Sanj.

Twinkle apareció por el hueco del techo, de espaldas y alzando las manos por encima de la cabeza, con una ligera capa de sudor sobre los omoplatos y cargando con algo que él aún no veía.

—¿Lo tienes, Twinkle? —preguntó alguien desde el desván.

—Sí, ya podéis soltarlo.

Entonces Sanjeev vio lo que sujetaban las manos de su mujer: un busto de plata maciza de Jesucristo, cuya cabeza triplicaba el tamaño de la suya. Tenía una nariz patricia, una magnífica melena rizada que reposaba en sus hombros protuberantes y una amplia frente despejada donde se reflejaban en miniatura las paredes y las puertas y las pantallas de las lámparas que tenía alrededor. Mostraba una expresión confiada, como si estuviera seguro de sus adeptos, y tenía unos labios rígidos pero carnosos y sensuales. Llevaba puesto el sombrero de plumas de Nora. Mientras Twinkle bajaba la escalera, Sanjeev la agarró por la cintura para que no perdiera el equilibrio y, cuando llegó al suelo, la relevó y cogió el busto. Pesaba más de diez kilos. Los demás empezaron a bajar, despacio, agotados tras la búsqueda del tesoro. Algunos fueron directamente a la planta baja para hacerse con una copa fría.

Twinkle respiró hondo, arqueó las cejas y cruzó los dedos.

—¿Te importaría mucho que lo pusiéramos en la repisa de la chimenea? ¿Aunque sólo sea por esta noche? Ya sé que lo odias.

Sí, lo odiaba. Odiaba su enormidad, y la perfección de su superficie lustrosa, y su innegable valor. Odiaba que estuviera en su casa y que fuera suyo. A diferencia del resto de objetos que habían encontrado, aquel busto transmitía dignidad, solemnidad, incluso belleza. Pero, curiosamente, esas cualidades hacían que lo odiara aún más. Lo odiaba, sobre todo, porque sabía que a Twinkle le encantaba.

—Mañana lo pondré en mi estudio —añadió Twinkle—. Te lo prometo.

Sanjeev sabía que nunca lo llevaría a su estudio. Lo dejaría en el centro de la repisa para siempre, flanqueado por los otros adornos. Y cada vez que tuvieran invitados, Twinkle les explicaría cómo lo había encontrado, y ellos la admirarían mientras la escucharan. Miró los pétalos de rosa magullados que llevaba en el pelo, y la gargantilla de perlas y zafiro que le adornaba el cuello, y el esmalte de uñas rojo brillante de los dedos de los pies. Concluyó que eran esos detalles los que habían llevado a Prabal a afirmar que su mujer era una preciosidad. Le dolía la cabeza por culpa de la ginebra y le dolían los brazos de sujetar aquel pesado busto.

—He llevado tus zapatos al dormitorio —dijo.

—Gracias. Pero me duelen mucho los pies.

Twinkle le dio un pellizquito en el codo y se dirigió al salón.

Sanjeev se apretó el busto de plata maciza contra las costillas, procurando que no se le resbalara el sombrero de plumas, y siguió a su mujer.

El tratamiento de Bibi Haldar

Durante la mayor parte de sus veintinueve años de vida, Bibi Haldar había sufrido una dolencia que desconcertaba por igual a familiares, amigos, sacerdotes, quiromantes, solteronas, cristaloterapeutas, profetas y chiflados. En sus esfuerzos por curarla, los vecinos de nuestro barrio le habían llevado agua sagrada de siete ríos sagrados. Por la noche, cuando oíamos sus gritos y lamentos, cuando le ataban las muñecas con cuerdas y le aplicaban molestas cataplasmas, la nombrábamos en nuestras oraciones. Varios sabios le habían masajeado las sienes con bálsamo de eucalipto y le habían mandado hacer vahos con infusiones de hierbas. A sugerencia de un cristiano ciego, la llevaron en tren a besar las tumbas de santos y mártires. Le ceñían a los brazos y al cuello amuletos para protegerla del mal de ojo. Adornaban sus dedos con piedras auspiciosas.

Los tratamientos que ofrecían los médicos no conseguían sino empeorar las cosas. Alópatas, homeópatas, ayurvédicos... Con el tiempo, llegaron a consultar a especialistas de todas las ramas de la ciencia médica. Sus consejos eran innumerables. Tras las radiografías, sondas, auscultaciones e inyecciones, algunos se limitaban a aconsejar a Bibi que engordara, y otros que adelgazara. Si uno le prohibía seguir durmiendo después del amanecer, otro insistía en que debía permanecer en la cama hasta mediodía. Uno le recomendaba que hiciera el pino; otro, que recitara versos védicos a determinados intervalos a lo largo del día. «Llevadla a Calcuta a que le hagan hipnosis», llegaron a sugerirles en varias ocasiones. Trasladada de un especialista a otro, a la chica le habían prescrito evitar el ajo, consumir cantidades desproporcionadas de angostura, meditar, beber agua de coco o ingerir huevos de pato crudos batidos con leche. En resumidas cuentas, la vida de Bibi era un encuentro con un antídoto infructuoso tras otro.

El carácter de su enfermedad, que apareció sin previo aviso, reducía su mundo al edificio sin pintar de cuatro plantas donde los únicos familiares que tenía en la ciudad, un primo suyo, mayor, y su mujer, alquilaban una vivienda del segundo piso. Dado que era propensa a perder el conocimiento y podía sumirse en cualquier momento en un vergonzoso delirio, a Bibi no le dejaban cruzar la calle ni subirse a un tranvía sin ir acompañada. Su ocupación cotidiana consistía en permanecer en el trastero de la azotea de nuestro edificio —donde podías estar sentado, pero no cómodamente de pie—, que contaba con una letrina contigua, una cortina que hacía las veces de puerta, una ventana sin reja y unas baldas hechas con los tablones de unas puertas viejas. Allí, sentada con las piernas cruzadas sobre una estera de yute, llevaba el inventario de la tienda de cosméticos que regentaba su primo Haldar en la entrada de nuestro patio. A cambio de sus servicios, Bibi no recibía ingresos, pero sí se le proporcionaban las comidas y otros productos básicos, y también, con motivo de las fiestas de octubre, suficientes metros de tela de algodón para renovar su vestuario en una sastrería barata. Por la noche dormía en una cama plegable abajo, en el piso de su primo.

Por las mañanas, Bibi llegaba al trastero calzada con unas zapatillas de plástico agrietadas y ataviada con una bata de estar por casa que le llegaba unos centímetros por debajo de la rodilla, una medida que las demás no habíamos vuelto a llevar desde los quince años. Sus pantorrillas, desprovistas de vello, estaban salpicadas de un gran número de pecas claras. Bibi se lamentaba de su suerte y maldecía su mala estrella mientras nosotras tendíamos nuestra ropa o escamábamos nuestros pescados. No era guapa. Tenía el labio superior fino, los dientes demasiado pequeños. Cuando hablaba se le veían las encías. «Decidme, ¿os parece justo que una chica se pase los mejores años de su vida encerrada, sin que nadie se fije en ella, anotando etiquetas y precios sin promesa alguna de futuro?» Hablaba subiendo la voz en exceso, como si se dirigiera a una persona sorda. «¿Os extraña que os envidie, a vosotras, que sois esposas y madres, y que siempre tenéis algo que hacer y alguien a quien atender? ¿Está mal que quiera maquillarme los ojos, perfumarme en el pelo? ¿Que quiera criar a un hijo y enseñarle a distinguir lo dulce de lo amargo, lo bueno de lo malo?»

Todos los días descargaba sobre nosotras sus innumerables privaciones, hasta que quedó insoportablemente claro que lo que Bibi quería era un hombre. Quería que se preocuparan por ella, que la protegieran, que le dieran sentido a su vida. Como el resto de nosotras, quería servir cenas, y regañar a los sirvientes, y guardar un poco de dinero en su *almari* para depilarse las cejas cada tres semanas en el salón de belleza chino. Nos acosaba con preguntas sobre los detalles de nuestras bodas: las joyas, las invitaciones, el perfume de las ristras de nardos colgadas sobre el lecho nupcial. Cuando, ante su insistencia, le enseñábamos nuestros álbumes de fotos con mariposas estampadas en relieve, estudiaba minuciosamente las imágenes de la ceremonia: la mantequilla vertida en el fuego, el intercambio de guirnaldas, el pescado pintado con bermellón, las bandejas de conchas y monedas de plata. «¡Cuántos invitados! —exclamaba mientras acariciaba con un dedo las caras risueñas que nos habían rodeado aquel día—. Cuando me llegue a mí la ocasión, estaréis todas invitadas.»

Sus expectativas empezaron a causarle una angustia tan intensa que, a veces, la perspectiva de encontrar marido

—algo en lo que tenía depositadas todas sus esperanzas— amenazaba con provocarle otro ataque. Rodeada de latas de talco y cajas de horquillas, acurrucada en el suelo del trastero, ensartaba una incongruencia tras otra. «Nunca sumergiré los pies en una vasija de leche —gimoteaba—. Nunca me pintarán la cara con pasta de sándalo. ¿Quién me dará friegas de cúrcuma? Nunca imprimirán mi nombre con tinta escarlata en una tarjeta.»

Sus soliloquios eran sensibleros, sus sentimientos empalagosos, el malestar le brotaba por los poros como la fiebre. En los momentos de mayor amargura, la envolvíamos con chales, le lavábamos la cara con agua del depósito y le llevábamos vasos de yogur y agua de rosas. Cuando su desconsuelo no era tan grave, la animábamos a que nos acompañara a la sastrería a encargar blusas y enaguas nuevas, en parte para que cambiara un poco de escenario, pero también porque creíamos que tal vez aquello aumentara las pocas perspectivas de casarse que pudiera tener. «Ningún hombre quiere a una mujer que viste como una fregona —le decíamos—. ¿Acaso quieres que las polillas se coman toda esa tela que tienes guardada?» Ella se enfurruñaba, hacía pucheros, protestaba y suspiraba. «¿Adónde voy a ir, para quién me voy a vestir? —nos preguntaba—. ¿Quién me llevará al cine, al zoológico, quién me comprará anacardos y zumo de lima? ¿Para qué voy a preocuparme por esas cosas? No nos engañemos: nunca me curaré, nunca me casaré.»

Pero entonces le prescribieron un nuevo tratamiento, el más extravagante de todos. Una noche, cuando bajaba a cenar, Bibi Haldar se derrumbó en el rellano del tercer piso y empezó a dar puñetazos, a lanzar patadas y a sudar a chorros, como si estuviera en otro mundo. Sus gemidos resonaron por el hueco de la escalera y salimos a toda prisa de nuestras casas para calmarla, provistos de abanicos de palma, terrones de azúcar y vasos de agua fresca para echársela por la cabeza. Nuestros hijos, agarrados a los barrotes de la barandilla, presenciaron su paroxismo. Enviamos a nuestros sirvientes a llamar a su primo. Haldar tardó diez minutos en salir de su tienda, impertérrito excepto por el rubor de su rostro. Nos dijo que dejáramos de armar jaleo, y entonces, sin molestarse en disimular su desprecio, metió a Bibi en un *rickshaw* y la llevó a la policlínica. Fue allí donde, tras realizarle una serie de análisis de sangre, el médico encargado del caso de Bibi, exasperado, llegó a la conclusión de que el matrimonio la curaría.

La noticia se coló entre los barrotes de nuestras ventanas, recorrió nuestras cuerdas de tender la ropa y voló por encima de los excrementos de paloma que cubrían los parapetos de nuestras azoteas. A la mañana siguiente, tres quiromantes diferentes habían examinado la mano de Bibi y confirmado que había, sin ninguna duda, indicios de una unión inminente grabados en su piel. Las más desagradables murmuraron groserías en los puestos del mercado; las abuelas consultaron los almanaques para determinar una hora propicia para los esponsales. Durante varios días, susurramos mientras llevábamos a nuestros hijos a la escuela, recogíamos la ropa del tendedero o hacíamos cola en la tienda de víveres. Por lo visto, lo único que necesitaba la pobre chica era un poco de acción. Por primera vez imaginamos los contornos que se ocultaban bajo su bata e intentamos evaluar los placeres que podía ofrecer a un hombre. Por primera vez nos fijamos en la blancura de su cutis, en la languidez y la longitud de sus pestañas, en la innegable elegancia de sus manos. «Dicen que es su única esperanza. Se trata de un caso de sobreexcitación. Dicen —y aquí hacíamos una pausa y nos ruborizábamos— que tener relaciones le calmará la sangre.»

Huelga decir que Bibi quedó encantada con aquel diagnóstico y empezó a prepararse de inmediato para la vida conyugal. Con algunos artículos descartados de la tienda de Haldar, se arregló las uñas de los pies y se suavizó la piel de los codos. Desatendía los nuevos pedidos que llegaban al trastero y comenzó a perseguirnos para pedirnos nuestras recetas de pudin de *vermicelli* o de papaya guisada, que copiaba con su caligrafía torcida en las páginas de su libro de inventarios. Redactaba listas de invitados, listas de postres, listas de países a los que quería ir de luna de miel. Se aplicaba glicerina en los labios para suavizarlos, evitaba comer dulces para perder volumen. Un día pidió a una vecina que la acompañara a la sastrería, donde le confeccionaron un *salwar-kameez* nuevo, acampanado, como se llevaban aquella temporada. Cuando salíamos con ella a la calle, nos arrastraba hasta el mostrador de todas las joyerías que encontraba, examinaba las vitrinas y nos pedía nuestra opinión sobre el diseño de diademas y guardapelos. En los escaparates de las tiendas de saris, señalaba uno de seda magenta de Benarés, y otro azul turquesa, y luego otro color caléndula. «En la primera parte de la ceremonia me pondré éste, y luego éste, y luego éste.»

Sin embargo, Haldar y su mujer no pensaban como ella. Inmunes a sus fantasías, indiferentes a nuestros temores, regentaban su negocio como siempre, apretujados en aquella tienda de cosméticos no más grande que un armario, entre las tres paredes abarrotadas de jenas, aceites para el pelo, piedras pómez y cremas blanqueadoras. «No tenemos tiempo para sugerencias indecentes —les decía Haldar a quienes sacaban el tema de la salud de Bibi—. Lo que no puede curarse tiene que soportarse. Bibi ya nos ha causado suficientes problemas, nos ha acarreado suficientes gastos y ha mancillado lo suficiente el buen nombre de la familia.» Sentada a su lado detrás del minúsculo mostrador de vidrio, su esposa se abanicaba la piel moteada del escote y le daba la razón; era una mujer gruesa que usaba unos polvos de un tono demasiado claro que, además, le formaban grietas en las arrugas del cuello. «Por otro lado, ¿quién va a querer casarse con ella? Esa chica es una inútil, se le traba la lengua, tiene casi treinta años, no sabe encender una cocina de carbón, no sabe hervir arroz ni distinguir una semilla de hinojo de otra de comino. ¡Imagínatela intentando alimentar a un hombre!»

Tenían parte de razón. Nadie había enseñado a Bibi a ser mujer. Su enfermedad la había abocado a la ignorancia en todo lo relativo a los asuntos prácticos de la vida. La mujer de Haldar, convencida de que la chica estaba poseída por algún demonio, no permitía que Bibi se acercara al fuego. No le habían enseñado a llevar un sari sin sujetárselo con alfileres por cuatro sitios, y tampoco sabía bordar fundas ni hacer chales de *crochet* con una pizca de gracia. No le permitían ver la televisión —Haldar daba por hecho que la proximidad de un aparato electrónico la excitaría— y, por lo tanto, Bibi no estaba al día de la actualidad ni de los entretenimientos de nuestro mundo. Había abandonado los estudios en el noveno curso.

Nosotras, por el bien de Bibi, defendíamos la conveniencia de buscarle un marido. «Es lo que ella siempre ha querido», señalábamos. Pero era imposible hacer que Haldar y su mujer razonaran. El desprecio que sentían hacia Bibi se reflejaba en sus labios, más finos que el cordel con que ataban nuestras compras. Si sosteníamos que merecía la pena dar una oportunidad al nuevo tratamiento, ellos argüían: «Bibi no tiene respeto y autocontrol suficientes. Exagera su enfermedad para recibir atención. Lo mejor es mantenerla ocupada, apartarla de los problemas que no para de crear.»

—Entonces, ¿por qué no casarla? Así, al menos, os la quitaríais de encima.

—¿Y malgastar el dinero que ganamos en una boda? ¿En dar de comer a los invitados, encargar brazaletes, comprar una cama, reunir una dote?

Pero Bibi persistía en sus quejas. Una mañana, a última hora, vestida bajo nuestra supervisión con un sari de chifón azul lavanda con ojetes y unas zapatillas con espejuelos que le habían prestado para la ocasión, se dirigió, presurosa y con paso inseguro, a la tienda de Haldar e insistió en que la llevaran al estudio del fotógrafo para que su retrato, como el de otras jóvenes casaderas, pudiera circular por los hogares de los varones solteros de la ciudad. La observamos a través de las persianas de nuestros balcones; el sudor ya había formado unas medias lunas oscuras bajo sus brazos. «Aparte de las radiografías, nunca me han tomado una foto —protestó—. Mis posibles suegros necesitan saber qué aspecto tengo.» Pero Haldar se negó. Dijo que cualquiera que quisiera saber qué aspecto tenía podía verla con sus propios ojos, llorando, gimiendo y ahuyentando a la clientela. Era la ruina del negocio, le dijo, un lastre y un problema. Nadie de la ciudad necesitaba una fotografía para saber eso.

Al día siguiente, Bibi dejó a un lado el inventario y nos hizo reír revelándonos detalles íntimos sobre Haldar y su mujer. «Los domingos, Haldar le arranca pelos de la barbilla. Guardan el dinero en la nevera y la cierran con candado.» Sus tartamudeos y berridos se oían en otras azoteas del vecindario, y con cada nueva declaración, el público aumentaba. «En la bañera, ella se aplica harina de garbanzo en los brazos porque cree que así se le aclarará la piel. Le falta el tercer dedo del pie derecho. Echan unas siestas tan largas porque es imposible dejarla satisfecha.»

Para intentar calmarla, Haldar publicó un anuncio de una sola línea en el periódico local: «CHICA INESTABLE. ESTATURA 152 CM. BUSCA MARIDO.» La identidad de la futura novia no era ningún secreto para los padres de los jóvenes de nuestro vecindario, y ninguna familia estaba dispuesta a cargar con un riesgo tan patente. ¿Quién podía reprochárselo? Muchos rumoreaban que Bibi hablaba sola, con fluidez pero en una lengua totalmente incomprensible, y que por las noches no soñaba. Ni siquiera lograron convencer al solitario viudo desdentado que reparaba nuestros bolsos en el mercado para que le propusiera matrimonio. Aun así, para distraerla, empezamos a prepararla para la vida conyugal. «Arrugando la cara como una patata no conseguirás nada. Los hombres necesitan que los acaricies con tu expresión.» A modo de entrenamiento, y anticipándonos a la remota posibilidad de que apareciera algún pretendiente, la animábamos a entablar conversaciones triviales con los hombres de nuestro entorno. Cuando el aguador, una vez finalizadas sus rondas, subía al trastero a llenar su tinaja, la exhortábamos a preguntarle: «¿Cómo está usted?» Cuando el carbonero descargaba sus cestos en la azotea, le aconsejábamos que sonriera y le hiciese un comentario sobre el tiempo. Rescatábamos de la memoria nuestras propias experiencias y la preparábamos para una entrevista. «Lo más probable es que el novio llegue con uno de sus progenitores, uno de sus abuelos y un tío o una tía. Te mirarán de arriba abajo y te harán preguntas. Te examinarán las plantas de los pies, el grosor de la trenza. Te pedirán que digas cómo se llama el primer ministro, que recites alguna poesía, que des de comer a una docena de personas hambrientas con media docena de huevos.»

Pasaron dos meses sin que hubiera ni una sola respuesta al anuncio, y Haldar y su mujer se sintieron reafirmados. «¿Habéis visto como no es apta para el matrimonio? ¿Habéis visto como a ningún hombre en su sano juicio se le ocurriría tocarla?»

Hasta antes de morir su padre, Bibi no había llevado tan mala vida. —La madre no había sobrevivido al parto de la niña—. En sus últimos años de vida, el anciano, que era profesor de matemáticas en nuestra escuela de primaria, había analizado minuciosamente la enfermedad de Bibi con la esperanza de descubrir en ella alguna lógica. «Todo problema tiene una solución», contestaba cuando le preguntábamos si había hecho algún progreso. Él sabía tranquilizar a Bibi y, durante un tiempo, nos tranquilizó a todos. Escribía cartas a médicos de Inglaterra, pasaba horas leyendo registros de casos en la biblioteca, dejó de comer carne los viernes para apaciguar al dios del hogar. Al final también dejó su empleo en la escuela, y sólo daba clases particulares en su casa, pues de ese modo podía vigilar a Bibi a todas horas. Pero, a pesar de que, de joven, había recibido premios por su capacidad para calcular mentalmente raíces cuadradas, no logró resolver el misterio de la enfermedad de su hija. Aunque trabajó mucho en ello, sus estadísticas sólo le permitieron concluir que las crisis de Bibi se producían con mayor frecuencia en verano que en invierno, y que en total había sufrido unas veinticinco crisis graves. Compuso un gráfico de todos los síntomas de su hija, con instrucciones precisas para calmarla, y lo distribuyó por el barrio. Pero aquellas tablas acabaron perdiéndose, o nuestros hijos las convirtieron en barquitos de papel, o las utilizamos para calcular el presupuesto de la compra en el dorso.

Poco podíamos hacer nosotras para mejorar la situación de Bibi, aparte de compañía, aliviar sus angustias, vigilarla de vez en cuando. Ninguna de nosotras era capaz de entender semejante desolación. Algunos días, después de la siesta, le cepillábamos el pelo, y de vez en cuando le cambiábamos la raya de lado para que no se le ensanchara demasiado. Cuando nos lo pedía, le empolvábamos la pelusilla del labio superior y el cuello, le perfilábamos las cejas, y la acompañábamos hasta las orillas del estanque de los peces, donde nuestros hijos jugaban a críquet por las tardes. Bibi seguía decidida a seducir a un hombre.

—Aparte de mi enfermedad, estoy perfectamente sana —mantenía, y se sentaba en un banco del sendero por el que las parejas de novios paseaban de la mano—. Nunca he tenido un resfriado ni una gripe. Nunca he tenido ictericia. Nunca he sufrido cólicos ni indigestiones.

A veces le comprábamos mazorcas de maíz asadas y rociadas con zumo de limón, o un par de caramelos de una *paisa*. La consolábamos. Cuando estaba convencida de que un hombre le lanzaba miradas, le seguíamos la corriente. Pero Bibi no era responsabilidad nuestra, y en el fondo todas lo agradecíamos.

En noviembre nos enteramos de que la mujer de Haldar estaba embarazada. Aquella mañana, Bibi lloró en el trastero. «Dice que mi enfermedad es contagiosa, como la sífilis. Dice que soy un peligro para el bebé. —Respiraba con dificultad y tenía la mirada fija en un desconchón de la pared—. ¿Qué será de mí?» Seguía sin haber respuesta al anuncio del periódico. «¿No es suficiente castigo que deba soportar yo sola esta maldición? ¿Tienen que acusarme también de contagiar a otros?» La discordia aumentaba en casa de los Haldar. Su mujer, convencida de que la presencia de Bibi contaminaría a su hijo, se envolvía el túmido vientre con chales de lana. En el cuarto de baño, Bibi tenía jabones y toallas para ella sola. Según nos contó la mujer que limpiaba en su casa, los platos de Bibi no se lavaban junto con los otros.

Y entonces, una tarde, sin previo aviso, volvió a suceder. Bibi se desplomó junto a la orilla del estanque de los peces, presa de las convulsiones. Temblaba. Se estremecía. Se mordía los labios. Varias personas rodearon de inmediato a la chica, deseosas de ayudarla en lo que fuera posible. El abridor de refrescos le sujetó los brazos y las piernas, que ella no paraba de agitar. El vendedor de rodajas de pepino intentó abrirle los puños. Una de nosotras le mojó la frente con agua del estanque. Otra le secó los labios con un pañuelo perfumado. El vendedor de yacas le sujetaba la cabeza, que ella trataba de sacudir sin control de un lado a otro, y el hombre que accionaba la manivela de la prensa de caña de azúcar agarró el abanico de palma que normalmente usaba para ahuyentar las moscas y empezó a agitarlo en el aire desde todos los ángulos posibles.

—¿Hay algún médico por aquí?

—¡Vigilad que no se trague la lengua!

—¿Ha avisado alguien a Haldar?

—¡Está ardiendo!

Pese a nuestros esfuerzos, su temblor no remitía. Forcejeando con su adversario, atormentada por la angustia, Bibi rechinaba los dientes y sacudía las rodillas. Llevaba así más de dos minutos. Todos la observábamos con profunda preocupación. No sabíamos qué hacer.

—¡Cuero! —gritó alguien de pronto—. ¡Hay que hacerle oler cuero!

Entonces nos acordamos: la última vez que había tenido una crisis, la liberamos de las garras de su tormento gracias a una sandalia de piel de búfalo que le habíamos acercado a la nariz.

—¿Qué te ha pasado, Bibi? Cuéntanos qué te ha pasado —le dijimos cuando abrió los ojos.

—He notado mucho calor, un calor tremendo. Y he visto pasar humo ante mis ojos. Todo se ha vuelto negro. ¿No lo habéis visto?

Unos cuantos de nuestros maridos la acompañaron a casa. El cielo se oscureció, sonaron las caracolas y el aire se cargó del incienso de las oraciones. Bibi balbuceaba y se tambaleaba, pero no decía nada. Tenía las mejillas magulladas y con algún que otro arañazo. Llevaba el pelo enmarañado, tenía los codos recubiertos de tierra y se le había mellado un incisivo. Nosotras los seguimos, manteniendo una distancia prudencial, agarrando a nuestros hijos de la mano.

Bibi necesitaba una manta, una cataplasma, un sedante. Necesitaba que la vigilaran. Pero cuando llegamos al patio, Haldar y su mujer no la dejaron entrar en su casa.

—El riesgo médico de que una mujer embarazada esté en contacto con una histérica es demasiado grande —insistió Haldar.

Aquella noche, Bibi durmió en el trastero.

El bebé, una niña, nació con fórceps a finales de junio. Por entonces, Bibi volvía a dormir abajo, aunque habían puesto su camastro en el pasillo y no la dejaban tocar al bebé. Todos los días la enviaban a la azotea a registrar el inventario hasta la hora de comer, momento en que Haldar le llevaba los recibos de las ventas de la mañana y un cuenco con guisantes secos amarillos. Por la noche, Bibi tomaba un poco de pan con leche, sola, en el hueco de la escalera. Tuvo otra crisis, y otra más, y nadie hizo nada.

Cuando le expresábamos nuestra preocupación, Haldar argumentaba que no era asunto nuestro y se negaba de plano a hablar del asunto. Para manifestar nuestra indignación, empezamos a comprar en otros comercios. Aquélla era la única forma que teníamos de vengarnos. Al cabo de unas semanas, los artículos expuestos en los estantes de la tienda de Haldar se cubrieron de polvo. Las etiquetas se desteñían y las colonias se volvían rancias. Por la noche, al pasar por delante de la tienda, veíamos a Haldar allí sentado, solo, matando polillas con la suela de su zapatilla. A su esposa casi nunca nos la encontrábamos. Según la mujer que limpiaba en su casa, seguía postrada en la cama; al parecer, el parto había sido complicado.

Llegó el otoño, y con él la promesa de las fiestas de octubre. En el barrio, todos estábamos muy ocupados haciendo las compras y planeando las celebraciones. Por los amplificadores colgados de los árboles sonaban a todo volumen canciones de películas. Las galerías comerciales y los mercados permanecían abiertos todo el día. Comprábamos a nuestros hijos globos y cintas de colores, y dulces a granel, y les pagábamos trayectos en taxi a familiares a los que llevábamos un año sin ver. Los días iban acortándose, y las noches eran cada vez más frías. Nos abrochábamos los jerséis y nos poníamos calcetines. Entonces llegó un frío que nos irritaba la garganta. Obligábamos a nuestros hijos a hacer gárgaras con agua salada caliente, y les anudábamos bufandas al cuello. Pero fue la hija de Haldar quien acabó enfermando.

Llamaron a un médico a altas horas de la noche, le pidieron que le redujera la fiebre. «Cúrela —suplicó la madre. Sus gritos desconsolados nos despertaron a todos—. Pídanos lo que quiera y se lo daremos, pero cure a mi hija.» El médico le recetó un preparado de glucosa, molió aspirinas en un mortero y les dijo que envolvieran a la cría con mantas y colchas.

Cinco días más tarde, la fiebre seguía sin remitir.

«Es cosa de Bibi —se lamentó la madre—. Ha sido ella, ha contagiado a nuestra hija. No debimos dejar que volviera a bajar. No debimos dejarla entrar otra vez en esta casa.»

Así que Bibi empezó a dormir de nuevo en el trastero de la azotea. Ante la insistencia de su esposa, Haldar le subió el camastro, junto con un baúl de hojalata que contenía sus pertenencias. Le dejaban las comidas en el último rellano de la escalera, tapadas con un colador.

«No me importa —nos decía Bibi—. Prefiero vivir sola que con ellos.»

Vació el baúl —unas cuantas batas, un retrato enmarcado de su padre, artículos de costura y un surtido de telas— y puso sus cosas en unos estantes vacíos. A finales de aquella semana, la niña se había recuperado, pero no pidieron a Bibi que volviera a bajar.

«No os preocupéis, tampoco puede decirse que me hayan encerrado aquí —nos tranquilizó—. Lo único que tengo que hacer es bajar esa escalera. Fuera me espera todo un mundo por descubrir, y ahora soy libre de vivir la vida a mi antojo.»

Pero lo cierto es que dejó de salir a la calle. Cuando le proponíamos que nos acompañara al estanque o a ver las decoraciones de los templos, decía que no y ponía la excusa de que estaba cosiendo una cortina nueva para colgarla en la entrada del trastero. Tenía la piel grisácea. Necesitaba que le diera el aire. «¿No querías encontrar marido? —le recordábamos—. ¿Cómo vas a encandilar a un hombre si te quedas todo el día aquí sentada?»

Pero no había forma de persuadirla.

A mediados de diciembre, Haldar recogió toda la mercancía que no había vendido de los estantes de su tienda de cosméticos y la metió en unas cajas que subió al trastero. Habíamos conseguido, prácticamente, arruinarle el negocio. Antes de finalizar el año, la familia deslizó un sobre con trescientas rupias por debajo de la puerta de Bibi y se marchó. No se supo nada más de ellos.

Una de nosotras tenía la dirección de un pariente de Bibi que vivía en Hyderabad y le escribió poniéndolo al corriente de la situación. Devolvieron la carta sin abrir, alegando «dirección desconocida». Antes de que llegaran las semanas más frías, hicimos reparar las persianas del trastero e instalar una lámina de hojalata en el marco de la puerta, para que Bibi tuviera al menos un poco de intimidad. Alguien le regaló una lámpara de queroseno; otro le dio una mosquitera vieja y un par de calcetines sin talones. Siempre que teníamos ocasión, le recordábamos que estábamos allí, que podía venir a vernos si necesitaba consejo o ayuda de cualquier tipo. Durante un tiempo, enviamos a nuestros hijos a jugar a la azotea por las tardes, ya que así podrían alertarnos si Bibi sufría otra crisis. Pero todas las noches la dejábamos sola.

Pasaron unos meses. Bibi se había recluido en un silencio profundo y prolongado. Nos turnábamos para llevarle platos de arroz y vasos de té. Bebía poco, comía aún menos, y empezó a adquirir una expresión que ya no se correspondía con su edad. Al ponerse el sol, salía a dar un par de vueltas en torno al parapeto, pero nunca bajaba de aquella azotea. Cuando anochecía se quedaba detrás de la puerta de hojalata y no salía por nada. No la molestábamos. Algunos empezamos a preguntarnos si estaría muriéndose. Otros opinaban que había perdido el juicio.

Una mañana de abril, cuando ya volvía a hacer suficiente calor para secar los panes de lentejas en la azotea, nos fijamos en que alguien había vomitado junto al grifo del depósito de agua. La segunda mañana que vimos vómito, llamamos a la puerta de hojalata del trastero. Como Bibi no nos abría, lo hicimos nosotras, pues la puerta no tenía pestillo.

La encontramos tendida en el camastro. Estaba embarazada de unos cuatro meses.

Dijo que no recordaba qué había pasado. No quiso decirnos quién había sido. Le preparamos leche con sémola caliente y pasas; ella seguía sin revelar la identidad del padre. Buscamos en vano rastros de la agresión, alguna señal de intrusión, pero la habitación estaba barrida y en orden. En el suelo, junto al camastro, el libro de inventario de Bibi, abierto por una página nueva, contenía una lista de nombres.

Bibi llevó el embarazo a término y una noche de septiembre la ayudamos a dar a luz a un niño. Le enseñamos a amamantarlo, a bañarlo, a arrullarlo hasta dormirlo. Le compramos un hule y la ayudamos a coser ropa y fundas de almohada con toda la tela que había ido guardando con los años. Al cabo de un mes, Bibi se había recuperado del parto y, con el dinero que le había dejado Haldar, hizo encalar el trastero e instaló candados en la ventana y en las puertas. Luego quitó el polvo de los estantes y colocó en ellos las lociones y pócimas que habían sobrado de la tienda para ponerlas a la venta a mitad de precio. Nos pidió que corriéramos la voz, y así lo hicimos. Le compramos a Bibi jabones y kohl, peines y polvos, y cuando hubo vendido toda la mercancía, cogió un taxi y fue al mercado al por mayor, y con lo que había ganado se reabasteció de productos con los que volvió a llenar los estantes. Y así, llevando su negocio en aquel trastero, logró criar a su hijo, y nosotras hicimos lo que pudimos por ayudarla. Durante años seguimos preguntándonos quién la habría deshonrado. Interrogamos a algunos de nuestros sirvientes, y en los puestos de té y las paradas de autobús debatíamos sobre posibles sospechosos y los descartábamos. Pero no tenía sentido llevar a cabo una investigación, pues todo parecía indicar que Bibi se había curado.

El tercer y último continente

Me marché de la India en 1964 con un título de comercio y sin más dinero que el equivalente, en aquella época, a diez dólares de hoy. Pasé tres semanas a bordo de un carguero italiano, el *SS Roma*, en un camarote de tercera clase junto al motor del barco, y navegué por el mar Arábigo, el mar Rojo y el Mediterráneo hasta llegar a Inglaterra. Vivía en el norte de Londres, en Finsbury Park, en una casa ocupada enteramente por solteros bengalíes sin un céntimo como yo; éramos una docena como mínimo, a veces más, todos luchando por completar nuestros estudios y establecernos en el extranjero.

Asistía a las clases de la London School of Economics y ganaba algo de dinero trabajando en la biblioteca de la universidad. Vivíamos tres o cuatro en cada habitación, compartíamos un único cuarto de baño, gélido, y nos turnábamos para preparar ollas de huevos al curry que nos comíamos con los dedos sentados a una mesa cubierta con hojas de periódico. Aparte de nuestro empleo, teníamos pocas responsabilidades. Algunos fines de semana ganduleábamos, descalzos y en pantalón de pijama con cordón, bebíamos té y fumábamos cigarrillos Rothmans, o íbamos a ver un partido de críquet al estadio Lord's. Otros, llegaban a casa aún más bengalíes, a los que habíamos conocido en la verdulería o en el metro; entonces preparábamos más huevos al curry, poníamos música de Mukhesh en un magnetofón Grundig y lavábamos los platos en la bañera. De vez en cuando, alguien se marchaba de casa y se iba a vivir con una mujer con la que su familia, desde Calcuta, había decidido que debía casarse. En 1969, cuando tenía treinta y seis años, se concertó mi boda. Por esa misma época me ofrecieron un empleo de jornada completa en Estados Unidos, en el departamento de adquisiciones de una biblioteca del MIT. El sueldo era lo bastante bueno para mantener a una esposa, y me enorgulleció que me contratara una universidad de fama mundial, así que obtuve un permiso de residencia y trabajo permanente y me preparé para viajar aún más lejos.

Por entonces ya tenía suficiente dinero para viajar en avión. Primero me dirigí a Calcuta, donde me casé, y una semana más tarde me fui a Boston a incorporarme a mi nuevo puesto. En el avión leí la *Guía de Norteamérica para estudiantes*, un volumen en rústica que me había comprado antes de salir de Londres, en la calle Tottenham Court, por siete chelines y seis peniques. Puede que ya no fuera estudiante, pero seguía viviendo con un presupuesto muy limitado. Me enteré de que los norteamericanos conducían por el lado derecho de la calzada, y no por el izquierdo; que al ascensor lo llamaban «*lift*», y no «*elevator*», como en Inglaterra, y que cuando el teléfono comunicaba decían que estaba «*busy*», en lugar de «*engaged*». «Como pronto comprobarás, el ritmo de vida de Norteamérica no es el mismo que el de Inglaterra —informaba la guía—. Todos creen que deben llegar a lo más alto. No esperes que te ofrezcan la clásica taza de té inglesa.» Cuando el avión ya sobrevolaba el puerto de Boston, el comandante anunció la hora y las condiciones meteorológicas de la ciudad, y que el presidente Nixon había declarado ese día fiesta nacional: dos norteamericanos habían llegado a la luna. Algunos pasajeros aplaudieron. «¡Dios bendiga América!», exclamó uno. Al otro lado del pasillo vi a una mujer que rezaba.

196

Pasé la primera noche en el YMCA de Central Square, Cambridge, un alojamiento barato que venía recomendado en la guía. Desde allí se podía ir a pie al MIT, y estaba muy cerca de la oficina de correos y de un supermercado llamado Purity Supreme. Mi habitación tenía un catre, un escritorio y una pequeña cruz de madera colgada en la pared. En la puerta, un letrero advertía que estaba estrictamente prohibido cocinar. La ventana sin cortinas daba a la avenida Massachusetts, una calle importante con tráfico en ambas direcciones. Los pitidos de los cláxones, agudos y prolongados, se sucedían sin descanso. Las sirenas anunciaban un sinfín de emergencias; toda una flota de autobuses pasaba retumbando aun de noche, y en la parada, las puertas de los vehículos se abrían y cerraban con un molesto silbido. El ruido era una distracción constante, sofocante a veces. Lo notaba dentro de mí, bajo las costillas, como había notado el furioso zumbido del motor en el *SS Roma*. Sin embargo, allí no había cubierta a la que huir. No había un océano reluciente que me estremeciera el alma, ni viento que me refrescara la cara, ni nadie con quien hablar. Estaba demasiado cansado para pasearme por los lúgubres pasillos del YMCA con mi pantalón de pijama con cordón. Así que me senté al escritorio de mi habitación y miré por la ventana, desde donde veía el ayuntamiento de Cambridge y una hilera de tiendas diminutas. Por la mañana fui a trabajar a la biblioteca Dewey, un edificio beige que semejaba un fuerte, ubicado en Memorial Drive. También me abrí una cuenta en el banco, alquilé un apartado de correos y me compré un tazón y una cuchara de plástico en Woolworth's, un centro comercial cuyo nombre reconocí porque lo había visto en Londres. Fui al Purity Supreme y me paseé por los pasillos convirtiendo onzas en gramos y comparando los precios con los de Inglaterra. Al final me compré un cartón pequeño de leche y una caja de copos de maíz. Aquélla fue mi primera comida en Estados Unidos. Me la comí sentado a mi escritorio. Prefería eso a las hamburguesas y los perritos calientes, que eran la única alternativa que podía permitirme en las cafeterías de la avenida Massachusetts; además, en aquella época todavía no había probado la carne de ternera. Incluso la sencilla tarea de comprar leche era algo nuevo para mí, porque en Londres nos dejaban las botellas en la puerta todas las mañanas.

Una semana después ya me había adaptado, más o menos. Comía copos de maíz con leche por la mañana y por la noche, y compré unos plátanos para introducir un poco de variedad en mi dieta; los cortaba en rodajas con la cuchara dentro del mismo tazón. También compré bolsitas de té y un termo, que el dependiente de Woolworth's no llamó «*flask*», sino «*thermos*»; me informó de que un *flask* servía para guardar whisky, otra cosa que yo nunca había probado. Por lo que costaba una sola taza de té en una cafetería, todas las mañanas, antes de ir a trabajar, llenaba el termo de agua hirviendo y preparaba las cuatro tazas de té que me bebía a lo largo del día. Compré un cartón de leche más grande, y aprendí a dejarlo en la parte sombreada del alféizar de la ventana, como había visto hacer a otros residentes del YMCA. Por las noches, para matar el tiempo, leía el *Boston Globe* abajo, en una sala espaciosa con vidrieras de colores. Leía cada artículo y cada anuncio para familiarizarme con todo, y cuando se me cansaba la vista, subía a acostarme. Pero no dormía bien. Todas las noches tenía que dejar la ventana abierta; era la única forma de que corriera un poco de aire en aquella habitación sofocante, y el ruido era insoportable. Me tumbaba en el camastro y me tapaba los oídos con los dedos, pero cuando me quedaba dormido se me caían las manos y el ruido del tráfico volvía a despertarme. Por la ventana entraban plumas de paloma, y una noche, al verter la leche sobre mis copos de maíz, vi que se había cortado. Aun así, decidí quedarme en el YMCA seis semanas, hasta que mi mujer obtuviera su pasaporte y su permiso de residencia. Cuando llegara ella, tendría que alquilar un piso decente, de modo que, de vez en cuando, repasaba la sección de anuncios clasificados del periódico o me acercaba a la oficina de alojamiento del MIT durante el descanso de la hora de comer para ver si había algo que se ajustara a mi presupuesto. Fue así como encontré una habitación con disponibilidad inmediata en una casa de una calle tranquila; según el anuncio, costaba ocho dólares por semana. Copié el número en mi guía y llamé desde una cabina telefónica, escogiendo las monedas con las que todavía no estaba familiarizado, más pequeñas y más ligeras que los chelines, más pesadas y más brillantes que las paisas.

—¿Con quién hablo? —me preguntó una mujer con voz enérgica.

—Sí, buenas tardes, señora. Llamo por la habitación de alquiler.

—¿Harvard o Tech?

—Perdón, ¿cómo dice?

—¿Eres de Harvard o del Tech?

Deduje que «Tech» se refería al Massachusetts Institute of Technology y respondí:

—Trabajo en la biblioteca Dewey. —Y, vacilante, añadí—: En el Tech.

—¡Yo sólo alquilo habitaciones a chicos de Harvard o del Tech!

—Sí, señora.

La mujer me dio una dirección y cita para las siete de la tarde. Me puse en marcha a las seis y media, con mi guía en el bolsillo y la boca recién enjuagada con Listerine. Torcí por una calle arbolada, perpendicular a la avenida Massachusetts. Entre las grietas de la acera asomaban algunas briznas de hierba. Pese al calor, llevaba americana y corbata, pues me planteaba aquella cita como una entrevista más; nunca había vivido en una casa cuyos propietarios no fueran indios. La vivienda, rodeada por una valla de tela metálica, era de color hueso, con molduras marrón oscuro. A diferencia de la adosada con fachada de estuco en la que había vivido en

Londres, aquella casa independiente tenía tejas de madera, y unas matas enmarañadas de forsitia crecían junto a la fachada principal y las laterales. Cuando pulsé el timbre, la mujer con la que había hablado por teléfono gritó: «¡Un momento, por favor!», aunque me pareció que estaba justo al otro lado de la puerta.

Al cabo de varios minutos, me abrió una mujer diminuta y sumamente anciana. Tenía el pelo blanco como la nieve, recogido en un moño minúsculo en lo alto de la cabeza. Entré en la casa y ella se sentó en una banqueta de madera colocada al pie de una estrecha escalera enmoquetada. Una vez instalada en su asiento, en una pequeña isla de luz, me miró prestándome toda su atención. Llevaba una falda negra, larga y rígida, que se extendía como una tienda de campaña hasta el suelo, y una blusa blanca almidonada, con volantes en el cuello y los puños. Sus manos, recogidas sobre el regazo, tenían unos dedos blancos y largos, de articulaciones hinchadas, y uñas duras y amarillentas. La edad había maltratado tanto sus facciones que su cara parecía de hombre, con unos ojos de mirada intensa, hundidos, y unas marcadas arrugas a ambos lados de la nariz. Los labios, agrietados y descoloridos, casi habían desaparecido, y las cejas brillaban por su ausencia. Aun así, la mujer transmitía ferocidad.

—¡Cierra la puerta! —me ordenó. Lo dijo gritando, pese a que yo sólo estaba a unos pasos de ella—. ¡Echa la cadena y pulsa con fuerza ese botón que hay en el picaporte! Esto será lo primero que tendrás que hacer cada vez que entres, ¿entendido?

Cerré la puerta tal como me había indicado y miré a mi alrededor. Junto a la banqueta en la que estaba sentada la mujer, había una mesita redonda cuyas patas quedaban completamente ocultas, como las de la anciana, bajo unos faldones de encaje. Encima de la mesita había una lámpara, un transistor, un monedero de piel con cierre de plata y un teléfono. Un grueso bastón de madera recubierto de polvo descansaba contra uno de los lados. A mi derecha había un salón, con estanterías en las paredes y lleno de muebles viejos con patas cabriolé. En un rincón del salón vi un piano de cola con la tapa bajada y un montón de papeles encima. Faltaba la banqueta, y deduje que debía de ser donde estaba sentada la mujer. En algún lugar de la casa, un reloj dio las siete.

—¡Eres puntual! —proclamó—. ¡Espero que lo seas también a la hora de pagar el alquiler!

—He traído una carta, señora.

En el bolsillo de la americana llevaba una nota que confirmaba mi empleo en el MIT; la había llevado para demostrar que, en efecto, era del Tech.

La anciana miró fijamente la carta y me la devolvió sujetándola con cuidado, como si fuera un plato lleno de comida y no una hoja de papel. No llevaba gafas, y me pregunté si habría conseguido leer algo.

—¡El chico anterior siempre pagaba tarde! ¡Todavía me debe ocho dólares! ¡Los chicos de Harvard ya no son como los de antes! ¡En esta casa, sólo chicos de Harvard o del Tech! ¿Cómo va por el Tech, chico?

—Muy bien, señora.

—¿Has cerrado bien la puerta?

—Sí, señora.

Dio unas palmaditas en la banqueta, a su lado, y me dijo que me sentara. Se quedó callada un instante, y entonces, como si ella fuera la única que lo sabía, gritó:

—¡Han plantado una bandera americana en la luna!

—Sí, señora.

Hasta ese momento, yo no había pensado mucho en la llegada de la nave espacial a la luna. La noticia salía en todos los periódicos, por supuesto, en un artículo tras otro. Había leído que los astronautas habían alunizado a orillas del mar de la Tranquilidad, que habían llegado más lejos que ningún otro viajero en toda la historia de la civilización. Durante unas horas exploraron la superficie de la luna. Recogieron piedras, describieron el entorno —«una desolación magnífica», según palabras de uno de ellos—, hablaron por teléfono con el presidente y plantaron una bandera en el suelo lunar. El viaje se describió como la mayor hazaña de la humanidad. Había visto fotografías a toda página en el *Globe*, en las que aparecían los astronautas con sus trajes inflados, y había leído sobre lo que ciertas personas de Boston habían estado haciendo en el preciso momento en que los astronautas habían alunizado, un domingo por la tarde. Un hombre dijo que estaba al timón de una barca de recreo con una radio pegada a la oreja, y una mujer, que estaba horneando panecillos para sus nietos.

—¡Una bandera en la luna, chico! ¡Lo he oído por la radio! ¿No es magnífico? —vociferó la anciana.

—Sí, señora.

Pero no quedó satisfecha con mi respuesta, y me ordenó:

—¡Di «magnífico»!

Su petición me desconcertó, y al mismo tiempo me sentí un tanto insultado. Me acordé de cuando, de niño, me enseñaban las tablas de multiplicar y tenía que repetirlas después del maestro, sentado con las piernas cruzadas, sin zapatos ni lápices, en el suelo de mi escuela de una sola aula en Tollygunge. También me acordé del día de mi boda, cuando tuve que repetir un sinfín de versos en sánscrito después del sacerdote, unos versos que apenas entendía y que me unían a mi esposa. No dije nada.

—¡Di «magnífico»! —volvió a gritar la anciana.

—Magnífico —murmuré.

Tuve que repetir la palabra a pleno pulmón para que ella pudiera oírme. Hablo en voz baja por naturaleza, y me sentía especialmente reacio a levantarle la voz a una anciana a la que acababa de conocer, pero ella no pareció ofenderse. Mi respuesta, en todo caso, debió de complacerla, pues su siguiente orden fue:

—¡Ve a ver la habitación!

Me levanté de la banqueta y subí por la estrecha escalera enmoquetada. Había cinco puertas, dos a cada lado de un pasillo también estrecho, y otra al fondo. Sólo una de ellas estaba entornada. En la habitación había una cama individual bajo un techo inclinado, una alfombra ovalada marrón, un lavamanos con la tubería a la vista y una cómoda. Una puerta pintada de blanco daba a un armario y otra ocultaba un váter y una bañera. Las paredes estaban decoradas con papel pintado de rayas grises y marfil. La ventana estaba abierta y el viento agitaba los visillos. Los aparté e inspeccioné las vistas: un pequeño jardín trasero con algunos árboles frutales y una cuerda de tender. Quedé satisfecho. Desde el pie de la escalera, la anciana me preguntó:

—¿Qué decides?

Cuando bajé al recibidor y se lo dije, ella cogió el monedero de piel que había encima de la mesita, abrió el cierre, hurgó un poco en él y extrajo una llave prendida de un arito metálico. Me informó de que en la parte de atrás de la casa estaba la cocina, a la que se accedía por el salón. Podía utilizar los fogones siempre que lo dejara todo tal como lo había encontrado. Las sábanas y las toallas estaban incluidas, pero tenía que encargarme yo de lavarlas. El alquiler se pagaba los viernes por la mañana; había que dejarlo en el atril que había sobre el teclado del piano.

—¡Y nada de visitas femeninas!

—Soy un hombre casado, señora.

Era la primera vez en mi vida que hacía esa afirmación. Pero ella no me oyó.

—¡Nada de visitas femeninas! —insistió.

Se presentó como la señora Croft.

Mi mujer se llamaba Mala. La boda la habían concertado mi hermano mayor y su esposa. Yo contemplé la propuesta sin mostrar rechazo ni entusiasmo. Era un deber que se esperaba que cumpliera, como se esperaba de todo varón. Ella era la hija de un maestro de Beleghata. Me dijeron que sabía cocinar, tejer, bordar, dibujar paisajes y recitar poemas de Tagore, pero esos talentos no compensaban el hecho de que no poseyera una tez clara, y por eso había sido rechazada por un joven tras otro. Tenía veintisiete años y sus padres empezaban a temer que no se casara, de modo que estaban dispuestos a enviar a su única hija a la otra punta del planeta para evitar que se convirtiera en una solterona.

Compartimos una cama durante cinco noches. Todas esas noches, después de aplicarse crema hidratante y hacerse una trenza, cuyo extremo ataba con un trozo de cordel de algodón negro, Mala me daba la espalda y lloraba. Echaba de menos a sus padres. Pese a que yo iba a marcharme del país al cabo de unos días, la tradición dictaba que ella había pasado a formar parte de mi casa y, por lo tanto, durante las seis semanas siguientes tendría que vivir con mi hermano y su mujer, cocinando, limpiando y sirviendo té y dulces a los invitados. Yo no hacía nada para consolarla. Me tumbaba en mi lado de la cama y me dedicaba a leer la guía alumbrándome con una linterna y a preparar el viaje. De vez en cuando pensaba en la diminuta habitación que había al otro lado de la pared y que había pertenecido a mi madre. Estaba prácticamente vacía; en el camastro de madera donde antes dormía mi madre había amontonadas maletas y ropa de cama vieja. Casi seis años atrás, antes de partir hacia Londres, la había visto morir en aquel lecho; los últimos días, la había encontrado más de una vez jugando con sus excrementos. Antes de incinerarla, le había limpiado las uñas una a una con una horquilla, y entonces, como mi hermano no podía soportarlo, yo había asumido el papel de hermano mayor y le había acercado la llama a la sien para que su alma atormentada pudiera liberarse y alcanzar el cielo.

A la mañana siguiente me mudé a la habitación de la casa de la señora Croft. Cuando abrí la puerta la encontré sentada en la banqueta del piano, igual que el día anterior. Iba vestida con la misma falda negra y la misma blusa blanca almidonada, y tenía las manos recogidas de manera idéntica sobre el regazo. Todo estaba tan igual que me pregunté si habría pasado la noche en la banqueta. Subí mi maleta al primer piso, llené mi termo de agua hirviendo en la cocina y me marché a trabajar. Aquella noche, cuando volví de la universidad, la señora Croft seguía allí sentada.

—¡Siéntate, chico!

Dio unas palmaditas a su lado.

Me senté en el borde de la banqueta. Llevaba conmigo una bolsa con más leche, más copos de maíz y más plátanos, pues la inspección de la cocina que había realizado por la mañana había revelado que no había ollas, sartenes ni otros utensilios. Sólo había encontrado dos cazos que contenían un caldo anaranjado en la nevera y un hervidor de cobre para calentar agua en los fogones.

—Buenas noches, señora.

Me preguntó si había cerrado bien la puerta. Le dije que sí.

Se quedó un momento callada y, de pronto, con la misma incredulidad y el mismo entusiasmo que la noche anterior, gritó:

—¡Han plantado una bandera americana en la luna, chico!

—Sí, señora.

—¡Una bandera en la luna! ¿No es magnífico?

Asentí con la cabeza, temiéndome lo que vendría a continuación.

—Sí, señora.

—¡Di «magnífico»!

En aquella ocasión esperé un momento y miré a ambos lados por si había alguien que pudiera oírme, aunque sabía perfectamente que la casa estaba vacía. Me sentí como un idiota, pero lo que me pedía la anciana no era tan grave.

—¡Magnífico! —grité.

En pocos días, aquello se convirtió en nuestro ritual. Por las mañanas, cuando me iba a la biblioteca, la señora Croft o estaba recluida en su dormitorio, al otro lado de la escalera, o sentada en la banqueta, ajena a mi presencia, escuchando las noticias o música clásica por la radio. Pero todas las noches, cuando regresaba, sucedía lo mismo: ella daba unas palmaditas en la banqueta, ordenaba que me sentara, anunciaba que habían plantado una bandera en la luna y declaraba que era magnífico. Yo corroboraba que era magnífico, y nos quedábamos callados. Por extraño que fuese, y por eterno que a mí se me hiciera entonces, aquel encuentro nocturno apenas duraba unos diez minutos, pues la señora Croft siempre acababa quedándose adormilada: la cabeza se le caía de pronto hacia el pecho, y yo era libre de retirarme a mi habitación. Era evidente que, a aquellas alturas, ya no ondeaba ninguna bandera en la luna. Había leído en el periódico que los astronautas la habían recogido antes de regresar a la Tierra. Pero no tuve valor para decírselo.

El viernes por la mañana, cuando llegó el momento de pagar mi primer alquiler semanal, me acerqué al piano del salón a dejar el dinero en el atril. Las teclas habían perdido el brillo y el color. Pulsé una y no produjo ningún sonido. Había metido ocho billetes de un dólar en un sobre en el que había escrito el nombre de la señora Croft, pues no tenía por costumbre dejar por ahí dinero desatendido. Desde allí alcanzaba a ver el perfil de la falda con forma de tienda de campaña de la anciana, que, sentada en la banqueta, escuchaba la radio. Me pareció innecesario hacerla levantar y caminar hasta el piano. Nunca la había visto andar, y el bastón que siempre descansaba a su lado apoyado en la mesita me hacía pensar que le costaba trabajo. Cuando me acerqué a la banqueta, ella alzó la cabeza para mirarme y me preguntó:

—¿Qué quieres?

—El alquiler, señora.

—¡En el atril del piano!

—Lo tengo aquí.

Le tendí el sobre, pero sus dedos, entrelazados sobre su regazo, no se movieron. Me agaché y bajé el sobre un poco más para que le quedara a la altura de las manos. Al cabo de un momento, ella lo aceptó y asintió con la cabeza.

Aquella noche, cuando volví a casa, la señora Croft no dio unas palmaditas en la banqueta; no obstante, por costumbre, me senté a su lado como hacía todos los días. Me preguntó si había cerrado bien la puerta, pero no mencionó la bandera que habían plantado en la luna. En lugar de eso, dijo:

—¡Muy amable de tu parte!

—Perdón, señora, ¿cómo dice?

—¡Muy amable!

Aún tenía el sobre en las manos.

El domingo llamaron a mi puerta. Una mujer mayor se presentó: era la hija de la señora Croft, Helen. Entró en la habitación e inspeccionó las paredes como si buscara algún cambio; vio las camisas colgadas en el armario, las corbatas colgadas en el picaporte de la puerta, la caja de copos de maíz sobre la cómoda, el tazón y la cuchara sucios en el lavamanos. Era una mujer de poca estatura y gruesa de cintura, con el pelo cano muy corto y los labios pintados de un rosa intenso. Llevaba un vestido de tirantes, un collar de cuentas de plástico blancas y unas gafas que, suspendidas de una cadena, reposaban sobre su pecho como un columpio. Tenía el dorso de las piernas surcado de venas azul oscuro, y los músculos de los brazos le colgaban como berenjenas asadas. Me dijo que vivía en Arlington, un municipio al que se llegaba por la avenida Massachusetts.

—Vengo una vez por semana a traerle la compra a mi madre. ¿Todavía no lo ha mandado a freír espárragos?

—No, señora. Nos llevamos bien.

—Algunos chicos huyen despavoridos, pero creo que usted le parece simpático. Es el primer inquilino al que ha calificado de caballero.

—Muchas gracias, señora.

Me miró y reparó en mis pies descalzos, todavía me resultaba extraño llevar zapatos dentro de casa y siempre me los quitaba antes de entrar en mi habitación.

—¿Hace poco que vive en Boston?

—Hace poco que vivo en Estados Unidos, señora.

—¿De dónde es?

Arqueó las cejas.

—De Calcuta, India.

—¿Ah, sí? Hace cosa de un año tuvimos a un inquilino brasileño. Ya verá, Cambridge es una ciudad muy cosmopolita.

Asentí con la cabeza y empecé a preguntarme si nuestra conversación se prolongaría mucho. Pero entonces nos llegó la voz electrizante de la señora Croft desde el piso de abajo. Salimos al pasillo y la oímos gritar:

—¡Bajad inmediatamente!

—¿Qué pasa? —gritó Helen a su vez.

—¡Inmediatamente!

Me puse los zapatos a toda prisa. Helen soltó un suspiro.

Nos dirigimos hacia la escalera. Como era demasiado estrecha y no podíamos bajar los dos a la vez, seguí a Helen, que no parecía tener ninguna prisa y se quejaba de que le dolía una rodilla.

—¡¿Has estado caminando sin el bastón?! —gritó Helen—. Sabes que no debes caminar sin el bastón. —Se detuvo, con la mano apoyada en el pasamanos, y me miró—. A veces resbala y se cae.

Por primera vez fui consciente de la vulnerabilidad de la señora Croft. Me la imaginé en el suelo delante de la banqueta, tendida boca arriba, contemplando el techo, con un pie apuntando en cada dirección. Pero cuando llegamos abajo la encontramos sentada en la misma postura de siempre, con las manos recogidas sobre el regazo. Junto a sus pies había dos bolsas de la compra. Cuando nos plantamos ante ella, no dio unas palmaditas en la banqueta ni nos pidió que nos sentáramos. Nos fulminó con la mirada.

—¿Qué pasa, madre?

—¡Es indecoroso!

—¿Qué es indecoroso?

—¡Es indecoroso que una dama y un caballero que no están casados mantengan una conversación privada sin carabina!

Helen le recordó que tenía sesenta y ocho años y que podría ser mi madre, pero la señora Croft insistió en que Helen y yo habláramos abajo, en el salón. Añadió que también era indecoroso que una dama de la categoría de Helen revelara su edad y que llevara un vestido que le dejara los tobillos a la vista.

—Te recuerdo que estamos en 1969, madre. ¿Qué pasaría si un día salieras de la casa y vieras a una chica con minifalda?

La señora Croft dio un bufido y respondió:

—Haría que la detuvieran.

Helen negó con la cabeza y recogió del suelo una de las bolsas de la compra. Yo cogí la otra y la seguí por el salón hasta la cocina. Las bolsas estaban llenas de latas de sopa; Helen las abrió una por una con un abrelatas. Vació en el fregadero los cazos de sopa de la nevera, los lavó, los llenó con el contenido de las latas que acababa de abrir y volvió a meterlos en el frigorífico.

—Hasta hace unos años aún podía abrir las latas ella sola —me explicó Helen—. Le fastidia mucho que ahora tenga que hacerlo yo. Pero el piano le destrozó las manos.

Se puso las gafas, echó un vistazo en los armarios y se fijó en mis bolsitas de té.

—¿Le apetece que nos tomemos uno?

Llené el hervidor y lo puse en el fuego.

—Perdone, señora. ¿Ha dicho el piano?

—Era profesora de piano. Dio clases durante cuarenta años. Así nos mantuvo después de morir mi padre.

Helen puso los brazos en jarras y se quedó mirando la nevera abierta. Metió una mano, sacó un paquete de mantequilla, frunció el ceño y lo tiró a la basura.

—Creo que ya está —dijo, y guardó las latas de sopa sin abrir en el armario.

Me senté a la mesa mientras Helen lavaba los platos, cerraba la bolsa de la basura y regaba una planta que había sobre el fregadero; entonces vertió agua hirviendo en dos tazas. Me acercó una, sin añadirle leche y con la etiqueta de la bolsita de té colgando por un lado, y se sentó a la mesa.

—Perdone, señora, pero ¿es suficiente?

Helen dio un sorbo de té. Su pintalabios dejó la huella rosa de una sonrisa en el borde de la taza.

—¿Suficiente qué?

—La sopa de los cazos. ¿Es suficiente comida para la señora Croft?

—Se niega a probar otra cosa. Dejó de comer sólidos tras cumplir cien años. De eso hace ya... tres.

Sentí pena. Había calculado que la señora Croft debía de tener ochenta y tantos años, como mucho noventa. No conocía a nadie que hubiera vivido más de un siglo. Y que esa persona fuera una viuda que vivía sola me daba aún más lástima. La viudedad era lo que había hecho enloquecer a mi madre. Mi padre, que trabajaba de administrativo en la oficina central de correos de Calcuta, murió de encefalitis cuando yo tenía dieciséis años. Mi madre se negó a adaptarse a la vida sin él; fue hundiéndose cada vez más en un mundo de oscuridad del que ni yo, ni mi hermano, ni otros parientes que se interesaban por ella, ni las clínicas psiquiátricas de la avenida Rashbihari pudimos salvarla. Lo que más me hacía sufrir era verla tan desconectada, oírla eructar después de las comidas o soltar ventosidades delante de otros sin sentir un ápice de vergüenza. Tras morir mi padre, mi hermano dejó los estudios y empezó a trabajar en la fábrica de yute que acabó dirigiendo para mantener a la familia. De modo que mi trabajo consistía en sentarme a los pies de mi madre y estudiar para mis exámenes mientras ella contaba y volvía a contar los brazaletes que llevaba en el brazo como si fueran las cuentas de un ábaco. Intentábamos tenerla vigilada en todo momento. Una vez salió de casa medio desnuda y llegó hasta la terminal de tranvías antes de que la alcanzáramos.

—Yo estaría encantado de calentarle la sopa a la señora Croft por las noches —propuse mientras sacaba la bolsita de té de mi taza y escurría el líquido—. No sería molestia.

Helen miró la hora, se levantó y tiró el resto de su té al fregadero.

—Yo en su lugar no lo haría. Es el tipo de cosa que acabaría matándola.

Aquella noche, cuando Helen hubo regresado a Arlington y la señora Croft y yo volvíamos a estar solos, empecé a inquietarme. Ahora que sabía lo mayor que era, me preocupaba que le pasara algo en plena noche, o cuando yo estuviera fuera durante el día. Por enérgica que fuera su voz, y por despótica que pareciera, yo sabía que un pequeño rasguño o un ataque de tos podían acabar con una persona tan anciana; sabía que cada día que vivía era un pequeño milagro. Aunque su hija me había parecido una persona agradable, no descartaba que me acusara de negligencia si sucedía algo, y eso me preocupaba. Helen, en cambio, no parecía en absoluto preocupada. Venía todos los domingos, le traía la sopa a la señora Croft y se marchaba.

Así transcurrieron las seis semanas de aquel verano. Todas las noches, cuando volvía a casa después de cumplir mi jornada laboral en la biblioteca, me sentaba unos minutos en la banqueta del piano con la señora Croft. Le hacía un poco de compañía, le aseguraba que había cerrado bien la puerta y le decía que la bandera de la luna era magnífica. Algunas noches me quedaba sentado a su lado hasta mucho después de que se hubiera quedado dormida, maravillado por su longevidad. A veces intentaba imaginar el mundo tal como era cuando ella nació, en 1866: un mundo lleno de mujeres con faldas negras largas y conversaciones castas en el salón. En aquellos momentos, cuando le miraba las manos, con los nudillos hinchados, recogidas sobre su regazo, me las imaginaba delgadas y suaves pulsando las teclas del piano. Algunas noches bajaba al salón antes de acostarme para asegurarme de que no se había caído de la banqueta o de que ya estaba a salvo en su dormitorio. Los viernes, sin falta, le ponía el sobre con el dinero del alquiler en las manos. Aquellos sencillos gestos eran lo único que podía hacer por ella. Yo no era su hijo y, aparte de esos ocho dólares, no le debía nada.

A finales de agosto, Mala obtuvo el pasaporte y el permiso de residencia. Recibí un telegrama con los detalles de su vuelo; en casa de mi hermano, en Calcuta, no había teléfono. Unos días más tarde también recibí una carta que Mala me había escrito poco después de que yo viajara a Boston. No había encabezamiento; dirigirse a mí por mi nombre habría equivalido a adoptar una intimidad que todavía no habíamos descubierto. Se reducía a unas pocas líneas: «Te escribo en inglés como preparativo para el viaje. Aquí estoy muy sola. ¿Hace mucho frío ahí? ¿Hay nieve? Un saludo, Mala.»

Sus palabras no me conmovieron. Sólo habíamos pasado unos días juntos. Y, sin embargo, estábamos unidos para siempre; durante seis semanas, ella había llevado un brazalete de hierro en la muñeca y se había aplicado polvos de bermellón en la raya del pelo para que todos supieran que estaba casada. A lo largo de aquellas semanas, yo había esperado su llegada como habría esperado la de un nuevo mes o una nueva estación: era algo inevitable pero carecía de relevancia. La conocía tan poco que, si bien a veces recordaba algún detalle de su rostro, no era capaz de evocar todo el conjunto.

Una mañana, poco después de recibir aquella carta, iba andando al trabajo cuando vi a una mujer india en la otra acera de la avenida Massachusetts. Llevaba el extremo suelto del sari casi arrastrando por la acera; empujaba una sillita en la que iba sentado un niño. A su lado caminaba una mujer norteamericana que llevaba un perro negro pequeño sujeto con una correa. De pronto, el animal empezó a ladrar. Vi que la india se volvía, asustada, y se paraba en seco. En ese momento, el perro saltó y agarró con la boca el extremo del sari. La norteamericana regañó a su mascota, se disculpó y siguió su camino presurosa, de modo que la mujer india se quedó arreglándose el sari en medio de la acera y tranquilizando a su hijo, que se había puesto a llorar. No me vio allí parado, y al cabo de un instante siguió andando. Aquella mañana me di cuenta de que contratiempos como aquél pronto serían de mi incumbencia. Mi deber era cuidar de Mala, acogerla y protegerla. Tendría que comprarle su primer par de botas para la nieve, su primer abrigo. Tendría que decirle qué calles debía evitar, de qué dirección venían los coches, explicarle que debía llevar el sari de forma que el extremo suelto no arrastrara por la acera. Recordé con cierto enojo que estar a una distancia de ocho kilómetros de sus padres la había hecho llorar.

A diferencia de Mala, yo ya me había acostumbrado a todo aquello: a los copos de maíz con leche, a las visitas de Helen, a sentarme en la banqueta con la señora Croft. A lo único que no estaba acostumbrado era a Mala. Con todo, hice lo que tenía que hacer. Fui a la oficina de alojamiento del MIT y encontré un apartamento amueblado a sólo unas manzanas del campus, con una cama de matrimonio, una cocina y un cuarto de baño privados. Costaba cuarenta dólares a la semana. El último viernes entregué a la señora Croft un sobre con ocho billetes de un dólar, bajé mi maleta y le anuncié que me marchaba. Ella guardó mi llave en su monedero. Lo último que me pidió fue que le diera el bastón que descansaba en la mesita para poder ir hasta la puerta y cerrarla cuando yo hubiera salido. «Bueno, adiós», se despidió, y volvió a entrar en la casa. No esperaba que la anciana manifestara emoción alguna, pero de todas formas me llevé una desilusión. No era más que un inquilino, un hombre que durante seis semanas le había pagado algo de dinero y había entrado y salido de su casa. Comparadas con un siglo, seis semanas no eran nada.

En el aeropuerto reconocí a Mala de inmediato. El extremo suelto de su sari no arrastraba por el suelo, sino que le cubría la cabeza en señal del recato propio de una mujer casada, tal como lo había llevado mi madre hasta el día que murió mi padre. Lucía numerosos brazaletes de oro en los brazos, delgados y de piel morena, un pequeño círculo rojo pintado en la frente y los pies decorados con filigranas de tinte rojo. No la abracé ni la besé, y tampoco le di la mano. Sólo le pregunté, hablando en bengalí por primera vez desde que había llegado a Estados Unidos, si tenía hambre.

Ella titubeó y asintió con la cabeza.

Le dije que en casa tenía preparados unos huevos al curry.

—¿Qué te han dado de comer en el avión?

—No he comido nada.

—¿Desde que saliste de Calcuta?

—Es que en el menú ponía «sopa de rabo de buey».

—Pero seguro que había otras cosas.

—La idea de que alguien pueda comer rabo de buey me hizo perder el apetito.

Cuando llegamos a casa, Mala abrió una de sus maletas y me obsequió con dos jerséis, ambos de lana, de un azul intenso. Los había tejido ella misma durante nuestra separación, uno con cuello en pico y el otro de trenzas. Me los probé y los dos me tiraban de la sisa. Mala también me había traído dos pijamas con cordón nuevos, una carta de mi hermano y un paquete de té Darjeeling. Yo no tenía ningún regalo para ella, aparte de los huevos al curry. Nos sentamos a la mesa, sin mantel, y cada uno fijó la mirada en su plato.

Comimos con los dedos, otra cosa que yo aún no había hecho en Estados Unidos.

—El apartamento es muy bonito —dijo ella—. Y los huevos están muy ricos.

Con la mano izquierda se sujetaba la punta del sari contra el pecho para que no le resbalara de la cabeza.

—No sé preparar muchas recetas.

Mala asintió mientras retiraba la piel de las patatas antes de comérselas. Cuando el sari le resbaló de los hombros, se apresuró a colocárselo bien.

—No hace falta que te cubras la cabeza —le dije—. A mí no me importa. Aquí eso no tiene importancia.

A pesar de mis palabras, no se la descubrió.

Creí que no tardaría en acostumbrarme a ella, a su presencia a mi lado, a mi mesa y en mi cama. Pero, al cabo de una semana, seguíamos siendo dos desconocidos. Todavía me resultaba extraño volver a casa y que el piso oliera a arroz hervido, y ver que el lavabo del cuarto de baño siempre estaba limpio, con dos cepillos de dientes en el vaso y una pastilla de jabón indio Pears en la jabonera. No estaba acostumbrado a la fragancia de aceite de coco con que, en noches alternas, se frotaba el cuero cabelludo, ni al delicado tintineo de sus brazaletes cuando iba de una habitación a otra. Siempre se levantaba antes que yo. La primera mañana, cuando entré en la cocina, vi que había calentado las sobras y había puesto un plato con una cucharada de sal en el borde de la mesa, pues daba por hecho que yo comería arroz para desayunar, como hacían la mayoría de los maridos bengalíes. Le dije que tenía suficiente con unos cereales, así que a la mañana siguiente, cuando entré en la cocina, Mala ya me había puesto los copos de maíz en el tazón. Una mañana me acompañó por la avenida Massachusetts hasta el MIT y le di un breve paseo por el campus. De camino paramos en una ferretería e hice una copia de la llave para que Mala pudiera entrar sola en el piso. A la mañana siguiente, antes de marcharme a trabajar, me pidió que le diera algo de dinero. Se lo di a regañadientes, pero sabía que también era lo normal. Cuando volví del trabajo, había un pelador de patatas en el cajón de la cocina, un mantel en la mesa y un curry de pollo con ajo fresco y jengibre en el fogón. En aquella época no teníamos televisor. Después de cenar, yo leía el periódico mientras Mala, sentada a la mesa de la cocina, tejía una chaqueta para ella con la misma lana de color azul intenso, o escribía cartas a su familia.

Al final de nuestra primera semana, el viernes, le propuse salir. Mala dejó las agujas de tejer y se metió en el cuarto de baño. Cuando reapareció, lamenté habérselo propuesto; se había vestido con un sari de seda limpio y más brazaletes y se había recogido el pelo en un moño muy favorecedor, con la raya a un lado. Se había acicalado como si fuera a ir a una fiesta, o como mínimo al cine, pero ésa no era mi intención. Corría una brisa templada y agradable. Fuimos caminando varias manzanas por la avenida Massachusetts, asomándonos a los escaparates de restaurantes y tiendas. De pronto, sin haberlo pensado antes, la guié hacia la tranquila calle que tantas noches había recorrido solo.

—Aquí es donde vivía antes de que llegaras tú —le expliqué al detenerme ante la valla de tela metálica de la señora Croft.

—¿En una casa tan grande?

—Tenía una habitación pequeña en el piso de arriba. Daba a la parte de atrás.

—¿Quién más vive en esta casa?

—Una mujer muy mayor.

—¿Con su familia?

—No, sola.

—Pero ¿quién se ocupa de ella?

Abrí la cancela.

—La mayor parte del tiempo, ella misma.

No sabía si la señora Croft se acordaría de mí; no sabía si tendría otro inquilino que se sentara con ella en la banqueta todas las noches. Cuando toqué el timbre, supuse que tendría que esperar largo rato, como el día en que nos habíamos conocido, cuando aún no tenía llave de la casa. Pero en aquella ocasión la puerta se abrió casi de inmediato, y me encontré ante Helen. La señora Croft no estaba sentada en la banqueta. La banqueta había desaparecido.

—Hola —dijo Helen, sonriendo a Mala con aquellos labios de un rosa intenso—. Mi madre está en el salón. ¿Van a quedarse un rato con ella?

—Como usted quiera, señora.

—En ese caso, creo que me escaparé un momento a la tienda, si no les importa. Sufrió un pequeño accidente. Ya no podemos dejarla sola, ni siquiera un minuto.

Cerré bien la puerta después de que Helen saliera y caminé hasta el salón. La señora Croft estaba tumbada boca arriba, con la cabeza sobre un cojín de color melocotón y tapada con una fina colcha blanca. Tenía las manos recogidas en el pecho. Nada más verme, señaló el sofá y me dijo que me sentara. Ocupé el lugar que me indicaba, pero Mala se acercó al piano y se sentó en la banqueta, que ahora estaba colocada donde le correspondía.

—¡Me he roto la cadera! —anunció la señora Croft como si nos hubiéramos visto el día anterior.

—Qué mala suerte, señora.

—¡Me caí de la banqueta!

—Lo siento muchísimo, señora.

—¡Fue por la noche! ¿Sabes qué hice, chico?

Negué con la cabeza.

—¡Llamé a la policía!

Dirigió la mirada al techo y sonrió con gesto sereno, mostrando una hilera de dientes largos y grisáceos. No le faltaba ni uno solo.

—¿Qué te parece, chico?

Pese a lo anonadado que estaba, supe qué debía contestar. Sin vacilar lo más mínimo, grité:

—¡Magnífico!

Entonces Mala rió. Su risa rebosaba bondad, y los ojos le brillaban de alegría. Era la primera vez que la oía reír, y lo hizo tan alto que la señora Croft también la oyó. La anciana se volvió hacia Mala y la fulminó con la mirada.

—¿Quién es esa mujer, chico?

—Es mi esposa, señora.

La señora Croft movió la cabeza con esfuerzo, sin levantarla del cojín, para ver mejor a Mala.

—¿Sabes tocar el piano?

—No, señora —contestó ella.

—¡Pues levántate!

Mala se puso en pie y se colocó bien la parte del sari que le cubría la cabeza, sujetándoselo contra el pecho. Por primera vez desde su llegada, sentí lástima por ella. Recordé mis primeros días en Londres, cuando tuve que aprender a tomar el metro hasta Russell Square y a subir por una escalera mecánica; no entendía que, cuando alguien gritaba «*paipa*» quería decir «*paper*», y durante un año entero seguí sin comprender a qué se refería el revisor cuando decía «*mind the gap*» cada vez que el tren arrancaba de una estación. Mala, igual que yo, se había marchado muy lejos de su hogar, sin saber adónde iba ni qué encontraría allí, con el único motivo de ser mi esposa. Por extraño que me pareciera, en el fondo sabía que algún día su muerte me afectaría y, lo que era aún más extraño, que la mía la afectaría a ella. Me habría gustado encontrar la forma de explicárselo a la señora Croft, que seguía escudriñando a Mala de pies a cabeza con lo que parecía un plácido desdén. Me pregunté si la anciana habría visto alguna vez a una mujer vestida con sari, con un punto rojo pintado en la frente y montones de brazaletes en las muñecas. Me pregunté si esas cosas la molestarían y si se habría fijado en el tinte rojo de los pies de Mala, todavía intenso, que el bajo de su sari no llegaba a ocultar. Al final, la señora Croft, con aquella mezcla de incredulidad y entusiasmo que yo conocía tan bien, declaró:

—¡Es toda una dama!

Entonces fui yo quien rió. Reí tan bajito que la señora Croft no me oyó, pero Mala sí, y por primera vez nos miramos y nos sonreímos.

Me gusta pensar que aquel momento en el salón de la señora Croft fue el instante en que la distancia entre Mala y yo empezó a acortarse. Aunque todavía no estábamos enamorados, me gusta pensar en los meses posteriores como una especie de luna de miel. Juntos, exploramos la ciudad y conocimos a otros bengalíes, algunos de los cuales siguen siendo amigos nuestros. Descubrimos que un hombre llamado Bill vendía pescado fresco en la calle Prospect y que en una tienda de Harvard Square llamada Cardullo's vendían hojas de laurel y clavos de olor. Por las tardes paseábamos por la orilla del río Charles, contemplando los veleros que se deslizaban por el agua, o comíamos cucuruchos de helado en Harvard Yard. Nos compramos una cámara barata para documentar nuestra vida juntos, y tomé fotografías de Mala posando enfrente del edificio Prudential para que se las enviara a sus padres. Por las noches nos besábamos, al principio con timidez, pero enseguida con ardor, y descubrimos el placer y el deleite en los brazos del otro. Le hablé de mi viaje a bordo del *SS Roma*, y de Finsbury Park y el YMCA, y de mis noches en la banqueta con la señora Croft. Cuando le contaba historias sobre mi madre, Mala lloraba. Fue ella quien me consoló cuando, una noche, leyendo el *Globe*, me topé con el obituario de la señora Croft. Llevaba meses sin acordarme de ella —para entonces, aquellas seis semanas del verano constituían ya un interludio remoto de mi pasado—, pero enterarme de su defunción me conmocionó hasta tal punto que, cuando Mala levantó la vista de las agujas de tejer, me encontró con la mirada clavada en la pared y el periódico abandonado sobre el regazo, incapaz de decir nada. La muerte de la señora Croft fue la primera que lamenté en Estados

Unidos, pues su vida era la primera que había admirado; por fin se había marchado de este mundo, anciana y sola, para nunca regresar.

En cuanto a mí, no me he alejado mucho. Mala y yo vivimos en un municipio situado a unos treinta kilómetros de Boston, en una calle arbolada muy parecida a la de la señora Croft, en una casa de nuestra propiedad, con una habitación de invitados y un jardín en el que cultivamos tomates. Ya somos ciudadanos de Estados Unidos, de modo que, cuando llegue el momento, tendremos derecho a recibir una pensión. Vamos de visita a Calcuta cada pocos años y volvemos con más pijamas con cordón y más té Darjeeling, pero hemos decidido envejecer aquí. Trabajo en una pequeña biblioteca universitaria y tenemos un hijo que estudia en Harvard. Mala ya no se cubre la cabeza con el extremo del sari ni llora por las noches porque añore a sus padres, aunque a veces llora porque añora a nuestro hijo. Entonces nos metemos en el coche y vamos a Cambridge a visitarlo, o lo traemos a casa el fin de semana para que coma arroz con nosotros, con los dedos, y hable en bengalí, dos cosas que a veces tememos que deje de hacer cuando ya no estemos.

Siempre que recorremos ese trayecto, me empeño en tomar la avenida Massachusetts a pesar del tráfico. Ya apenas reconozco los edificios, pero cada vez que paso por allí me traslado de inmediato a aquellas seis semanas, como si no hubieran pasado años desde entonces, y reduzco la velocidad y señalo la calle de la señora Croft y le digo a mi hijo: «En esa calle está la que fue mi primera casa en Estados Unidos. Vivía con una mujer que tenía ciento tres años.» «¿Te acuerdas?», pregunta Mala, y sonríe tan asombrada como yo de que hubiera un tiempo en que éramos dos desconocidos. Mi hijo siempre expresa su perplejidad, no por la avanzada edad de la señora Croft, sino por lo poco que pagaba de alquiler, un hecho que para él es casi tan inconcebible como lo era, para una mujer nacida en 1866, que una bandera estadounidense ondeara en la luna. Veo en los ojos de mi hijo la ambición que me impulsó a mí a viajar por el mundo. Dentro de unos años se licenciará e iniciará su camino, solo y desprotegido. Pero siempre me recuerdo que él tiene un padre que todavía vive, una madre fuerte y feliz. Cuando se desanima, le digo que si yo conseguí sobrevivir en tres continentes, no hay obstáculo que él no pueda superar. Aquellos astronautas, a quienes siempre consideraremos héroes, sólo pasaron unas horas en la luna; yo, en cambio, llevo casi treinta años en este nuevo mundo. Sé que mi logro no tiene nada de extraordinario. No soy el único que se marchó a buscar fortuna lejos de su tierra y, desde luego, no soy el primero. Con todo, a veces me maravilla pensar en cada kilómetro que he recorrido, en cada plato que he comido, en cada persona a la que he conocido y en cada habitación en la que he dormido. Aunque todo eso es de lo más normal, en ocasiones me parece inaudito.

Índice